진짜 삶을 방해하는 열 가지 거짓 신념에서 깨어나기

나로 살아가는 기쁨

나로 살아가는 기쁨
진짜 삶을 방해하는 열 가지 거짓 신념에서 깨어나기

2017년 5월 31일 초판 1쇄 발행. 2024년 4월 22일 초판 13쇄 발행. 아니타 무르자니가 쓰고 추미란이 옮겼으며, 도서출판 샨티에서 박정은이 펴냅니다. 편집은 이홍용이, 표지 및 본문 디자인은 김재은이 하였으며, 이강혜가 마케팅을 합니다. 제작은 굿에그커뮤니케이션이 맡아 진행하였습니다. 출판사 등록일 및 등록번호는 2003. 2. 11. 제2017-000092, 주소는 서울시 은평구 은평로 3길 34-2, 전화는 (02) 3143-6360, 팩스는 (02) 6455-6367, 이메일은 shantibooks@naver.com입니다. 이 책의 ISBN은 979-11-88244-00-3 03800이고, 정가는 15,000원입니다.

이 도서의 국립중앙도서관 출판시도서목록(CIP)은 e-CIP홈페이지(http://www.nl.go.kr/ecip)와 국가자료공동목록시스템(http://www.nl.go.kr/kolisnet)에서 이용하실 수 있습니다.(CIP제어번호: CIP2017012081)

진짜 삶을 방해하는 열 가지 거짓 신념에서 깨어나기

나로 살아가는 기쁨

아니타 무르자니 지음 | 추미란 옮김

【산티】

웨인 다이어를 추모하며,

당신 내면의 노래를 들려주어 감사합니다.

우리는 고요한 마음으로 앞으로도 계속

그 노래를 들을 것입니다. 당신의 삶은

다른 사람들의 삶으로 영원히 이어질 거예요.

나의 친구여, 당신은 결코 죽지 않았습니다.

차례

이 세상에 태어날 때
나는 웃고 사랑하고 내 안의 빛을 환하게 밝히는 법밖에 몰랐다.
그런데 사람들이 나에게 그만 웃으라고 했다.
"인생은 심각한 거야. 남들보다 앞서가려면 말이야."
그래서 나는 더 이상 웃지 않았다.
사람들이 또 말했다. "아무나 사랑하면 안 돼.
상처받고 싶지 않으면 말이야."
그래서 나는 더 이상 사랑하지 않았다.
사람들은 또 말했다. "너의 빛을 드러내지 마.
주목을 많이 받아서 좋을 건 없지."
그래서 나는 더 이상 빛을 밝히지 않았다.
그리고 시들고
쪼그라들더니
죽었다.
죽어서야
삶에서 중요한 것은
웃고 사랑하고 내 안의 빛을 환하게 밝히는 것임을 배웠다!

—아니타 무르자니

서문

어느 날 갑자기 지금 살고 있는 이 물질 세상이 바로 천국(혹은 열반)임을 깨닫는다면 어떨까? 정신 나간 소리처럼 들리리라는 것을 잘 안다. "이 지옥 같은 삶이 천국이라고?" 하고 반문하는 사람도 있을 것이다. 이해한다. 어린 시절 같은 반 아이들로부터 따돌림을 받았을 때, 피부색이나 출신 배경 같은 내가 어쩔 수 없는 것들로 조롱당하고 차별받았을 때 나에게도 이 세상이 지옥 같았다. 그리고 고통스러운 암 투병을 하느라 늘 두려움에 시달렸던 그 몇 년 동안에도 인생은 분명 지옥이었다.

하지만 내 말을 조금만 더 들어보기 바란다.

그 오랜 시간 내 인생이 그렇게 지옥 같았던 것이 사실은 나 자신이 얼마나 강력한 존재인지, 내가 얼마나 대단한 일을 할 수 있는지 몰랐기 때문은 아니었을까? 아무도 나에게 인생이 어때야 한다고 가르쳐주지 않았고, 인생 사용 설명서를 갖고 태어난 것도 아니었으니 말이다.

나에게 삶은 정말 투쟁의 연속이었고, 어른이 되어서도 속으로는 매사가 두려웠다. 늘 안 좋은 일이 일어나는 것이 인생이고, 나는 그런 인생의 희생자라고 믿었으므로, 창조적인 삶이 아니라 늘 그때그때 상황에 대처하기 바빴다. 누가 어린 나이에 지속적인 따돌림과 차별을 받고 싶겠는가? 그 때문에 나는 자존감이 끔찍이도 낮은 사람이 되었다. 누가 아직도 여자가 남자보다 열등하다고 믿는 사회에서 여자로 태어나고 싶겠는가? 누가 죽음을 부르는 암세포를 갖고 싶겠는가? 그러므로 나는 당연하게도 내 삶의 희생자였다. 아니 그렇게 생각했다. 죽음에 이를 때까지.

내 인생의 이야기는 나의 첫 책《그리고 모든 것이 변했다*Dying to Be Me*》(한국어판 제목)에 연대기순으로 거의 다 풀어놓았다. 웨인 다이어Wayne Dyer 박사의 격려가 있었기에 나는 그 책을 쓸 수 있었고, 그 덕분에 내 이야기가 세상에 알려졌다. 웨인 다이어 박사는 얼마 전에 운명을 달리했는데 죽기 직전까지도 사람들에게 내 책을 추천했다. 나는 그가 신성神性에 의해 내 인생의 목적에 관여했고, 그 배후에는 더 위대한 계획이 있음을 잘 알고 있다. 그리고 이 놀라운 사람 덕분에 내 인생에서 일어난 일에 대해 진심으로 그리고 겸손한 마음으로 감사하고 있다.

첫 책을 쓰고 나자 또 책을 쓸 필요는 없어 보였다. 임사 체험으로 그 절정을 이룬 암 투병 경험을 중심으로 내 인생을 얘기하는 일종의 회고록을 썼고, 그 경험에서 얻은 지혜에 대해서도 썼으니, 더 이상 쓸 것이 무엇이 있겠나 생각했다. 나는 내 인생에서 흥미로운 점들은 모두 썼다고 확신했다.

그런데 임사 체험에서 얻은 가장 놀라운 통찰은 지구상의 이 삶이 천국이 될 수도 있다는 것이었다. 삶의 작동 방식을 이해하고 그 천국을 현실로 만드는 데 필요한 것들을 알기만 하면 말이다. 내가 이 삶으로 다시 돌아올 수 있었던 것도 '천국이란 하나의 상태이지 장소가 아님'을 이해했기 때문이었다. 나는 이 삶 속에서 그 같은 천국을 직접 경험해 보고 싶었다. 나는 그 놀라운 진실을 현실에서 실천하며 두려움과 공포를 비롯해 수많은 심적 고통으로 가득했던 내 인생을 바꿔보고 싶었다. 나는 여기에서…… 그리고 바로 지금 천국을 살고 싶었다.

순탄치 않았던 재적응의 시간

임사 체험 상태에서는 이 모든 것이 아주 분명했고 아주 쉬워 보였다. 하지만 임사 체험 후 새로운 깨달음들을 내 삶에 통합하고 적용하려 할 때마다 나는 계속 장벽에 부딪쳤다. 특히 사람들과 만나고 그 속에 융화하려 할 때 더 그랬다. 현실에 대한 나의 시각이 극적으로 바뀌었는데, 바뀐 시각이 대부분의 사람들이 생각하는 정상적인 세계관과는 당최 어울리지 못했다.

다시 한 번 이 사회에 귀속감을 느껴보고 싶었던 건지, 어느 날 돌아보니 나는 나와 맞지 않는 사람들과 어떻게든 잘해보려고 애를 쓰고 있었다. 그때 멈추지 않았다면 나는 또다시 진정한 나 자신을 억누르기 시작했을 것이고, 타인의 인정을 받기 위해 저쪽 세상에서 배운 것들을 상당 부분 타협하기 시작했을 것이다.

그런 타협을 하게 될 때면 나는 다시금 예전처럼 무기력해지곤 했다. 아무것도 두려워하지 않고 내 인생의 창조자가 되던 때의 그 놀라운 느낌들이 희미해지고, 옛날의 사고방식과 행동거지가 스멀스멀 기어 나오면서 내 시야를 흐렸다. 내 가슴이 하는 말을 듣기보다 나를 비판하는 자들의 말을 듣고 그들의 노래에 맞춰 춤을 추다 보니 '옳은 일'을 하지 않고 있다는 두려움이, 사람들을 실망시킬지도 모른다는 걱정이 다시 내 마음을 흔들어댔다.(이 부분에서 공감하는 사람이 많을 것이다!) 또다시 마음이 불안해졌고, 길을 잃은 것 같았고, 버려진 것 같았다. 정말이지 사람들과 어울리거나 천국을 창조하거나 둘 중 하나만 끊임없이 선택해야 하는 시간이었다.

이와 동시에 《그리고 모든 것이 변했다》 덕분에 유명세를 타면서 내 임사 체험 증언에 감명받은 사람들로부터 산더미 같은 편지와 이메일이 쏟아졌다. 사람들은 내가 자신들의 이야기를 하고 있는 것 같다고 했고, 나는 그 편지들을 읽으며 기쁨과 감사의 눈물을 수도 없이 흘렸다! 그들은 내가 마치 자신들의 가슴과 마음과 영혼을 읽은 것 같다고 했다.

전혀 예상치 못한 압도적인 반응이었다. 내 이야기가 그렇게 많은 사람들에게 그렇게도 깊은 울림을 주리라고는 꿈에도 생각지 못했다. 강연뿐만 아니라 라디오와 텔레비전 프로그램에 출연하는 등 대중 앞에서 말할, 축복 같은 기회가 많이 주어졌다. 그리고 그런 일을 한 번씩 할 때마다 사람들은 나에게 더 많은 것을 원했다! 알고 싶은 게 많았고, 내 경험을, 나아가 자신들의 경험을 더 깊이 들여다보고 싶어 했다. 그도 그럴 것이 내 이야기를 들은 사람들 중에는 본인이 투병중이라든지 사랑하는 사람이 투병중이거나 죽어가고 있는 사람이 많았다. 또는 인간 관계 때문에 괴롭거나 돈 문제로 힘든 사람도 많았다. 그들은 그 모든 삶의 문제들을 극복하고 내가 경험했던 천국을 자신들의 삶에서도 바로 지금 느껴보고 싶어 했다.

내 책에 대한 대중의 반응이 아주 긍정적이었다는 사실과는 별개로, 나에게 쏟아지는 모든 시선들 덕분에 나는 내 인생 여정에서 더 깊고 새로운 수준의 의식들을 경험하게 되었다. 따라서 사람들을 만나지 않아도 될 때면 혼자만의 시간을 보내는 일이 점점 더 중요한 일이 되었다. 혼자가 될 때마다 나는 고요한 마음 상태로 들어갔고, 임사 체험 당시에 경험했던 상태, 즉 우리가 모두 하나로 연결되어 있다고 느낀 그 순수 의식의 상태로 들어갔다. 그 상태에서 나는 나의 죽음으로 가족이 느꼈던 고통과 슬픔을 마치 내 감정처럼 느낄 수 있었다. 그런데 이제 나는 내 가족의 고통만 느끼는 게 아니었다. 나는 사람들이 나에게 보내준 이야기들을 읽으며 온 세상의 고통을 온 마음으로 느끼고 있었다.

사람들은 그들의 마을과 교회, 아쉬람, 집으로 나를 초대해 이야기를 나누고 싶어 했다. 나는 그들 모두를 한 명도 빠짐없이 돕고 싶었고, 그렇게 하지 못하면 몹시 괴로웠다! 최대한 많은 사람들과 이야기를 나누고 답장을 썼지만 늘 부족한 것 같았다. 내가 일일이 응대할 수 없을 정도였다. 나는 사람들의 고통과 그들을 돕지 못하는 것에 대한 나만의 고통을 동시에 느끼며 힘들어했다. 때로는 감당할 수 없을 정도였다. 그러다 내 삶의 기쁨조차 조금씩 사라져갔고, 나는 그런 식으로는 계속할 수 없다고 생각했다. 나는 삶에 기쁨을 불러일으키는 법을 사람들에게 보여주려고 책을 썼는데 정작 나는 대부분의 시간을 다른 사람들의 고통만 느끼며 살고 있었다. 그런 내가 어떻게 이 세상에 기쁨을 가져다줄 수 있겠는가?

치유를 위한 새로운 기회

그러던 어느 날 내가 즐겨 찾곤 하던, 집 근처 해변으로 향했다. 그리고 모래사장에 앉아 먼 바다를 바라보았다. 당시 나는 홍콩 본토에서 떨어져 있는 한 섬에 살고 있었다. 태양이 숨어버린 흐린 날이었다. 그곳에서는 자연과 쉽게 하나가 될 수 있었기에 감정이 복잡해질 때면 그곳을 자주 찾곤 했다.

자연 속, 특히 바닷가에 가면 나는 내가 전 우주와 멋지게 연결되어 있음을 온몸으로 느낄 수 있다. 실제로 우리는 모두 그렇게 온 우주와 연결되어 있다. 마치 인생이라는 이 방대한 태피스트리를 짜내기 위해 모든 것이 동시에 조화롭게 움직이고 있듯이 말이다. 어떤 의문이 들든 자연 속에 있으면 나는 늘 답을 얻는다. 그 답은 바람의 속삭임에서 나오기도 하고, 물 흐르는 소리나, 나무의 가지와 이파리들이 서로 부딪치며 바스락대는 소리에서 나오기도 한다. 그래서 나는 그날도 모래사장에 앉아 먼 바다와 하늘을 바라보았다. 그리고 우주에 조용히 호소했다.

"나는 죽었다가 다시 돌아왔어요. 이제 어떻게 할까요? 마음이 너무도 아픕니다. 한낱 육신에 갇힌 상태로 어떻게 이 모든 사람들과 나 자신을 도울 수 있을까요? 차라리 돌아오지 않았더라면 더 많은 사람을 도울 수 있었겠지요. 지금은 내가 도울 수 없는 사람들 때문에 마음만 아픕니다!"

내가 돌아온 이유를 모르겠다며 우주 앞에 손들고 항복하는 순간 뜨거운 눈물이 볼을 타고 흘러내렸다. 나는 왜 이렇게 마음이 아파야 하는가? 이 세상은 왜 이렇게 고통스러운가?

그때 어디선가 조용한 속삭임이 들려왔다. 사람의 목소리가 아니라 파도 소리가 내 가슴과 공명해서 나온 소리 같았다. "임사 체험에서 네가 배운 게 무엇이냐? 책에도 썼던 바로 그 메시지가 무엇이었나?"라고 그 소리가 속삭였다.

"나 자신을 조건 없이 사랑하기. 그리고 나 자신으로 살기. 나의 빛을 최대한 밝히기." 내가 대답했다.

"그래, 그게 바로 네가 할 일이다. 그렇게만 살면 된다. 너 자신을 조건 없이 사랑해라. 그리고 너 자신으로 살아라."

"하지만 이 세상은 그런 식의 생각과 감정을 지지하지 않아요. 이 세상은 천국보다는 지옥 쪽에 훨씬 더 가까운 것 같아요." 나는 해변 끝 먼 곳에서 파도가 바위에 부딪치는 모습을 보면서 그 보이지 않는 목소리에게 따졌다. "주변 사람들 모두 매일 너무도 많은 문제에 허덕이면서 살아요. 나 자신을 사랑하는 것으로 어떻게 그들을 도울 수 있는지 모르겠어요!"

"너 자신을 사랑하고 너의 진정한 가치를 알면 네가 하지 못할 일도, 치유하지 못할 것도 없다. 너는 모든 의학적 소견들이 무색하게도 말기 암을 치유하면서 너 스스로 그 사실을 배웠다. 너 자신의 가치를 알아차리자 암이 치유되었다."

절대적으로 맞는 소리였다. 림프종 선고를 받을 때까지 나는 두려움 가득한 삶을 살았지만, 결국 나 자신을 사랑하는 법을 배움으로써 살아났다. 아주 간단하게 들리는데, 이 간단한 깨달음을 지금도 고통받고 있는 다른 사람들에게 이해시키는 것이 왜 이렇게 어려운 걸까? 그리고 난 이 깨달음을 왜 그렇게 자꾸 잊어버리는 걸까?

"자신의 진정한 힘을 믿지 않거나 그 힘을 한 번도 느껴보지 못한 사람들로 둘러싸여 있으면 너 자신의 진정한 힘도 쉽게 잊어버리게 된다. 그리고 대부분의 사람들은 그 힘을 믿지 않고 또 느끼지도 못하고 살지." 그 목소리는 마치 나의 생각을 읽고 말하는 것 같았다.

"다른 사람들의 감정과 그들이 원하는 것에 초점을 맞추다 보면 너는 또 두려움의 세상에서 길을 잃게 될 거야. 그렇게는 되고 싶지 않겠지? 너 자신을 사랑하고 인정해 줘. 그리고 그 같은 자기 사랑과 자존감으로 살아 움직이는 사랑 그 자체가 되는 것만이 네가 해야 할 일임을 잊지 마. 그것이야말로 너 자신과 주변 사람들에게 하는 진정한 봉사야. 네가 얼마나 사랑받는 존재이고 얼마나 귀중한 존재인지 깨달았을 때 암이 치유되었지. 바로 그 깨달음이 너를 도와 이 땅에서 천국 같은 삶을 창조하게 할 거야. 세상의 문제 속에서 헤맬 때 넌 아무도 도울 수 없어. 그러니까 길을 잃거나 의기소침해질 때는 단지 이렇게 자문해 봐. '도대체 언제부터 나 자신을 사랑하지 않게 된 거지? 어떻게 하면 나를 더 소중하게 생각할 수 있을까?'라고 말이야."

그것들이 정확하게 내가 임사 체험 당시 배운 것이고 내 암을 치유한 것임에도 불구하고, 나는 그 모든 것을 잊어버리고 있었다. 나는 다른 사람들의 고통 속에서 헤매다 나 자신을 잃어버렸고, 결국 얼마나 엄청난 일이 일어났는지 보고 놀라서 입을 다물고 말았다. 바로 그 순간 내가 한 모든 질문에 대한 답을 들은 것 같았다. 파도의 속삭임이 나에게 말해준 것은 너무도 간단했지만, 동시에 참으로 심오했다!

그날 나는 삶의 진정한 목적을 잊어버리기가, 그리고 삶의 드라마라는 거미줄에 걸려들기가 얼마나 쉬운지 다시 한 번 분명히 보았다. 존재를 정당화하기 위해 우리가 만들어내는 드라마들 말이다. 그런 일은 우리 문화가 말하는 주된 믿음들에 빠져 있을 때 일어난다.

모래 위에 앉아 다음의 말을 마음속으로 되풀이하자 등골이 오싹해지며 전율이 느껴졌다. "너 자신을 사랑하고 인정해 줘. 그리고 자기 사랑과 자존감으로 살아 움직이는 사랑 그 자체가 되는 것만이 네가 할 일이야. 그것이야말로 너 자신과 주변 사람들에게 하는 진정한 봉사야."

나는 먼 바다를 바라보다가 눈을 감고 두 손을 모아 가슴에 대고 말했다. "고맙습니다! 이제 이해했습니다!" 그리고 일어서서 집으로 돌아왔다.

나는 삶의 목적과 방향을 되찾은 것 같아 몹시 기뻤다. 그리고 내 인생이 원래 그래야 하는 그대로 펼쳐질 것이라는 믿음도 다시 생겨났다. 나는 다시 태어난 것 같았고, 다시 한 번 우주와 연결된 느낌이 들었다. 그리고 진정한 나 자신으로 살고 우주와 떼려야 뗄 수 없이 연결되어 있음을 기억하는 방식으로 배터리를 충전하기만 하면 모든 일이 원래 그래야 하는 그대로 동시에 펼쳐질 것임을 알았다.

이 책에서 탐구하는 것들

나는 전 세계 수많은 사람들이 고통스러워하는 것을 느끼고, 또 그들에게 삶의 기쁨을 되찾아주고 싶은 강력한 열망도 갖고 있었기에 이 책을 써야 할 것 같은 기분이 갈수록 더 들었다. 이 책은 우리가 그동안 알게 모르게 받아들여 온 주된 신념들이 어떻게 잘못되었는지 낱낱이 보여줄 것이다. 이 신념들은 우리 문화 속에서 많은 사람들이 받아들이고 있는 것이지만, 이 믿음들을 받아들일 때 우리는 삶을 만끽할 수 없다. 내가 그날 해변에 앉아서 우주와 대화를 나눈 뒤 그 간단한 진실들을 기억하고 자유를 되찾은 것처럼, 당신도 이 책을 읽은 후 당신 안의 진실들과 공명해 나와 똑같은 자유와 기쁨을 느끼기 바란다.

우리는 자신이 어떤 존재인지에 대한 진실을 알면서 태어난다. 하지만 자라면서 그 진실을 잊어버리고, 사회가 말하는 틀에 자신을 맞추며 그 규칙에 스스로를 길들이며 순응하려 한다. 우리는 밖에서 안내를 구하라고 배웠고, 그래서 다른 사람들의 기대를 받아들이게 되었다. 그리고 그 기대에 부응하지 못할 때면 자신이 부적합하다거나 결함이 있다고 생각했다.

이 말은, 우리 인생이라는 항해에서 기초가 된다고 배워온 믿음들, 우리가 개인적으로 가치 있다고 생각하는 것의 기반이 되는 믿음들이 모두 틀렸다는 뜻이다! 그러니 자기 계발 워크숍에 아무리 많이 참가하고 자기 계발 책을 아무리 많이 읽어도, 우리는 여전히 외부에서 답을 찾고 있는 것이다. 이런 일은 이롭기는 커녕 오히려 퇴보를 부른다! 이 사회가 말하는 잘못된 신념들을 당당히 깨고 우리의 생각에 영향을 끼쳐온 거짓말들을 폭로하지 않는 한, 이 파괴적인 패턴은 절대 바뀌지 않을 것이다.

이 책의 각 장에서 우리는 우리가 무심코 진실이라고 받아들였던 흔한 신념들을 하나씩 살펴보고, 그런 신념들이 눈에 보이지는 않지만 얼마나 만연해 있는지도 살펴볼 것이다. 더불어 내 인생에서 그런 신념들이 민낯을 드러낸 이야기를 여러분과 나눌 것이고, 내가 나만의 경험으로부터 어떻게 그것들이 잘못되었는지 알게 되었고 거기서 발견한 진실은 무엇인지도 설명할 것이다. 각 장 끝에는 '바로 지금 천국에 살기' 코너를 붙였다. 여기서 나는 각 장에서 탐구한 거짓 신념들의 이면에 있는 진실을 밝히고, 이 거짓 신념에서 벗어나 진실에 따른 삶을 살아가는 데 필요한 방법들도 요약해서 언급할 것이다.

지난 몇 년이 편안하기만 했다면 나는 아마도 이 책을 쓸 생각을 하지 못했을 것이다.(최소한 아직은 아니라고 생각했을 것이다.) 그러므로 나는 나에게 가슴과 영혼을 열어주고 자신의 삶에 대해 들려준 모든 독자들께 감사한다. 나와 어떤 식으로든 선이 닿았던 그들 각각이 그리고 모두가 나로 하여금 이 책을 쓰게 했다. 우리는 모두 연결되어 있고, 나는 당신이 느끼는 것을 느낀다. 이 책은 당신에게 내미는 나의 선물이다. 내 가슴에서 당신의 가슴으로 전달되는 선물이다.

첫 번째 신념

행한 대로 받는다

"삼보야, 삼보야, 꼬마 검둥이 삼보야!" 학교 운동장에서 아이들이 나를 둘러싼 채 내 검은 피부와 곱슬곱슬한 머리카락을 놀려댔다. '삼보Sambo'는 당시 우리가 수업 시간에 읽은 책에 나왔던, 검은 피부의 남인도 소년이다. 나는 영국계 사립 학교를 다니는 특권을 누렸지만, 그 덕분에 그런 무자비한 놀림을 지속적으로 받아야 했다.

나는 당황스럽고 수치스러워서 얼굴이 벌게졌다. 나를 둘러싼 아이들이 점점 원을 조여왔다. 여덟 살짜리 소녀는 어떻게 해야 할지 몰랐다. 마음이 혼란으로 요동쳤다. '애들이 왜 이래?' 얼어붙은 나는 속으로 물었다. '이렇게 생긴 걸 내가 어떻게 해! 어떻게 하지? 소리라도 질러야 하나? 아니면 때려볼까? 선생님한테 말할까?'

질식할 것만 같았다. 내 눈동자는 조바심을 치며, 쉬는 시간이면 선생님을 애타게 찾았다. 그리고 마침내 찾았지만 선생님은 운동장 다른 끝에서 실뜨기 놀이를 하는 아이들 틈에서 웃고 계셨다. 아이들은 선생님과 무척이나 같이 놀고 싶어 하는 듯했다. 선생님이 내 쪽을 볼 가능성은 없었다. 운동장에는 줄넘기를 하거나 술래잡기 등을 하는 아이들이 수백 명이나 시끄럽게 떠들고 있었으므로 그 틈에서 선생님이 내 목소리를 들을 리 없었다. 나를 괴롭히던 아이들은 선생님이 멀리 계시다는 걸 다 확인하고 나서 나를 실컷 놀려먹기로 한 것이다.

눈물이 터져 나올 것 같아서 나는 도망을 치려고 했다. 그래, 잘하면 이 아이들 틈을 비집고 빠져나갈 수 있을지도 몰라. 그렇게 어찌어찌 빠져나가려 했지만 여자애들은 점점 더 나를 조여왔고 내 책가방을 붙잡고 도망치지 못하게 했다. 어느새 나는 운동장 끝의 차가운 돌 벽까지 밀려가 있었다.

6인조 꼬마 악당

나는 간절히 바랐다. 갑자기 천둥이 꽝하고 쳐서 하늘이 두 쪽이 나기를. 그러고 나서 텔레비전에서 본 슈퍼 영웅이 날아와 이 악당들을 때려눕힌 다음 나를 번쩍 들어 안전한 곳으로 데려다주기를. 그럼 나는 그들을 보고 막 웃어줄 수 있을 텐데! 하지만 사실 그 순간에 내가 정말 바랐던 건 그보다는 훨씬 덜 극적이었다. 이를테면 누군가, 다른 여자 아이들 중에 한 명이라도 좋으니 누군가 짠하고 나타나 나를 도와 그 악당들을 혼내주는 것 같은…… 머릿속으로 내가 아는 온갖 구원의 시나리오들이 다 떠올랐지만, 슬프게도 아무 일도 일어나지 않았다.

그렇게 나는 벽에 등을 대고 서 있었고, 6인조 악당은 마치 한 사람처럼 움직이며 서서히 나를 덮쳐왔다. 모두 나보다 키가 커서 다른 사람들은 아무도 나를 볼 수 없었다. 나는 순간 그들의 다리를 발로 걷어찬 다음 도망갈까도 생각했지만, 실제로 내가 할 수 있는 일이라고는 등으로 벽을 점점 더 세게 미는 것뿐이었다. 그렇게라도 해서 그들과 조금이라도 더 멀어지고 싶었다. 그리고 나는 최악의 순간을 기다리며 눈을 감았다. 리네트라고 하는, 그 무리에서 가장 큰 아이가 갑자기 내 어깨의 책가방 줄을 움켜잡았다. 그 힘이 어찌나 센지 내 발이 땅에서 떨어진 것 같았다. 내가 발끝으로 겨우 균형을 잡고 서 있는 사이 리네트가 가방 끈을 확 잡아당기더니 내 눈을 노려보면서 윽박지르듯 말했다.

"야! 삼보! 네 점심 값 내놔!"

나는 이미 흐느끼고 있었다. 볼을 타고 내리는 눈물을 주체할 수 없었다. 리네트가 나를 붙잡은 손을 풀었다. 그래야 내가 가방에서 돈을 꺼낼 수 있으니까. 아침에 아버지가 간식 값으로 주신 돈이었다. 나는 온몸을 떨었다. 리네트에게 동전들을 건네주기가 무섭게 수업종이 울렸다. 리네트는 내 손에서 돈을 홱 낚아채고는 다른 아이들과 함께 교실 쪽으로 뛰기 시작했다. 그 아이들은 아무 일도 없었다는 듯 남은 하루를 보낼 것이었다. 그들이 사라지자 다리에 힘이 풀려 바닥에 주저앉아버렸다. 나는 바로 그 자리에서 꼼짝도 하지 못하고 한바탕 발작적으로 흐느꼈다.

외톨이 골리워그

영국 식민지 치하의 홍콩에 있던 영국계 학교에는 인도인 아이가 굉장히 드물었다. 지금도 분명히 기억하는데 그렇게 괴롭힘을 당하던 그해 초에 나는 어머니와 함께 그 학교의 교장 선생님 앞에서 입학 면접을 보았다. 단발 커트를 한 엄한 표정의 여자 선생님이었는데, 그런 격조 높은 학교에 다니는 것은 대단한 특권이자 행운이 분명하니 감사해야 할 것이라고 마치 온몸으로 말하는 듯했다.

학교를 다니기 시작하자 반 아이들은 나를 운동장에서 "작은 검둥이 삼보"라고 놀리는 것도 모자라 골리워그golliwog(검은 얼굴에 검은 머리를 한 흑인 인형으로 흑인을 폄하하는 말이다—옮긴이)라고 부르기도 했다. 골리워그는 당시 내가 살던 세상의 어린이 책에 자주 등장하던, 검은 피부, 크고 부푼 빨간 입술, 불에 지진 듯한 곱슬머리, 커다란 눈을 한 어린아이이다. 나는 성적이 좋았기 때문에 아이들은 내가 잘난 척한다고 또 괴롭혔다. 심지어 아무 이유도 없이 내 사물함을 털어 새로 산 색연필 같은 것을 훔쳐가기도 했다. 그 모든 일이 벌어지고 있는데도 나는 극도로 소심하고 내성적인 아이라서 한 번도 맞서서 싸우지 못했다. 그래서 아이들은 나를 더 만만하게 보고 또 괴롭혔다.

때로 너무 힘들고 지칠 때면 여학생 샤워장 칸막이 한 곳에 숨어 눈물이 마를 때까지 울었다. 집에서도 울면서 잠드는 날이 많았다. 나갈 구멍이 없는 아주 깊고 어두운 구석에 몰린 것 같았다. 성적은 좋았지만 학교는 지독하게 싫었다.

아이들의 놀림이 괴로웠던 것은 나 스스로도 내 피부색을 창피하게 생각하고 있었기 때문이다. 그리고 나는 아이들이 그런 행동을 보이는 이유가 내가 행동하고 말하는 방식에 무언가 문제가 있기 때문이라고 확신했다. 하지만 무엇이 문제인지 알 수 없었고, 그래서 잘못을 바로잡아 아이들이 나를 좋아하게 만들 수도 없었다. 얼마 안 되어 나는 내가 다른 아이들에 비해 많이 부족한 불량품이라고 믿기 시작했다.

어쨌든 나는 이것이 내 탓이라고 확신하고 있었으므로 선생님은 물론이고 부모님께도 이 일을 절대로 털어놓을 수 없었다. 특히 내가 학교에서 정말로 잘 지내고 있다고 생각하시는 부모님을 실망시켜 드리고 싶지가 않았다. 또 사실을 밝히면 아이들이 더 화가 나서 나를 더 괴롭히거나 대단한 복수를 감행할지 모른다는 생각도 들었다.

여성은 2등 시민으로 간주되는, 남녀차별이 만연한 문화에서 자란 것도 당시 나에게는 좋지 않게 작용했다. 나는 아주 어릴 때부터 그런 차별을 아주 잘 인식하고 있었다. 나를 괴롭힌 아이들이 다 여자 아이들이었으니 직접적인 관계는 없었지만, 그런 문화에서 자랐기 때문에 부당한 상황에 처할 때면 늘 자존감이 매우 낮은 행동을 보일 수밖에 없었다.

리아나의 배신

그해 언젠가 나는 나보다 한 학년 높은 리아나라는 다른 인도 소녀를 사귀게 되었다. 리아나도 괴롭힘을 당했으므로 우리는 금세 아주 친한 친구가 되었다. 친한 친구가 있다는 것이 나는 정말 좋았다. 나에게 일어난 일들을 처음으로 누군가에게 다 말할 수 있게 된 것이다. 우리는 늘 함께 다녔고 둘이 함께라면 아이들의 괴롭힘도 물리칠 수 있다고 믿었다. 서로 지켜주고 보호해 줄 테니까.

우리는 미로 같은 학교 건물 곳곳에 안전한 곳을 찾아내 비밀 은신처로 삼았다. 그곳에 간식거리나 점심을 갖고 가면 아무도 빼앗아갈 수 없을 것 같았다. 방과 후에는 서로의 집에 놀러 갔고, 주말에는 같이 잠도 잤다. 우리는 둘 다 남자 아이들처럼 뛰어다니기를 좋아했고, 자전거나 롤러스케이트도 즐겨 탔다. 그리고 함께 축구나 크리켓을 할 때면 매우 신이 났다.

그런데 어느 날 모든 것이 변해버렸다. 리네트 일당이 쉬는 시간에 리아나를 구석에 몰아세우고는 때려주겠다고 위협을 했고, 겁이 난 리아나가 자신을 풀어주면 내가 어디에 있는지 말해주고 나를 괴롭히는 일에 함께하겠다고 말한 것이다. 난관에서 벗어나기 위해, 말하자면 나를 협상 카드이자 희생양으로 삼은 것이다. 리네트와 그 일당은 그 거래에 동의했다.

리네트 일당이 그 끔찍한 노래 "삼보야, 삼보야!"를 부르며 우리가 좋아하던 은신처에 나타났을 때 내가 얼마나 놀랐을지 상상해 보라. 하지만 그건 그들 사이에 있는 리아나를 봤을 때 느낀 충격과 공포에 비하면 아무것도 아니었다! 내 가장 친한 친구가 내 편이 되어 나를 구하러 오기는커녕 나를 떡하니 그들 앞에 내준 것이다! 나는 리아나가 나에게서 등을 돌린 데 크게 상처를 받았고, 그 배신이 리네트 일당의 괴롭힘보다 훨씬 더 나쁘게 느껴졌다. 그때 이후로 나는 자신을 더욱더 무가치한 인간으로 보게 되었다.

지금의 나는 어린 나이에 또래로부터 괴롭힘당하는 것이 감정적으로 얼마나 무서운 일이며, 따라서 그때 이후로 내가 마음속 깊은 곳에서부터 변해버렸다는 것을 잘 안다. 나는 아무도 나를 볼 수 없어서 아무런 방해 없이 내 할 일을 할 수 있게 되면 정말로 좋겠다고 생각했다. 그리고 사람들이 무서웠고, 그래서 늘 사람들의 레이더망 밑으로만 다녔다. 사람들의 주목을 받는 연극부나 학생회 같은 활동은 절대 하지 않았다. 또래들이 유행을 따르기 바쁠 때에도 늘 무난하고 편안한 옷만 입었다. 팀 스포츠는 다 싫어했는데 양쪽 팀 어디에도 끼지 못할 것이 분명하다고 생각했기 때문이다. 마찬가지로 아무도 나를 원하지 않을 것이 뻔했으므로 그룹 활동도 싫어했다.

어머니는 내가 그 단단한 껍질을 깨고 나오게 하려고 이것저것 끊임없이 시도하셨지만, 나는 어린 시절 대부분을 매우 수줍고 소극적인 아이로 보냈다. 근본적으로 나 자신이 추하고 혐오스럽고 무가치하고 흠이 많아서 사랑받을 수 없다고 느꼈기 때문이다. 목숨을 끊는 것만이 유일한 탈출구라고 생각한 적도 있었다. 그렇게 하면 그들이 뭔가 배우겠지! 열세 살 즈음에 그런 생각을 했다. 그런 생각이 들자마자 마치 영웅이라도 된 듯한 기분이 들었다. 나를 괴롭힌 모든 아이들을 위해 내 삶을 희생하는 것이다. 내가 죽으면 어른들은 분명 모든 사실을 알게 될 것 같았다. 내가 유서를 남겨서 왜 그런 끔찍한 선택을 했는지 설명해 줄 테니까. 그럼 나를 괴롭히던 아이들도 충격을 받고 변할지도 모른다.

하지만 바로 다음 순간 내가 자살하면 나를 그토록 사랑하는 어머니가 굉장히 슬퍼할 거라는 생각이 들었다. 절망적인 상황이었지만 한 순간 어머니를 생각하는 것만으로도 자살에 대한 생각을 떨쳐버릴 수 있었다. 내가 죽으면 어머니가 얼마나 슬퍼할까 하는 생각이 잠깐 스쳤을 뿐인데도 나는 그 순간 어느 때보다 슬펐고, 덕분에 자살은 꿈도 꾸지 않게 되었다.

어머니는 이미 자식의 죽음을 한 차례 경험하신 적이 있었다. 내가 여덟 살 때 당시 두 살이던 동생이 저세상으로 간 것이다. 동생은 다운증후군에다 심장에 구멍을 갖고 태어났다. 동생의 죽음으로 부모님은 몸도 마음도 황폐해지셨다. 특히 어머니가 슬픔을 극복하기까지는 꽤 오랜 시간이 걸렸다. 나는 어렸지만 그때 우리 가족이 얼마나 슬퍼했는지는 생생히 기억했다. 내가 지금 여전히 살아있는 것은 아마도 그 기억 덕분이 크리라.

십대의 고뇌

사춘기에 접어들어 몸이 변하기 시작하자 나는 헐렁하고 편안한 옷 속에 몸을 숨기기 시작했다. 그렇게 해서라도 사람들의 시선을 피하고 싶었다. 머리도 길게 길렀는데, 숱 많은 머릿속에 얼굴을 감추면 안전하고 보호받는 느낌이 들었다. 학교를 다니는 내내 아무도 나를 알아채지 못하기를 바랐는데, 보는 사람이 없으면 괴롭힐 사람도 없다고 믿었기 때문이다.

다른 아이들이 몰려다니며 단체 스포츠 같은 방과 후 활동이나 댄스 파티 같은 주말 모임을 즐길 때 나는 늘 혼자였다. 괜히 그런 곳에 참여했다가 소외감을 느끼고 싶지 않았다. 수업이 끝나면 곧장 집에만 가고 싶었고, 집에서는 가족이랑 시간을 보내거나 혼자 음악을 듣거나 책을 읽었다. 때로는 식구들이 친척이나 이웃들과 외출을 하기도 했는데, 그런 일은 나도 즐기기는 했지만 학교에서 벌어지는 일들은 누구에게도 이야기하지 않았다. 학교 생활은 내 수치스런 비밀로 남았다.

물론 내 유년 시절이 늘 불행하기만 했던 것은 아니다. 사실 나는 홍콩에서 다양한 문화와 언어에 노출되어 자랐기 때문에 놀랍고 멋진 어린 시절을 보냈다고 할 수도 있다. 지금은 홍콩에서 자란 것이 큰 행운이었다고 생각한다. 하지만 당시 나는 정신적으로 이미 망가진 상태였다. 내 인생의 시한폭탄은 그때부터 벌써 켜져 있었다. 언젠가 터질 때를 기다리면서 말이다.

어린 시절에 일어날 수 있는 갖은 학대들과 마찬가지로, 또래 괴롭힘도 우리를 매우 철저하고 근본적으로 왜곡시킬 수 있다. 그런 일이 아주 어린 나이에 시작되고 아주 오래 지속되면, 우리가 세상을 보는 방식이나 사람들과의 관계에서 자신을 보는 방식이 영원히 바뀌어버릴 수도 있다. 괴롭힘이 오래전에 끝났다고 해도 우리는 그 바뀐 방식 그대로 세상을 보고 자신을 볼 것이다. 그런 일이 발생하면 그 아이는 나머지 인생 내내 매사에 부정적인 반응을 보이게 된다.

놀랍지도 않은 일이지만, 나는 어딜 가나 거부당할 거라고 예

축하며 내 인생의 초창기를 보냈다. 따라서 계속 거부당할 수밖에 없게 행동했는데, 사실 그런 행동은 단지 나 자신에 대한 느낌의 반영에 지나지 않았다. 그 거부당할 것 같은 느낌은 어른이 되어서도 오랫동안 지속되었다.

나는 뭐든 정말로 열심히 해서 자신을 증명해야 한다고 생각하는 어른으로 자랐다. 기본적으로 나 자신의 가치를 증명해야 한다고 생각했고, 때로 좋은 일이 생길 때는 내가 그것을 받을 자격이 있는 사람임을 증명해야 한다고 생각했다. 나는 또 비판에 극도로 예민한 사람이 되어 있었다. 비판을 있는 그대로 받지 못하고 늘 머릿속에서 부풀려 생각했다.

하지만 또래로부터 괴롭힘을 당한 경험이 남긴 가장 큰 여파라고 하면, 사람들이 나를 좋게 평가할 때도 그것을 칭찬으로 듣지 못하고 오히려 내가 그런 칭찬을 들을 자격이나 그만한 가치가 없는 사람이라고 생각하게 되었다는 것이다. 그래서 나는 으레 그런 관심을 거부하거나 그런 관심에 지나치게 감사했다. 그리고 그런 긍정적인 관심을 정말로 받을 자격이 있는 사람임을 증명하기 위해서 살았다고 해도 과언이 아니다. 심지어 그 과정에서 이용당하고 심적인 학대를 받더라도 말이다.

요컨대 어릴 때 또래로부터 괴롭힘당한 경험이 내 자존감을 없애버렸던 것이다.

사랑에 대한 진실을 배우다

그랬으니 임사 체험을 하는 동안 내 존재 자체만으로도 무조건적인 사랑을 받을 자격이 있을 뿐 아니라 나 자신이 이 우주의, 모든 면에서 특별하고 독특하고 가치 있고 진실로 아름답고 장엄하고 강력한 창조물임을 깨달았을 때 내가 얼마나 놀랐을지 상상이 갈 것이다. 우주가 나에게 주는 깊고 영원한 사랑을 거둬들이기 위해 어떤 특별한 씨앗도 심을 필요가 없었다. 나는 아무것도 증명할 필요나 성취할 필요가 없었고, 그 무엇이 되어야 할 필요도 없었다. 이것은 태양이 저녁이 되면 지고 다음날 아침이 되면 다시 떠오르는 것처럼 그냥 그런 것이다.

임사 체험중 수정같이 맑은 빛을 받으며, 나는 어릴 때 학교에서 겪은 그 어떤 일도 나의 잘못이 아니란 걸 이해했다. 나를 괴롭힌 아이들도 사랑받지 못하고 무력하고 불안해서 그랬을 뿐이었다. 우주는 그때 나에게 그랬던 것처럼 그렇게 깊이, 그렇게 많이 그 아이들도 사랑했다. 그 아이들도, 나처럼 몰랐겠지만, 아름답고 멋진 존재들이었다. 그 아이들은 자신이 무가치하다는 느낌을 나에게 투사했던 것인데, 그건 내가 그런 투사를 받아 마땅한 어떤 일을 해서가 아니라, 단지 나에게 그런 일이 일어날 수 있어서 일어난 것뿐이었다.

놀랍게도 그들이 한 일이든 내가 한 일이든 그 어떤 일도 용서는 필요 없었다. 우리는 모두 무지로 그런 행동을 했을 뿐이다. 그리고 우리가 무지할 수밖에 없었던 것은 신성을 잊어버린 사회에서 자랐기 때문이었다. 살면서 내가 경험한 것들은, 나쁜 경험들까지도 모두, 조건 없는 사랑을 향해 난 길을 다시 찾기 위해 꼭 필요한 것들이었다.

"행한 대로 받는다"는 말이 거짓이라면 무엇이 진실일까?

진실

- 아무리 부족해 보이는 사람이라도 우리는 누구나 그 존재 자체만으로도 조건 없는 사랑을 받을 자격이 있다. 사랑은 구할 필요가 없다. 사랑은 우리가 타고난 권한이다.
- 다른 세상에서 보면, 우리는 이 우주의, 모든 면에서 독특하고 특별하고 가치 있고 아름답고 장엄하고 강력한 창조물이다.
- 우리가 무슨 말을 하고 무슨 일을 하든(그리고 이 세상에서 우리를 사랑하는 사람이 아무도 없다고 하더라도) 우주는 우리 모두를 깊이 그리고 영원히 사랑한다.(우리는 어쨌든 모두 연결되어 있고 전체의 일부이다.)

연습과 요령

- 누군가가 어떤 방식으로든 당신을 깎아내리면 그 사람 자신이

고통스럽고 혼란스러워서 그러는 것임을 알자. 마찬가지로 그 고통 속에 있는 사람에게 진심으로 연민을 느끼는 것(이것은 그 사람의 행동을 용인하는 것과는 다른 것이다)이 그 사람뿐만 아니라 당신에게도 이로운 것임을 알자.

- 주변 사람들 때문에 힘들다 싶으면 어떤 통찰이나 기술이 그 상황을 가장 잘 해결해 줄까 생각해 보자. 그 다음 우주는 누구에게나 해결할 수 있는 문제만 준다는 사실을 상기하자. 지금 벌어지고 있는 일을 부담스럽게 여기거나 가혹하다고 여기기보다 성장을 위한 기회로 본다면, 그 문제를 해결하는 데 필요한 것을 더 빨리 얻을 것이다.
- 당신을 괴롭히는 사람과 함께 연극을 하고 있다고 상상해 보자. 그리고 연극이 끝난 후 각자의 역할에서 벗어나 홀가분한 마음으로 다른 스태프들과 함께 뒤풀이를 하고 있다고 생각해 보자. 그 사람은 이제 연극에서와는 전혀 다르게 아주 다정한 사람이다. 그리고 당신의 연기가 훌륭했다고 칭찬한다. 이런 상상을 자주 반복하다 보면 그 사람에 대한 시각이 조금씩 긍정적으로 바뀔 것이다.
- 과거에 벌어졌던 최악의 사건으로, 상처를 받던 그때의 상황으로 돌아가는 상상을 해보되, 이번에는 그 사건에 좀 더 성숙하고 현명한 관점으로 대처해 보자. 그동안 살면서 배우고 터득한 모

든 지혜를 총동원해서 대처해 보자. 이 상상은 최대한 생생하게 하는 것이 좋고, 당신만이 아니라 관련된 사람 모두에게 반드시 이로운 결과를 끌어내야 한다.

- 과거에서 벗어나지 못하게 하는 감정적 반응이나 불안 등을 해소하고 현재에 사는 데 도움이 되는 EFT(Emotional Freedom Technique, 간단한 터치로 부정적인 감정을 자유롭게 풀어주는 기법—옮긴이)나 호흡 관찰법 혹은 명상을 배워보자.

스스로에게 묻기

- 내가 겪은 최악의 모욕 혹은 지금 갖고 있는 최악의 트라우마에는 어떤 것이 있는가? 그것들 사이의 공통점이나 공통 주제는 무엇인가?
- 작은 일이라도 의도치 않게 누군가를 부당하게 대우한 적은 없는가? 그런 적이 있을 수도 있겠다면, 나를 고통스럽게 했던 그 사람도 사실은 그럴 의도가 전혀 없었던 건 아닐까? 혹은 내가 그 사람이 한 말이나 행동을 오해한 건 아닐까?
- 내가 이 우주의 무조건적인 사랑을 받을 만한 사람임을 깨달으려면 어떻게 해야 할까? 어떻게 하면 이 사실을 매일 조금 더 많이 받아들이게 될까?

나는 다음과 같을 때 내가 가치 있는 사람임을 증명하지 않고도 이 자체로 충분하다고 느낀다.

- 사람들이 나를 참을 수 없을 정도로 화나게 해도(혹은 예전 같으면 대단히 화를 냈을 행동을 해도) 마음의 중심을 잡고 지금 해야 할 일에 집중할 때.
- 나의 외모나 내가 성취한 일 같은 외부적인 것들로 나의 가치를 측정하지 않을 때.
- 내가 무엇을 가질 자격이 있을까를 생각하지 않고 내가 정말 누구인지를 생각할 때. 내가 순수한 사랑이고 순수 의식이라고 느낄 때.

자기를 사랑하는 것은 이기적이다

나는 디스커버리 만(최근까지 내가 살던 곳)에서 바다를 건너 홍콩으로 가는 페리 안에 앉아 이런저런 생각에 잠겨 있었다. 나는 그 배를 즐겨 탔는데 23분 만에 내려야 해서 늘 아쉬웠다. 가능하다면 창가에 앉아 다른 크고 작은 배들도 보고 파도도 본다. 갈매기들이 물 위로 돌진하거나 꽥꽥거리며 서로의 꼬리를 쫓기도 하고 승객들이 던져주는 빵 부스러기 같은 것들을 받아먹기도 한다. 밤에 배를 탈 때면 환히 빛나는 도시의 스카이라인이 장관인데, 그 모습은 마치 홍콩에서 심심찮게 벌어지는 축제나 기념 행사 때 터지는 폭죽처럼 보이기도 한다. 정말 멋지다!

그날은 제일 먼저 승선했기에 페리가 움직일 때까지 10분 정도 시간이 남아 있었다. 나는 늘 그렇듯 창문 쪽 자리에 앉아 바다를 바라보았고, 그럴 때면 늘 그렇듯 마음이 정처 없이 흐르고 생각이 꼬리에 꼬리를 물고 이어졌다. 어릴 때 따돌림으로 힘들었던 일, 그리고 암 선고를 받고 2006년 2월에 죽었다 살아난 일까지 하나둘 떠올랐다. 그러다 마지막으로 현재 내 삶의 영상들이 속속 떠올랐다.

어린 시절 당했던 놀림과 배척 탓에 나는 내가 많이 부족한 사람이라고 믿었다. 내 민족과 피부색도 열등하다고 믿었고, 내가 우수한 인간임을 어떻게든 증명해야 사람들이 나를 받아들이고 좋아할 거라고 생각하며 살았다. 여성이 차별받는 문화에서 태어나 자란 것도 상황을 더 안 좋게 만들었다. 그러므로 어느 모로 보나 자존감이 매우 낮은 어른이 된 것이 놀랄 일도 아니었다.

부모님은 나를 사랑했지만, 그분들의 사고방식은 힌두 문화의 영향을 많이 받았고 삶 자체도 힌두교도의 삶이라 할 만했는데, 그런 탓에 당신들의 신앙을 나에게도 고스란히 전하려고 했다. 하지만 부모님이 어린 시절을 보낸 인도에서는 모든 사람이 동일한 가치와 믿음을 갖고 있었다. 그와 다르게 나는 대부분 영국에서 와 우리 가족과는 전혀 다른 신념과 가치 체계를 가진 학생들과 함께 공부했기 때문에, 그 두 상이한 믿음 체계를 어떻게든 통합시켜야만 했다.

이런 다양한 요소들이 수년 동안 계속해서 내 자아 이미지와 정체성 형성에 영향을 끼쳤고, 그 결과 나는 진정한 나 자신이 정확하게 혹은 제대로 반영되지 못한 자아 이미지와 정체성을 갖게 되었다. 그런데도 다른 사람들처럼 나도 내가 가진 기본적인 가치관이나 믿음에 거의 의문을 품지 않았다. 아니 한 번도 의심하지 않았다는 쪽이 더 맞을 것이다. 그것들이 그냥 진실처럼 느껴졌다. 그것들이 이를테면 내 운영 체계의 일부가 된 것이다.

이제 나는 우리의 모든 생각이 사실은 일생을 통해 꾸준히 구축해 온 믿음, 생각, 관념의 방대한 네트워크에서 나온다는 사실을 잘 알고 있다. 다시 말해 갑자기 떠오른 것 같은 생각조차도(이를테면 내가 홍콩으로 향한 페리를 탈 때 한 생각) 사실은 전혀 외떨어진 것이 아니라는 말이다. 모든 생각은 이전 생각들의 결과이다. 그리고 우리의 믿음, 능력, 강점, 약점, 우리가 스스로에게 말해온 이야기들의 결과이다. 아무 이유 없이 문득 떠오른 것처럼 보이는 생각조차 사실은 지금까지 경험해 온 모든 것과 연결되어 있는 것이다.

내가 암에 걸렸던 것은 늘 열등감에 사로잡혀 자신이 무가치하고 매사에 자격이 없다고 생각하고 살았기 때문이라는 것을 이제 나는 잘 알고 있다. 다들 그 암으로 내가 죽을 거라고 했다. 의사들도 내가 암을 이겨내지 못할 거라고 확신했고, 나도 그들의 말을 믿었다. 그들 마음속 깊은 곳에 도사리고 있던 두려움을 느꼈고 그 두려움을 내 것으로 삼았다. 나는 내 몸을 무자비하게 유린하던 그 짐승에게 공포를 느끼며 침대에 누워 있었고, 다시는 깨어나지 못할 것 같아 잠도 들지 못했다...... 그리고 아침마다 모든 것이 한갓 악몽이길 바라며 눈을 떴지만 마주한 현실은 그저 냉혹할 뿐이었다.

지금 알고 있는 것을 그때도 알았다면 결코 암에 걸리지 않았을 것이다. 페리에 앉아 회상에 잠긴 나는 어릴 때의 나로 돌아가 아홉 살짜리 자신을 위로하고 싶어 했다. 그리고 그 아이에게 무슨 말을 할까 생각하기 시작했다.

나는 어린 내가 자신이 얼마나 사랑스럽고 아름답고 가치 있고 완벽한지 알았으면 싶었다. 아이들이 원래 얼마나 잔인할 수 있는지 알고 그 모든 괴롭힘이 절대 어린 내 잘못이 아니란 것도 알았으면 싶었다. 그리고 어린 내가 그 자체로 장엄하고 아무 부족함도 없으며, 그 아이들은 그저 불안해서 그러는 것임을 알았으면 싶었다. 그 아이들은 강한 것이 아니라 약했고, 대담한 것이 아니라 겁에 질려 있었다. 바로 그래서 어린 나를 괴롭혔던 것이다. 내 피부색이나 내 머리카락 모양이나 내 어떤 요소 때문이 아니었다.

이제 내 마음은 현재의 내 인생으로 표류해 들어온다. 세계를 누비며 웨인 다이어, 루이스 헤이Louise Hay, 디팩 초프라Deepak Chopra 같은 사람들과 콘퍼런스를 하고 대규모 청중 앞에서 강연을 하는, 그 어느 때보다 즐겁고 행복한 현재의 인생으로. 지금의 나는 사람들의 삶에 도움을 주며 기쁘고 활기차게 살고 있다. 어둡고 우울한 어린 시절에는 상상도 하지 못했던 삶이다. 그때는 한치 앞도 볼 수 없는 지옥 속에 있어서 마치 온 세상이 나를 집어삼킬 기회만 노리고 있는 것 같았다.

내가 사실은 사랑받을 가치가 있는 장엄한 존재임을 처음부터 알았더라면 내 인생은 어떻게 바뀌었을까? 어쩌면 내가 지금 음미하고 있는 이 멋진 것들을 깨닫기 위해서 나는 그 고통스럽고 괴롭고 두려웠던 시간들을 통과해야만 했는지도 모른다. 나는 이 삶에서 일어나는 모든 일이 궁극적으로는 우리를 위한 것이고, 오직 대조를 통해서만 그 진실을 볼 수 있다고 믿고 있다. 그러니까 괴롭고 힘들고 무서웠던 경험은 사랑과 받아들임과 아름다움과 기쁨이 진짜로 어떤 것인지 이해하고 알아보는 데 꼭 필요한 것이었는지도 모른다.

불만족의 원인

어떤 희생을 치르더라도 이제 나는 내 열정이 시키는 대로 살고자 한다. 나는 전 세계의 다양한 청중들 앞에서 강연하는 것을 정말 좋아하고, 시차에 적응하는 일이 육체적으로 부담되기는 하지만 여전히 여행하기를 즐긴다. 사실 이날 페리에 앉아 회상에 잠겨 있을 때도 막 강연 여행을 마친 뒤라 피곤한 상태였다. 하품이 나오는 걸 억지로 참다가 나는 익숙한 목소리가 내 이름을 부르는 소리에 깜짝 놀라며 상념에서 깨어났다.

“어머, 아니타! 너무 반가워. 옆에 앉아도 될까?”

이웃 친구 아이린이었다. 순간 창밖을 내다보니, 배는 아직 출발도 하지 않은 상태였다. 하지만 내 느낌에는 배에 탄 지 이미 오랜 시간이 지난 듯했다. 이런 상황에 부딪치면 나는 늘 2006년에 혼수 상태에서 깨어나던 그때를 떠올린다. 혼수 상태로 단지 서른 시간 있었을 뿐이지만 그때 나는 마치 몇 년 만에 깨어난 것 같았다.

“아, 아이린! 그동안 잘 지냈어?” 나도 그녀를 반갑게 맞았다. “응, 여기에 앉아. 정말 반갑다!”

몸에 꼭 맞는 청바지에 우아하고 고급스런 상의를 걸치고 발랄한 스타일의 쇼트커트를 하고 있었지만 아이린의 몸짓과 표정은 뭔가 무겁고 어두웠다. 피곤하고 지치고, 40대라는 나이보다 훨씬 더 들어 보였다. 그녀가 내 옆에 앉으며 그동안 어떻게 지냈는지 물었다.

“나는 잘 지냈지! 너는 어떻게 지냈어?”

“나도 잘 지냈어.” 그녀가 대답했다. 그러곤 잠깐 더 생각하더니 이렇게 정정했다. “솔직히 말하면 그렇게 잘 지내지는 못했어. 여전히 직장 생활이 만만치가 않아. 상사가 어찌나 못살게 구는지 허구한 날 야근이야. 게다가 집에서도 매일 전쟁이지. 딸내미는 자기랑 놀아주지 않는다고 불평이고 남자 친구랑도 현재 상태론 어떻게 될지 모르겠어. 다 피곤한 일뿐이야. 완전히 지쳐버렸어."

내가 그녀를 안 지 벌써 수년이 지났건만 그 사이 그녀의 삶은 전혀 변한 게 없었다. 그녀는 직장에서도, 딸과 약혼자와의 관계에서도 늘 힘들어했고 또 늘 돈 문제가 있었다. 여러 해 전 이야기지만, 예전에 아이린과 나는 몇 시간이고 같이 앉아서 인생의 문제들을 성토하곤 했다. 우리는 힘들어 녹초가 되어버린 서로를 가엽게 여겼고, 주변 사람들이 원하는 것을 충족시키기 위해 우리가 희생했던 것들을 낱낱이 꼽으며 비교해 보기도 했다. 기본적으로 우리는 희생자였고, 다른 사람들은 모두 이기적이었다. 끝없이 베푸는 사람은 우리뿐이었다. 그런 상황을 만드는 데 우리 스스로 일조했을 거라고는 추호도 생각하지 못했다.

그리고 이제 우리는 여러 해가 지나 배 안에서 다시 만났다. 아이린의 인생은 거의 변하지 않았다. 등장 인물만 약간 바뀌었을 뿐 줄거리는 똑같았다. 그녀를 판단하는 것이 아니다. 내가 그 사이 그 많은 일들을 겪지 않았더라면 아이린의 인생이 곧 내 인생이었을 것이다. 암 선고를 받고 죽었다 다시 살아난 경험은 내 인생의 재부팅 같은 것이었다. 그때 이후로 나는 삶을 완전히 다른 방식으로 보게 되었고, 따라서 완전히 변했다.

"저런, 아이린, 내 마음도 아프다. 그렇게 힘든 줄 몰랐어."

"그러니까 말이야! 너무 복잡해서 무슨 말부터 해야 할지 모르겠어." 아이린은 예전처럼 나에게 자신의 처지를 성토하며 조금이라도 위안을 받고 싶어 했다.

"그래도 좀 즐거운 이야기부터 해봐. 나탈리는 어떻게 지내?" 나는 대화를 좀 가볍게 하고 싶었고, 그녀의 귀여운 딸 나탈리라면 그렇게까지 나쁜 일은 없을 거라고 생각했다.

"나탈리부터 시작하기는 더더욱 싫어!" 아이린이 대꾸했다. "사춘기에 접어들어서 그런지 정말 얼마나 반항하는지 몰라. 매일 싸우려 든다니까. 뭐든지 자기 뜻대로만 하려고 드니 그런 악마가 따로 없어. 게다가 언제부턴가 옷도 아무렇게나 입고 다니고 외모엔 전혀 신경도 안 쓴다니까. 그리고 자기 앞으로 들어가는 돈이 얼만데 감사할 줄도 몰라. 돈 무서운 줄 모르고. 좋은 학교 보내고 좋은 옷 입히고 컴퓨터도 사주고 하느라 내가 얼마나 열심히 일해야 되는지 아무리 말해도 전혀 고마워할 줄을 모른다니까." 아이린은 자기가 세련되게 차려입기를 좋아하기 때문에 딸이 그런 쪽에 아무런 흥미도 없다는 것에 적잖이 화가 나 있는 것 같았다.

"아이린, 나탈리는 이제 겨우 열세 살이잖아. 그 나이 때 애들은 다 그렇지 않을까? 나는 애가 없으니 이런 말 하기는 그렇지만, 내가 보기엔 나탈리가 아주 괜찮은 아이로 보이던데." 나는 아이린의 기분을 조금이라도 풀어주고 싶었다.

"괜찮은 아이처럼 보인다고? 맞아! 바로 그게 문제야. 그앤 여전히 그냥 아이처럼 군다고! 나는 그 나이 때 훨씬 더 성숙했어."

아이린은 이렇게 말하고, 자기가 현재 부딪쳐 있는 다른 문제들에 대한 성토로 넘어갔다.

가만히 앉아 친구가 자기 딸과 남자 친구, 일과 돈 문제로 불평하는 소리를 듣고 있자니 옛날에 나도 참 많이 느끼던 감정이 되살아났다. 아이린은 무엇보다도 자신이 부족하고 사랑받지도 못한다고 느끼고 있었다. 많은 사람들이 그러듯 그녀도 자신에 대한 실망감을 딸과 남자 친구, 주변의 모든 사람, 모든 것에 투사하고 있었다. 자신의 실패, 좌절, 불만족의 원인을 다른 사람 탓으로 돌리기는 언제나 쉽다. 우리 안에 무언가 치유할 것이 있다는 걸 보기가 어려운 법이다.

자기 사랑

멋진 옷을 입고 한껏 치장을 한 모습이었지만 아이린은 자신을 진정으로 사랑하고 있지는 않았다. 사실 자신에게 너무 가혹했다. 자신을 너무 몰아붙였고, 기대에 미치지 못하면 실망하곤 했다. 늘 멋지게 차려입는 것도 자신을 진정으로 사랑해서라기보다 자존감이 부족해서거나 사랑받고 싶은 욕구 때문이었다.

내가 이 모든 것을 알아볼 수 있는 것은 나도 그랬기 때문이다. 임사 체험 전 나도 나 자신을 사랑하지 않았다. 자신을 사랑하는 것이 실제로 우리가 할 수 있는 가장 중요한 일이고 축복 가득한 삶을 여는 열쇠임을 나는 그때는 몰랐다. 하지만 죽음에 이르러 나 자신을 돌아볼 수 있게 되자 모든 것이 변했다. 그때는 신의 눈으로 나 자신을 볼 수 있었다. 그리고 내가 진정으로 누구인지, 우주의 눈에 비친 내가 얼마나 강력하고 특별한 존재인지 볼 수 있었다. 그리고 어떻게 병원 침대에서 거의 죽게 되는 지경에까지 이르렀는지도 보았다.

내가 갖고 있던 모든 믿음, 가치, 판단, 견해, 불안, 의심, 두려움이 내가 아님을 갑자기 깨달았을 때 어땠겠는가? 그 모든 것들은 진정한 나와 아무 상관이 없었다. 그리고 그것들은 사실 내 일생의 경험들을 통해 겹겹이 덧씌워온 두꺼운 색안경 같은 것이었다. 그렇게 겹겹의 색안경이 갑자기 벗겨져 진정한 나 자신이 온전한 모습을 환하게 드러냈다고 상상해 보라.

내게 일어난 일이 정확히 그랬다. 다른 세상에 있을 때 나는 그 모든 색안경을 벗어버렸고, 모든 짐을 던져버린 후의 나 자신을 볼 수 있었다. 그리고 그때 본 나는 내가 상상한 어떤 것보다 위대한 존재였다! 나는 늘 나 자신을 외면했고, 세상에서 가장 하찮은 사람으로 여겼으며, 사랑할 수 없는 무가치한 사람처럼 대했다. 그런데 죽음의 영역에서 신의 눈으로 본 나는 사랑스러움 그 자체였고, 우주는 내 존재 자체를 무조건적으로 사랑했으며, 나는 그 우주의 아름다운 자식이었다. 나는 더할 나위 없이 장엄했고, 상상할 수 있는 한 가장 완벽했다. 그리고 나는 이 세상의 모든 존재들처럼 신성으로 창조된 존재였다. 나는 내가 말 그대로 빛의 존재임을 이해했다. 다른 모든 사람들처럼, 자연 안에 거주하는 모든 존재들처럼 말이다. 자연은 생명들로 가득하고 생명들은 모두 서로 연결되어 있기 때문에, 내가 빛의 존재이면 다른 존재들도 모두 빛의 존재일 수밖에 없었다.

이 같은 깨달음이 내 마음을 강타했다. 나는 내가 모든 존재의 중심에 있고 전체를 이루는 필수적인 부분이라는 사실에 놀랐다. 이전에는 짐작조차 하지 못하던 사실이었다. 나는 갑자기 내가 사랑받고 있음을, 아니 사랑 그 자체임을 알게 되었다. 그 깨우침으로 나는 나 자신과 세상에 대한 완전히 다른 믿음 체계를 갖게 되었다.

자각하다

그러므로 그날 페리에서 나는 아이린도 자신이 얼마나 대단한 존재인지 알고 자신을 그렇게 몰아붙일 필요가 전혀 없다는 것도 알면 정말 좋겠다고 생각했다. 자신이 가치 있는 존재요 인생을 즐길 자격이 충분한 존재임을 알게 된다면, 그녀가 말하던 수많은 문제들이 한순간에 사라질 터였다. 하지만 다른 사람들로부터 사랑받고 싶다면 아이린이 먼저 자신이 사랑스럽고 가치 있는 존재이며 사랑받을 자격이 충분한 존재라고 느껴야 했다. 그리고 그렇게 느끼려면 물론 그녀가 자신을 사랑하기 시작해야 한다.

"아이린, 네가 얼마나 예쁘고 똑똑한지 알고 있어?" 내가 불쑥 물었다. 아이린은 자신의 남자 친구가 감사할 줄도 모르고 자신을 동네북 취급한다며 한창 성토하던 중이었다.

"갑자기 무슨 소리야?" 놀라기보다는 약간 기분이 좋아진 듯 그녀가 물었다. 그때까지 비참해 보이기만 했는데 갑자기 그녀의 눈이 반짝였다.

"사실이야!" 내가 말했다. "너는 네가 얼마나 멋진 사람인지 모르고 있는 것 같아. 그래서 다른 사람들이 너를 소중하게 생각하고 사랑스럽게 보아도 그걸 못 느끼는 거지. 너는 믿을 수 없을 만큼 아름답고 사랑스럽고 소중한 사람이야. 하지만 내 경험상 네 스스로가 그걸 알고 내면으로부터 그렇다고 느껴야 해. 그럼 주변 세상도 바뀔 거야."

"네가 그렇게 믿기는 쉽겠지." 아이린이 반박했다. "너는 지금 걱정이 없잖아! 네가 얼마나 멋진 사람인지 믿고 너 자신을 사랑하기는 쉬울 거야. 하지만 내 인생은 지금 엉망이라고. 그러니 나한테 화가 나 있는 것도 당연한 거야! 내 인생이 어쩌다 이렇게까지 된 건지 모르겠어. 이런 인생을 살려고 태어난 건 아닌데. 도대체 뭐가 잘못된 걸까?"

나는 단호하게 말했다. "아이린, 내가 어땠는지 너도 알잖아!

나도 내 인생을 혐오했어! 그러다 거의 죽을 뻔했지. 기억하지? 그리고 바로 그때 나 자신을 사랑하는 것이 얼마나 중요한지 깨달은 거야. 그리고 우리는 결코, 어떤 경우에도 자신을 외면해서는 안 된다는 것도 알게 되었어! 강연을 할 때면 나는 사람들에게 죽을 것처럼 자신을 사랑하라고 말해. 왜냐하면 그렇게 해서 내가 살아났으니까. 자신을 사랑하느냐 않느냐에 따라 살 수도 있고 죽을 수도 있어. 나를 사랑했기 때문에 나는 죽기 직전에 지금의 나로 변할 수 있었어! 우리는 먼저 자신을 사랑해야 해. 그럼 인생이 바뀔 거야. 그 반대가 아니고! 그리고 우리가 자신을 사랑하면 주변 사람들도 우리를 사랑하는 법을 알게 될 거야!"

"하지만 자기부터 생각하는 건 이기적이지 않아? 사람들이 늘 그렇게 말하잖아?" 아이린이 반박했다. 그녀는 다시 근심스런 표정이 되었다. "게다가 나는 딸을 보살펴야 해. 딸부터 생각해야 하니까 내가 원하는 것을 많이 희생할 수밖에 없어. 안 그러면 당장 그 애 학비도 못 내. 난 내가 갖지 못한 기회들을 딸애가 다 갖게 되길 바라. 그런 것들부터 걱정해야 하니까 내 생각할 틈이 어디 있겠어?"

아이린은 나탈리에게 가능한 한 많은 기회를 주고 싶어서 지난 10년간 정말 열심히 일을 했고, 그 과정에서 종종 싫어하는 일도 마다하지 않았다. 그렇게 해서 나탈리는 최고 수준의 학교를 다닐 수 있었다. 방과 후 과외 수업도 받아서 성적이 좋았으며, 취미 활동을 위한 갖가지 수업도 두루 섭렵하고 있었다. 하지만 그러느라 엄마 못지않게 딸도 고생이었다.

"나는 엄마가 되어보진 않았지만 나에게도 엄마가 있어. 그리고 어린 시절도 겪었고. 그래서 내 생각을 감히 말하자면 내 부모가 나에게 준 최고의 선물은 나 자신을 사랑하는 법을 가르쳐주었다는 거야. 부모가 희생만 하고 자신을 돌보지 않는다면 아이들은 바로 그런 점을 배우게 돼. 아이들은 부모가 하는 말이 아니라 행동에서 배우거든."

나는 계속해서 말했다.

"나는 학교에서 따돌림과 학대를 많이 받고, 그래서 아예 체념하듯 살았기 때문에 어릴 때 나 자신을 사랑하기가 어려웠어. 사랑하기는커녕 마음속에 두려움이 너무 커서 나에 대해 대단히 비관적이었지. 내가 결함이 많다고 느꼈고 사랑받을 생각은 감히 엄두도 못 냈어. 나 자신이 너무 하찮게 느껴졌거든. 그렇게 굳게 믿고 자라니까 정말 내가 무가치한 사람이 된 것 같았어.

여자애는 태생부터 열등하다고 믿는 문화도 나는 그대로 받아들였지. 우리 문화에서 여자애는 가능하면 피하고 싶은 짐 같은 존재잖아. 그리고 너처럼 나도 자신을 먼저 생각하고 사랑하는 것이 이기적이라고 배웠어. 다들 나는 여자 아이니까 다소곳이 시키는 대로 해야 한다고 생각하는 것 같았지. 우리만 그렇게 생각하며 자란 건 아닐 거야. 워크숍에서 강연할 때 자기를 사랑하는 것이 이기적이라고 듣고 자란 사람 손 한번 들어보라고 하면, 매번 99퍼센트의 사람들이 손을 들어! 나는 왜 아직도 이 사실이 놀라운지 모르겠어. 나도 그들 중 한 사람이라서 그럴까?"

그러곤 아이린에게 이렇게 물었다. "그건 그렇고 어릴 때 사람들이 너 자신을 사랑하듯 네 이웃을 사랑하라고도 하지 않았어?"

"물론이지. 우리는 그렇게 배우잖아." 아이린이 당연하다는 듯 대답하더니 이렇게 말했다. "사실 나도 나탈리에게 자주 그렇게 말해! 대우받고 싶으면 먼저 그렇게 대우하는 것이 얼마나 중요한지 아는 어른이 되었으면 하거든."

"훌륭해! 아이린." 내가 말했다. "공감 능력은 정말로 중요한 것 같아. 하지만 하나 물어보자. 그런데 네가 너 자신을 사랑하지 않으면 어떻게 될까? 네가 자신을 사랑하지 않는데 어떻게 네 이웃을 사랑할 수 있어?"

그 순간 아이린은 모든 것을 이해한 듯 보였다. 얼굴 표정이 확 달라졌고 눈이 커졌다. 내 말에 머리라도 한 대 얻어맞은 듯.

"아니타, 정말 맞는 말이야." 아이린이 흥분해서 말했다. "다시 말하면 가진 것이 없으니 줄 수도 없다는 말과 같은 맥락인 거지, 그렇지?"

"바로 그거야!" 내가 소리쳤다. "우리 자신을 조건 없이 사랑하는 법부터 배워야 타인도 진정으로 사랑할 수 있어. 정말로 즐겁고 만족한 삶을 살고 싶다면, 자신을 사랑하는 것이 이기적이라는 이 사회의 믿음에 더 이상 휘둘리지 말아야 해. 사실은 그 반대를 믿어야 하지. 이 사회는 사는 데 정말로 도움이 되는 것이 아니라 오히려 그 반대를 가르치니까, 때로는 정말이지 세상이 거꾸로 돌아가고 있는 것 같아. 그래서 자신을 사랑하는 것이 정말로 중요하다는 걸 깨닫고 그렇게 살려는 사람들이 자주 비판을 받지. 그러다 보면 자신이 믿고 있는 바를 인정하기 주저하게 되고 말이야. 바로 그래서 이 진실이 아직도 그렇게나 비밀처럼 말해지고 있는 거야."

아이린이 내 말을 집중해서 듣고 있어서 나는 계속 말했다.

"하지만 제대로 된 인생을 살고 싶다면 우리 자신을 사랑하는 수밖에 없어. 우리 자신을 사랑하면 할수록 매일 경험하는 일상도 그것에 정비례해서 더 즐거워지고 더 의미 있어지고 더 깊어지거든. 그리고 그만큼 다른 사람들도 더 사랑하게 되고 더 친절하게 대하고 더 인내심을 갖고 기다려줄 수 있어. 네 말대로 어쨌든 자신이 갖지 못한 걸 줄 수는 없잖아. 마찬가지로 다른 사람이 주는 사랑, 존경, 지지, 연민도 내가 나를 사랑하는 만큼만 받을 수 있어. 내가 모르는 사랑과 존경을 어떻게 받을 수 있겠어?

자신을 사랑하지 않을 때 우리는 우리를 통해 드러나는 신성神性을 부인하는 거야! 그것을 부인하는 이유는 자신을 사랑하는 것이(그리고 그렇다고 인정하는 것은 더더욱) 지극히 이기적이고 자기 도취적인 거라고 믿게 길들여졌기 때문이지. 하지만 이 진실보다 더 중요한 건 없어. 자기 도취는 거꾸로 자기 사랑이 부족할 때 빠지게 되는 심리 상태야. 자신에게 스스로 주지 못하는 사랑을 다른 사람의 주의를 끌어 그들의 사랑을 통해 보상받고 싶어 하는 거지."

나는 하고 싶은 말을 다 쏟아냈고, 우리 둘은 한동안 말없이 앉아 있었다.

자기 치유를 위해

그러다 아이린이 침묵을 깨고 불쑥 말했다. "아! 있잖아. 방금 뭔가 생각났는데 말이야. 나도 나 자신을 사랑하고 있는 것 같아. 나를 잘 보살피고 있거든. 건강한 음식을 먹고, 옷도 잘 챙겨 입고, 머리나 손톱 정리도 잘 하고 말이야! 그러니까 나도 나 자신을 사랑하는 거 맞지?"

"너를 위해 시간을 내 그런 일을 하는 건 정말 좋다고 생각해. 나는 그런 네가 대단해 보여." 내가 대답했다. 하지만 암에 걸리기 전에 내가 얼마나 광적으로 건강에 집착했는지 기억이 나서 이렇게 덧붙였다. "하지만 그런 일이 정말로 너 자신을 사랑하는 행동 같지는 않아."

사실 나는 건강한 음식만 정석대로 먹던 사람이었다. 유기농 채식만 엄격히 고수했고, 매일 직접 짠 주스를 마셨다. 심지어 밀

싹까지 길러 먹었다! 건강식에 집착했고, 틈만 나면 인터넷에 들어가 영양제, 건강 보조 식품 등을 검색했으며, 새로 나온 슈퍼푸드로 어떤 것이 있는지 알아봤다. 나는 암에 걸리지 않기 위해 할 수 있는 모든 걸 했지만 결국 암에 걸렸다.

이 세상에서 내가 가졌던 믿음과 중요시한 가치를 저쪽 세상에서 한 꺼풀씩 벗겨낸 후 진정한 나 자신과 대면했을 때 나는 내 모든 행동의 배후에 근본적으로 두 가지 원동력이 있었음을 깨달았다. 바로 사랑과 두려움이었다. 내가 한 모든 행동의 배후에는 이 두 힘 중 하나가 있었다. 그리고 나는 내가 사랑보다는 두려움에 떠밀려 대부분의 인생을 소비했음을 분명히 보았다. 그리고 갑자기 놀랍도록 명확히 이해했다. 내 인생을 바꾸기 위해서는 그 순간부터 무조건 두려움이 아닌 사랑으로 말하고 행동해야 한다고 말이다.

건강을 위해 그렇게 강박적으로 행동했던 것도 나를 사랑해서가 아니라 암에 걸릴지 모른다는 두려움 때문이었다.(아이린에게 말하지는 않았지만 나는 그녀가 자신을 보살피는 것도 두려움 때문임을 감지했다.) 이제 나는 나를 사랑하고 건강하게 오래살고 싶기 때문에 좋은 음식을 먹고 몸과 마음에 이로운 일을 한다. 이제는 두려움에서 뭘 하지 않기 때문에 몸과 마음이 편안하다. 일몰을 보면서 아이스크림을 즐긴다고 해서 암에 걸리지는 않는다는 것을 이제 나는 잘 알고 있다.

분명히 말하는데 나는 아이린의 행동이(그리고 다른 사람들의 행동이) 두려움 때문에 나온 것이라고 해서 그녀가 언젠가는 암에 걸릴 거라고는 절대 생각하지 않았다. 하지만 나는 분명히 이 사회가 우리로 하여금 자신을 충분히 돌아보지 못하게 하고 있다고 생각한다. 자신을 충분히 돌아볼 때 자신을 움직이는 동력이 무엇인지 볼 수 있을 것이다. 사실 자신의 약점과 실수(더 정확하게는 실수처럼 보이는 것)를 인정하지 않은 채 자기 긍정을 통해 기운을 북돋우는 것만이 자신을 사랑하는 방법이라고 믿는 사람들이 꽤 있다. 하지만 이것은 핵심을 잘못 짚고 있는 것이다.

끊임없이 자신을 칭찬하고 멋지다고 말해주는 것이 자기 사랑의 전부는 아니다. 진정한 당신, 남모르는 약점도 갖고 있고 비판받으면 무너지기도 하고 실패도 하고 실망스럽기도 한 인간적인 당신, 그 당신 전부를 사랑하는 것이 진정으로 당신을 사랑하는 것이다. 진정한 자기 사랑은 모두가 등을 돌릴 때도 자신을 사랑하는 것이다!

사랑하지 않으면 죽을 것처럼 자신을 사랑하라고 말할 때 내가 의미하는 것이 바로 그것이다. 그리고 자신을 사랑하지 않으면 정말로 죽을 것임을 나는 너무도 잘 알고 있다!

"나 자신을 사랑하는 것이 이기적이다"라는 말이 거짓이라면 무엇이 진실일까?

진실

- 나에게 없는 것을 남에게 줄 수 없기 때문에, 누군가를 진정으로 사랑하기 위해서는 반드시 나 자신부터 사랑해야 한다. 자신부터 사랑하지 않으면 자신을 사랑하듯 이웃을 사랑할 수 없다.
- 자신을 더 많이 사랑할수록 다른 사람도 더 많이 사랑할 수밖에 없다. 왜냐하면 사랑은 기하급수적으로 커지는 특성을 갖고 있기 때문이다.(사랑에 고갈은 없다.)
- 우리는 모두 '신/ 우주 에너지/ 창조'의 표출이기 때문에, 자신을 사랑하지 않는 것은 '신/ 우주 에너지/ 창조'에게 너는 사랑할 가치가 없다고 말하는 것이나 마찬가지이다.

연습과 요령

- 매일 자신의 긍정적인 점을 다섯 개씩 적어본다. 어려운 상황에 대처한 방식이라든지 가정을 위해 한 일을 적어도 좋고, 당신의 능력이나 재능을 적어도 좋다. 심지어 외모에서 마음에 드는 점을 적어도 좋다. 매일 적어서 나중에 그동안 써놓은 것을 돌아볼 수 있게 하자. 우리는 자기 비판의 습관에 쉽게 빠진다. 따라서 이 연습으로 마음을 거듭 훈련해 자신의 부정적인 면보다 긍정적인 면을 알아채자.
- 신뢰할 수 있는 파트너, 배우자, 친구, 다른 가족 구성원과 함께 살고 있다면 둘이 같이 매일 꼭 5분 정도의 시간을 내어 서로에 대한 긍정적인 점을 말하자. 그러면 관계가 좋아지거나 더 좋아질 것이며 자존감도 높아질 것이다.
- 아침에 일어날 때마다 거울 속 자신의 눈을 직시하며 큰소리로 말한다. "사랑해. 절대 너를 외면하거나 무시하거나 저버리지 않을게. 언제나 너의 제일 친한 친구로 남을 거야!" 필요하다면 다른 적절한 말로 변형해도 좋다.(꼭 아침이 아니라도 필요할 때마다 자유롭게 반복 연습하자.)

스스로에게 묻기

- 어떻게 하면 나 자신을 더 많이 사랑할 수 있을까?

- 내가 정말 나를 사랑한다면 지금 어떤 일을 해야 할까?
- 어려운 일에 직면할 때 어떻게 하면 나 자신을 더 많이 지지할 수 있을까?
- 자신을 사랑하는 것이 얼마나 중요한 일인지 내 아이들이나 어린 친구들에게 어떻게 모범을 보여줄 수 있을까?

나는 다음과 같을 때 내가 나 자신을 사랑하고 있다고 느낀다.

- 다른 사람들의 생각이나 시선을 걱정하는 대신 재미있고 즐거울 것 같은 일을 하겠다고 결정할 때.
- 계속 좋은 일만 생기고 인생이 즐거워도 더 이상 죄책감을 느끼지 않을 때.
- 내 머릿속에서 가장 시끄럽던 자기 비판의 목소리가 그 힘을 잃었다고 느낄 때.
- 사람들의 칭찬에 부끄러워하지 않고 진정으로 감사하다고 느낄 때.
- 억지로, 혹은 의무감이나 죄책감이 아닌 기쁜 마음으로 자연스럽게 누군가를 도울 때.
- 불행한 사람을 볼 때도 나에게는 언제나 행복할 권리가 있음을 잊지 않을 때.

세 번째 신념

진정으로 사랑한다면 다 주어라

어느 쌀쌀했던 홍콩의 이른 아침, 나는 컴퓨터 앞에 앉아 마이크가 장착된 헤드폰을 꼈다. 그리고 라디오 쇼의 전화를 기다렸다. 남부 캘리포니아에서 방송되는 라디오 프로그램과 인터뷰를 하기로 되어 있었다. 홍콩 시간으로 아침 6시였고, 캘리포니아 시간으로는 그 전날 오후 3시였다. 기술이란 정말 놀라운 것이다. 컴퓨터 화면으로 서로를 보고 말할 수 있으니 바로 내 집에서 지구 반대편에 있는 라디오 진행자와도 대화를 나눌 수 있다. 이제는 익숙해질 만도 하건만 아직도 나는 이런 것들이 놀랍기 그지없다.

인터넷이나 여타 미디어를 통해 내 이야기를 나누는 일이 그즈음 이미 일상이 되었지만, 그럼에도 불구하고 나는 그날 아침 설레는 마음을 진정시키지 못하고 인터뷰 시간 훨씬 전부터 깨어 있었다. 그리고 아직 어두운 방 안 침대에 드러누워 임사 체험 후 극적으로 달라진 내 인생을 돌아보았다. 그러자 또 이런저런 생각이 물밀듯이 밀려왔다. 2006년 2월의 그날, 내 인생의 마지막 날이라고 했던 그날을 생각하면 지금도 곧바로 감동의 눈물을 흘리게 된다.

저쪽 세상에서 내가 어떻게 느꼈고, 왜 돌아와야 한다고 느꼈는지를 기억하자 그날 아침에도 새삼 또 감정이 복받쳤다. 임사 체험 상태에서 나는 내 미래가 펼쳐지는 모습을 보았고, 내가 전 세계의 수많은 사람들의 삶에 영향을 주게 되리란 걸 알았다. 어떻게 그럴 수 있는지, 그리고 왜 그래야만 하는지는 알 수 없었지만. 그리고 그런 일이 일어나게 하기 위해 내가 아무 일도 할 필요가 없다는 것도 잘 알았다. 모든 일이 적절한 곳에서 저절로 펼쳐질 예정이었다. 그리고 그때 이후로 상상 이상의 일들이 더없이 놀라운 방식으로 서로 조각을 맞춰가며 거대한 그림을 완성해 갔고, 그 모습을 나는 경이로운 마음으로 지켜보았다.

남편 대니의 숨소리가 들려왔다. 옆에 누워 아직도 달콤한 아침잠을 즐기고 있는 듯했다. 임사 체험 후 나에게 쏟아지던 온갖 관심이 분명 그의 인생에도 영향을 끼쳤겠지만, 남편은 북새통 속에서도 마음의 평정을 잃지 않는 아주 부러운 능력을 갖고 있었다. 몇 분 후 나는 조용히 침대에서 나와 두툼한 가운을 걸친 다음 부엌으로 가 다질링 차를 꺼냈다. 수도꼭지를 틀어 주전자에 물을 채우고 스토브에 올리자 몇 분 안에 쉭쉭 끓는 소리가 났다. 나는 찻잔에 물을 붓고 찻물이 우러나오기를 기다렸다. 차향이 좋았다.

그리고 언제부턴가 온 세상과의 연결 통로가 된 내 책상에 앉았다. 인터뷰가 시작되기를 기다리며 잠시 이메일을 확인했다. 라디오 쇼 진행자 리아나는 정확한 시간에 전화를 걸어왔다. 서로 인사를 마치자 리아나는 내 이야기를 읽고 완전히 매료되었으며 그날 인터뷰에서는 내가 임사 체험에서 배운 것과 그 경험이 현재 내 삶을 어떻게 바꿔놓았는지를 중심으로 이야기 나눠보고 싶다고 했다.

"좋아요. 원하시는 대로 뭐든지요." 내가 대답했다. 그녀의 경쾌한 음성을 들으니 인터뷰가 잘될 것 같은 느낌이 들었다. 그녀는 방송 전문가일 뿐만 아니라 진실하고 정이 많은 사람 같았다. 그녀가 내 안의 최고를 끄집어내 줄 것 같았고 대화도 즐거울 것 같았다.

조건 없는 사랑이란 어떤 사랑인가요?

드디어 리아나가 쇼의 시작을 알렸고 청취자들에게 나를 소개했다. 그리고 내가 제일 좋아하는 질문을 던졌다. "선생님 책을 보면 저쪽 세상에 계셨을 때 무엇보다도 우리가 모두 조건 없이 사랑받는 존재임을 분명히 이해했다고 하셨어요. 그리고 그 진실을 깨닫자 암이 다 나았다고 하셨고요. 이 점에 대해 좀 더 구체적으로 말씀해 주시겠어요? 우리가 모두 조건 없이 사랑받고 있다는 것이 정확하게 무슨 뜻인가요?"

"기꺼이 말씀드리겠습니다." 나는 내 마음과 온 감각을 저쪽 세상에서 경험했던 자각의 상태로 되돌리면서 말했다. 사실 나는 그 상태를 떠올릴 때마다 그 상태를 다시 체험하곤 한다. 그것은 회상과는 전혀 다른 것이다. 그보다는 내 온 감각들과 함께 하나임oneness의 상태로 들어가 나를 절대적으로 인정해 주는 그 순수하고 무조건적인 사랑을 다시 한 번 온몸으로 느끼는 것이다.

"그 믿기 힘든 상태에 대해 말할 때마다 저는 아주 감정적이 됩니다." 내가 리아나에게 말했다. "그 상태를 생각하는 것만으로도 저는 지금 소름이 돋아요. 그것은 이전에 경험했던 어떤 것과도 다른, 아주 놀라운 경험이었습니다. 흠, 말로 표현하는 것이 과연 가능할지 모르겠어요. 그 상태에 있을 때 저는 사랑받기 위해서 애쓸 필요가 하나도 없다는 걸 알게 되었어요. 존재한다는 이유 하나만으로도 무조건적인 사랑을 받고 있음을 깨달았죠. 사실 '무조건적'이라는 말조차 필요 없어요. 사랑이란 원래 무조건적인 것이니까, 무조건적인 사랑이라고 하면 동어반복인 거죠. 사랑에 조건을 붙이는 순간 사랑은 사랑이 아닌 것이 됩니다."

나는 컴퓨터 스크린에 비친 리아나의 이미지를 보며 말했고,

그녀도 나를 골똘히 바라보며 내 이야기에 집중하고 있었다. 나는 모니터에 좀 더 가까이 다가가서 말을 이었다.

"육체를 떠나 순수 의식 상태에 있으면 모든 것을 알게 됩니다. 다 이해하게 돼요. 모든 것이 어찌나 명확한지 놀랍기 짝이 없죠. 그 느낌은 이 물리적 세계에서 상상할 수 있는 어떤 것과도 비교할 수 없습니다. 마치 복잡하고 끔찍한 악몽에서 막 깨어난 것 같아요. 그리고 모든 것이 단지 꿈이었음을 알고 안도하죠. 저쪽 세상에 들어가 더 이상 병든 몸이 아님을 깨달았을 때 제가 느꼈던 것이 바로 그랬답니다."

"정말 강력한 경험을 하셨네요!" 리아나가 맞장구를 치며 말을 이었다. "사실 그렇게 사랑받고 있음을 알고 나서 암까지 나았으니 정말 강력한 경험이 맞네요. 지금 청취자들로부터 질문이 쏟아지고 있어요! 여기 어떤 분이 조건 없는 사랑에 대해 좀 더 설명해 달라고 하네요. 이 조건 없는 사랑은 우리가 애인이나 가족이나 반려 동물에게 느끼는 사랑과는 어떻게 다른가요?"

"그것은 반딧불이의 은은한 불빛과 태양빛만큼이나 달라요." 내가 대답했다. "태양이 떠오르면 우리는 그 찬란하고 아름답고 따뜻한 빛 속에 온몸을 맡기죠. 햇살은 조건을 걸지 않습니다. 태양은 사람을 가려 햇빛을 내리지 않아요. 태양은 단지 그곳에 존재할 뿐입니다. 누구나 그 찬란하고 아름답고 따뜻한 태양 아래서 햇볕을 쬘 수 있죠. 그리고 태양은 결코 빛나기를 멈추지 않습니다. 지구가 회전하기 때문에 태양을 늘 볼 수 있는 건 아니지만, 태양 자체는 무슨 일이 있어도 빛의 발산을 멈추지 않습니다. 우리가 태양을 볼 수 없다면 지구의 반대쪽 사람들이 태양을 보고 있는 겁니다.

한편 반딧불이가 내뿜는 불빛은 작고 그다지 강력하지 않습니다. 그것은 훨씬 더 차별적이고 선택적이고 조건적이죠. 그 불빛을 제대로 보려면 꼭 정면에서 봐야 하는데, 정면에서 본다고 해도 순식간에 시야에서 사라지고 맙니다. 반딧불이의 불빛도 그 자체로 아름답지만 태양빛과 비교하면 참으로 보잘것없습니다. 반딧불이의 불빛을 계속 보고 싶다면 여기저기 휙휙 날아다니는 그것을 정신없이 좇아 다녀야 하죠. 저쪽 세상에서 느낀 그 조건 없고 아낌없는 사랑과 비교할 때 이 세상의 사랑이 저에게는 그런 것 같습니다.

임사 체험중에 저는 조건 없는 사랑이 어떤 감정이 아니라 존재의 상태state of being라는 것도 알게 되었습니다. 조건 없는 사랑은 감정이 아니기 때문에 그 반대가 없습니다. 인간의 사랑은 감정이고, 따라서 모든 감정이 그렇듯 이원성의 한 면일 뿐입니다. 두려움이나 혐오 같은 반대쪽 감정이 있기에 사랑이라는 감정도 있는 거지요. 하지만 조건 없는 사랑은 그냥 존재할 뿐입니다. 조건 없는 사랑은 동전의 한 면이 아닙니다. 동전 자체입니다!"

"표현이 참 좋네요!" 리아나가 미소 지으며 말했다. "그런 종류의 사랑과 수용을 경험하시다니 얼마나 멋진 일인지 저는 정말 상상도 못하겠는걸요. 과거에 무슨 짓을 저질렀든 상관없이 사랑받고 있다는 뜻이잖아요. 정말 가슴 벅찬 감동의 시간이었을 것 같아요."

"네, 그랬어요." 내가 동의했다. "지금도 그때를 생각하면 뜨거운 눈물이 흐릅니다. 그 경험은 이 물질 세계의 어떤 것과도 비교할 수 없어요."

"정말 멋져요! 선생님이 말씀하시는 이 조건 없는 사랑이란 거요, 정말 멋지네요. 모든 사람이 알아야 할 것 같습니다." 리아나가 말했다.

자기 사랑이 하는 일

"좋은 말씀 감사합니다. 그런데 여기, 저 역시도 정말 관심이 가는 질문이 하나 와 있네요." 한 청취자가 막 보낸 이메일을 읽으며 리아나가 말했다. "어떤 여성분이 자기를 함부로 대하고 학대하는 사람을 어떻게 조건 없이 사랑할 수 있느냐고 물으셨어요. 여기 보니까 이분은 남자 친구의 모든 것을 받아들이고 더 많이 사랑하려 애쓰지만, 그럴수록 남자 친구는 그걸 더 당연하게 생각해 버린답니다. 아무리 노력해도 관계가 나아지지가 않는 거죠. 이분은 자신에게는 '조건 없는 사랑'이 안 맞는 것 같다고 하시네요."

이 질문을 듣자마자 나는 씩 웃었다.

"저는 이런 질문들이 참 좋아요." 내가 말했다. "사람들이 저에게 보내는 편지들을 보면 조건 없는 사랑이라고 하니까 상대가 아무리 멋대로 굴어도 다 받아줘야 한다고 오해하는 분들이 정말 많거든요. 이것이 바로 제가 자기 사랑의 중요성을 강조하는 이유랍니다. '나'를 사랑한다면 아무리 내가 사랑하는 사람이라고 해도 절대 '나'를 이용하거나 학대하도록 내버려두지는 않을 겁니다!

인생에서 소중히 여기는 것이 서로 다르다면 그 관계를 끊을 정도로 자신을 사랑할 필요가 있습니다. 다만 이때 분노하거나 억울해할 것은 없습니다. 관계를 위한 관계는 우리의 영혼을 파괴할 뿐입니다.

영혼을 파괴하는 관계에서 빠져나오려 할 때 보통 두 가지 일이 벌어져요. 먼저 파트너가 변할 수 있습니다. 당신이 학대를 더 이상 못 참고 떠나려 한다는 걸 알고 말이죠. 이 경우 파트너는 그 관계를 계속 붙잡고 싶어 하는 겁니다. 두 번째는 그래도 여전히 그 사람이 바뀌지 않아 당신이 떠나게 되는 경우예요. 이때 당신은, 당신을 바꾸려 하기보다 있는 그대로를 사랑해 주는 다른 누군가가 나타나기를 바라며 마음을 열고 기다리겠죠!

제가 꼭 말씀드리고 싶은 것은, 진짜 조건 없는 사랑이라면 상대가 진정으로 원하는 것을 나도 같이 원해줄 거라는 겁니다. 설령 그게 내가 원하는 것과 다르다고 하더라도 말예요. 내가 원하는 모습에 맞추려고 상대가 자기를 뒤틀기를 기대하는 것이 아니라 자신의 모습 그대로 자유롭게 살도록 도와주는 겁니다. 본인이 어떤 사랑을 하고 있는지 알고 싶다면 스스로에게 이렇게 물어보세요. '이 관계는 우리를 자유롭게 하는가 아니면 속박하는가?' 그리고 정직하게 대답해 보세요. 조건 없는 사랑에 기반한 관계라면 서로를 자유롭게 해줍니다. 이런 관계의 연인이라면 발목이 잡혀서가 아니라 선택에 의해 함께 사는 것입니다."

"네, 정곡을 찌르신 것 같네요!" 리아나가 소리쳤다. "그런데 진정으로 조건 없는 사랑을 할 때 과연 일상이 어떻게 달라지는지 좀 말씀해 주시겠어요? 선생님과 남편 분께서는 물론 조건 없는 사랑을 하고 계실 텐데요, 외람되지만 그 비결을 좀 알려주시겠어요?"

"그 질문 정말 마음에 들어요. 먼저, 잘 추측하셨어요. 대니와 저는 정말 조건 없는 사랑을 하고 있어요. 그렇다고 인생이 항상 장밋빛이라거나 문제가 하나도 없다는 뜻은 아니에요. 다만 저희는 서로가 자신의 진정한 모습대로 살기를 바라고 있다는 뜻이에요.

예를 들면 저희는 원하는 것이나 필요로 하는 것이 무척 다르고 삶에 접근하는 방식도 많이 달라요. 대니는 과학 기술과 이런

저런 장치들을 아주 좋아해요. 가끔씩 질 좋은 시가도 피우고요. 그리고 밖에 나가기보다는 컴퓨터 앞에서 시간 보내기를 더 좋아해요. 또 디저트류는 좋아하지 않지만, 텔레비전으로 〈배틀스타 겔럭티카〉나 〈NCIS〉를 볼 때면 페퍼로니 피자나 더블 치즈버거 와퍼를 먹고 싶어 하죠. 반대로 저는 초콜릿 같은 군것질거리를 좋아하고 예쁜 핸드백이나 구두에 집착하는 편이고요. 다양한 향수의 미묘한 차이를 즐기는 것도 정말 좋아해요. 정교한 수가 놓인 숄을 보면 늘 반해버리고요. 그리고 저는 가능하면 채식을 하려고 해요. 부드럽고 감미로운 음악을 즐기고 밖에 나가 자연을 감상하는 일이 정말 좋습니다.(특히 바닷가에 앉아 파도 소리 듣는 일이 참 좋아요.) 아름다운 일몰을 보면 감동해서 막 울기도 한답니다.

이런 차이가 있으니까 가끔은 서로 부딪칠 수밖에 없죠. 그래도 같은 공간에서 거의 늘 붙어 있는 것에 비하면 아주 가끔 부딪칠 뿐이에요. 우리 둘 다 상대를 바꾸려 하지 않거든요. 서로 존중받아야 마땅하다고 생각하고 또 존중하니까요. 그리고 사실 서로 다른 게 좋다고 생각해요. 그래야 서로 많이 배울 수 있죠. 그렇게 배운 덕분에 둘 다 많이 변하고 성장했죠.

성숙한 관계라면 양쪽 모두 아무런 조건 없이 상대를 수용합니다. 그리고 역설적이게도 그렇게 서로를 수용하면 서로 추구하는 가치가 달라도 관계를 깰 필요가 없어져요.

대니와 저는 처음부터 몇 가지 원칙을 정해놓고 그 원칙만큼은 반드시 지켰어요. 예를 들어 아무리 화가 나도 서로 말하지 않고 외면하는 일은 하지 않기로 했어요. 소통의 통로를 항상 열어놓기로 한 거죠. 그리고 서로에게 화가 난 채로 잠들지 않기로 했는데 결혼한 지 20년이 지난 지금도 엄수하고 있는 원칙이랍니다. 의무라서가 아니라 사랑하기 때문에요. 대니도 나도 이런 원칙을 바꿀 생각은 없어요.

제가 다른 세상으로 갔다가 돌아온 뒤부터는 매일 아침 일어나면 제일 먼저 서로를 꼭 안아주고 '사랑한다'라고 말해준답니다.

아주 다른 두 사람일지라도 진정으로 서로를 받아들이고 상대에게 자기의 잣대를 들이대지 않기로 한다면, 사랑하면서 매우 행복하게 살아갈 수 있습니다. 한쪽이건 양쪽 모두건 상대를 부정적으로 판단하면서 자신의 가치관이나 자기가 좋아하는 것을 상대에게 강요할 때, 오직 그럴 때만 문제가 생긴답니다. 사람들의 관계들을 보면 어느 한쪽이 상대에 대한 통제력을 잃을까봐 두려워하는 경우가 많은 것 같아요. 통제력을 잃으면 관계가 끝장나고 상대가 떠날 것 같아 두려운 거죠. 그래서 상대를 더욱더 통제하고 조종해서 꼼짝 못하게 합니다. 이것은 사랑이 아닐 뿐더러, 통제하려고 하면 할수록 상대는 도망가려고 할 겁니다.

이와 반대로 조건 없이 사랑하는 관계에 있는 사람들은 그 관계를 '유지해야 한다고' 생각해서가 아니라 '유지하고 싶어서' 그 관계 안에 있습니다. 요즘에 보면 사랑하지 않으면서도 결혼이라는 계약 때문에 함께 사는 부부가 많습니다. 저는 언젠가는 우리 모두가 성숙해져서 두려움이나 의무, 혹은 어떤 자연스럽지 못한 이유 때문이 아니라 각자의 선택에 의해서 관계를 이어갈 수 있게 되기를 바랍니다."

"정말 유익한 말씀입니다." 리아나가 말했다. "미래의 관계들은 모름지기 정말 그래야 할 것 같습니다! 현재의 높은 이혼율을 볼 때 결혼이나 남녀 관계에 대한 인식을 진지하게 재고해 봐야 할 것 같네요! 이 주제에 대해 더 나누고 싶은 이야기가 아주 많은데 아쉽게도 잠깐 광고를 듣고 가야 할 것 같아요. 광고 후에는 선생님의 경우엔 임사 체험 전후로 그런 관계 방식이 어떻게 바뀌었는지 좀 더 여쭤보겠습니다. 청취자 여러분, 조금만 기다려주시기 바랍니다. 아니타 무르자니 선생님께 여쭐 더 많은 질문을 들고 금방 돌아오겠습니다."

광고가 나가는 동안 리아나가 틀어놓은 시그널 뮤직을 들으면서 나는 임사 체험 전에 내 사고방식이 어땠고 또 그 후에는 어떻게 변했는지 생각해 보았다. 임사 체험 전 나는 필요 이상으로 두려움이 많았다. 사실 일어날 가능성이 없는 것들까지 포함해 모든 것을 두려워했다. 어느 상황에 있든 최악의 시나리오를 상상했다. 동물원에 가면 무섭고 혐오스러운 야생 동물들이 나를 덮치는 상상을 할 정도였다.

나는 지금도 가끔씩 불안하고 암울한 기분이 들 때가 있지만,

임사 체험 전에는 그 정도가 비교할 수 없게 심했다. 그리고 지금은 그런 느낌을 어떻게 다뤄야 하는지 잘 알고 있다. 즉 두려움이나 불안감이 들면 억지로 없애려 들거나 판단하지 않고 있는 그대로 보려고 한다. 물론 그런 감정을 느끼는 나 자신을 비판하지도 않는다. 그런 감정을 있는 그대로 받아들이면 결국은 저절로 사라진다.

갑작스런 수돗물 소리에 나는 다시 현실로 돌아왔다. 대니가 부엌에서 커피를 내리고 있었다. 그는 내가 라이브 인터뷰중인 걸 알고 있어서, 진작 일어났음에도 그때까지는 소리를 내지 않으려고 살금살금 움직이고 있었다. 대니는 배려를 할 줄 아는 사람이다.

"여보, 잘 잤어요?" 내가 남편에게 말했다.

"아! 광고 시간인가 보네요!" 대니가 대답했다. "차 좀 더 가져다줄까요?"

"네, 좋죠!" 내가 대답했다.

사실 내가 이렇게 우리 집 거실에서 인터뷰를 할 수 있는 것도 다 대니가 기술에 밝기 때문이다. 대니는 늘 최신 장비를 구입해, 내가 차질 없이 인터뷰를 할 수 있도록 전날부터 음향 장치나 비디오 장치 등을 최적의 상태로 맞춰놓는다. 종종 인터뷰어들이 음향 시설이 좋은 것 같다고 말하곤 하는데 그럴 때면 나는 늘 자랑삼아 남편이 못 말리는 기계광이라서 그렇다고 말한다.

대니가 차를 한 잔 가져다주자 마침 광고가 끝나고 시그널 음악도 조용해졌다.

"청취자 여러분, 저희가 다시 왔습니다." 리아나가 따뜻한 목소리로 말했다. "우리는 오늘 《그리고 모든 것이 변했다》의 저자 아니타 무르자니 선생님과 이야기를 나누고 있습니다. 선생님, 인터뷰에 응해주신 것 다시 한 번 감사드리고요, 그럼 아까 예고했듯이 먼저 임사 체험 전 남편 분을 비롯해 선생님이 사람들과 관계를 맺어온 방식은 어땠는지 좀 더 자세히 여쭤봐도 될까요? 선생님이 조건 없는 사랑을 받고 있고 또 그런 사랑을 받을 만큼 충분히 가치 있는 사람임을 알기 전에는 어땠나요?"

새로운 차원에서 사랑하기

"남편은 늘 저를 진심으로 사랑해 주었어요." 내가 대답했다. "하지만 남편을 만나기 전에는 아주 부당한 연애를 몇 번 했어요. 신체적 학대는 당하지 않았지만 정신적 · 감정적인 학대를 당했죠. 저는 관계를 유지하고 싶어서 그런 학대를 참았고요. 나쁜 남자라도 남자 친구가 있는 게 혼자인 것보다 낫다고 생각했어요. 그러면서 관계가 삐걱댈 때마다 제 잘못이라고 생각하고 잘해보려고 혼자서 노력을 했죠."

"여자 분이라면 선생님 말씀에 공감할 사람이 많을 거예요! 좀 더 구체적으로 말씀해 주시겠어요?" 리아나가 약간 흥분한 듯 말했다.

"음…… 한 번은 나한테 청혼까지 한 남자 친구가 제 여자 친구를 안고 키스하고 있는 모습을 보았어요! 그런 모습을 보고도 저는 그 사람을 받아들였어요. 결혼이 저에게는 정말 중요했거든요! 그게 얼마나 엉터리없는 일인지 상상이 가시나요? 그리고 또 한 번은 당시 만나던 남자가 저한테 결혼 후에는 가정주부로 집에만 있어야 한다고 하더군요. 데이트할 때도 자기를 위해서 요리를 해줬으면 하는 눈치였고, 심지어 자기 엄마에게 자기가 좋아하는 음식들의 조리법을 배우라고도 했어요. 저는 그 남자도 상당히 오래 참고 만났어요. 집에서 살림만 하고 사는 게 절대 제 취향이 아닌데도 말이죠! 그 당시 저는 가정주부로 살기 싫어하는 저에게 뭔가 문제가 있다고 생각했어요!"

"그럼 지금 남편 분은 어떻게 만나셨어요?" 리아나가 물었다.

"그때도 그런 비슷한 부류의 남자를 만나고 있을 때였죠. 여자 친구 한 명이랑 같이 나갔는데 바로 그 장소에 대니가 있었어요. 내가 여지껏 만나온 남자들과는 다른 사람이란 걸 바로 알겠더군요. 하지만 그런 내 감정을 처음부터 믿고 따르지는 못했어요. 너무 나쁜 경험을 많이 하다 보니 나중에 대니가 저에게 데이트 신청을 해왔어도 만나질 못했죠. 다른 사람이 있다고 하면서요. 그 다른 사람이 저한테 결코 좋은 사람이 아니었는데도 그렇게 말한 거죠.

하지만 대니는 포기하지 않았어요. 저를 전생부터 알아온 사람 같다면서 저도 그렇게 느끼느냐고 묻더군요. 물론 저도 그런 느낌이 들었지만, 당시 만나던 사람과 여전히 헤어질 용기가 나지 않았어요.

다행히도 대니는 인내심이 아주 많은 사람이었고, 저는 마침내 이 사람이 정말 나를 위한 사람이라고 깨달았어요! 그와 함께 하기로 하자 마침내 집으로 돌아온 듯한 느낌이 들었죠. 대니는 많은 것들에서 저를 구해주었어요. 저 자신으로부터도 구해주었고, 또 제가 결혼할 뻔했던 사람으로부터도 구해주었지요."

"와우, 정말 신이 내린 분이네요. 남편 분이 정말 멋지십니다! 그러면 임사 체험 후에 남편분과의 관계도 변했나요?" 리아나가 말했다.

"네, 그럼요! 그 전에는 늘 제가 대니의 사랑을 받을 자격이 있는 사람임을 증명해야 할 것 같았어요. 그는 전혀 그렇게 생각하지 않았지만 제가 혼자 그렇게 느낀 거죠. 제가 자란 사회에서는 저 같은 여자는 위태로운 여자로 여겨졌어요! 저는 중매결혼이 싫어서 도망 다녔는데, 우리 문화에서 그런 건 엄청나게 터부시되는 일이었죠. 그리고 저는 매우 독립적인 사람인데, 그들 눈에는 가정적이지 못하고 자기 의견만 강한 여자로 비쳤죠. 다시 말하면 구제 불능 불량품 같은 존재였어요. 저조차 스스로에 대해 그렇게 생각했고요! 마음속으로 '나 같은 사람을 도대체 누가 사랑하겠어?'라고 생각했죠. '대니라면 나를 있는 그대로 사랑할 테니 나 자신을 억지로 바꿀 필요는 없어'라는 생각은 전혀 못했어요. 그럼 인생이 너무 쉽잖아요? 그래서 저는 완벽한 아내의 이미지에 맞춰 살려고 온갖 방식으로 자신을 통제했어요. 그 이미지란 결국 그에게 사랑을 받을 가치가 있는 사람임을 증명해 보이기 위해 제가 머릿속에서 스스로 만들어낸 것들이죠.

임사 체험을 하고 난 후에야 저는 제가 이미 사랑받을 가치가 있고 자격이 있고 저의 존재 자체로 충분하다는 걸 깨달았어요! 그때부터 대니와의 관계는 더 좋아졌죠. 이미 좋은 관계였지만, 이제는 대단히 좋은 관계로 바뀐 거죠.

저는 평생 자신을 조건 없이 사랑하지도 못했을 뿐만 아니라, 자신이 사랑받을 가치가 없는 사람이라는 생각을 계속 하면서, 다른 사람이 저를 조건 없이 사랑할 수 있는 기회까지 박탈해 버렸던 거예요!

이 깨달음 하나만으로도 대니와의 관계가 크게 바뀌었어요. 왜냐하면 대니가 원할 것 같은 제가 아니라 있는 그대로의 저 자신이 될 수 있었으니까요. 그러자 대단한 해방감이 느껴졌죠! 그리고 그렇게 저 자신으로 살기 시작하자 우리 관계도 더 즐거워지고 산뜻해졌어요! 바뀌어야 한다는 생각 없이 저 자신을 온전히 받아들일 수 있게 되니까, 대니를 바꾸고 싶은 마음도 완전히 사라져서 그 사람을 온전히 받아들일 수 있었고요. 저는 자신을 받아들이면 받아들일수록 자신을 덜 판단한다는 걸 알게 되었죠. 그리고 그 결과 대니도 덜 판단하게 되고요.

대니와 저는 서로의 에너지를 가장 자연스럽고 편안한 방식으로 주고받기 시작했어요. 다른 사람들 눈에 가장 큰 변화는 아마도 우리가 예전보다 더 많이 웃게 된 걸 거예요. 저희는 이제 정말로 많이 웃는답니다! 서로를 보면서도 웃고, 각자의 실수에 대해서도 순식간에 웃어넘기죠. 남들이 보면 모자란 사람처럼 보일 수도 있겠지만 우린 그냥 그게 우리 모습이라고 생각해요.

우리가 서로를 전혀 비판하지 않는 모습도 아마 눈에 띌 것 같네요. 네, 비판 같은 건 전혀 하지 않습니다. 오히려 의도적으로, 의식적으로라도 서로에게 감사하는 것들을 말하죠. 우린 그런 말을 계속 해요."

"두 분은 정말 훌륭한 결혼 생활을 영위하고 계시네요! 삶을 대하는 태도도 아주 지혜로우시고요." 리아나가 말했다.

"대니나 제가 다른 부부들보다 더 훌륭하다거나 사랑하는 마음이 더 크다고 생각하지는 않아요." 내가 대답했다. "하지만 주위를 보면 사랑이 아주 큰 사람들조차 관계를 유지하는 데에는 서툰 경우가 많더군요. 저는 그 이유가 자기 사랑이 부족하거나 스스로 사랑받을 자격이 없다고 느끼는 데 있다고 생각해요. 자격이 없다고 느끼면 자동으로 사랑을 받을 수 없게 되고, 그러면 계속 주기만 하다가 결국은 무너지게 됩니다. 그러고 나면 자기한테서 사랑을 받았던 사람이 그동안 받은 사랑을 돌려줄 거라 기대하기 시작해요. 자신이 다시 일어설 수 있도록 도와줄 거라고요. 하지만 기대했던 사랑과 관심이 돌아오지 않으면, 이제 자신이 필요로 할 때 곁에 있어주지 않았다고 그 사람을 원망하게 되죠. '나'는 그 사람을 위해 늘 거기에 있었는데 왜 그 사람은 '나'를 위해서 그렇게 해주지 않는 걸까 하고요. 이쯤이면 그 관계는 이미 기능이 멈춘 셈이죠."

"맞아요. 꼭 그런 것 같아요!" 리아나가 맞장구를 쳤다. "가슴에 새길 만한 여러 가지 말씀, 정말 좋은데요, 선생님? 그런데 아쉽게도 어느새 끝내야 할 시간이 다 되어가네요. 하지만 마무리하기 전에 한 가지만 더 여쭤보고 싶어요. 선생님은 봉사에 대해서 어떻게 생각하는지요? 세상에 뭔가를 되돌려주는 것 말이에요. 봉사 정신은 과연 어디서 나오는 걸까요?"

조건 없는 사랑에서 나오는 봉사

"존재의 중심에 있는 진짜 자신을 억압하지 않고 온전히 표현한다면 그때 봉사는 저절로 나오게 됩니다." 내가 대답했다. "한때 저는 '그래야만 한다'는 생각 혹은 '옳은 일'이라는 생각에서 봉사를 하곤 했어요. 마음에서 진심으로 우러나오는 봉사가 아니라 머리가 시키는 봉사를 한 거죠. 의무감이나 책임감 때문인데 이런 봉사를 억지로 계속하면 우리 안의 생명 에너지가 고갈됩니다. 좋은 일을 하고 있다고 위안하지만, 의무감에서 나오는 봉사는 주는 사람이나 받는 사람 모두에게 정직하지 못한 것입니다. 사랑에 의한 봉사가 아니라면 받는 사람도 그걸 느끼고 부채감을 갖게 될 겁니다. 그럼 건강하지 못한 관계가 만들어져요.

진정한 봉사는 마음에서 우러나오는 것입니다. 그리고 그런 봉사는 우리가 진정한 자신으로 살 때 자연스럽게 나오게 마련이어서 의무감이 개입할 여지가 없지요. 그때는 봉사를 '연기演技'하는 것이 아니라 봉사 '그 자체가 되는' 겁니다. 그 순간 봉사는 더 이상 무거운 짐이 아니에요. 오히려 가뿐하고 즐겁고 기쁜 일이라 받는 사람도 주는 사람도 모두 행복해지죠. 언제부턴가 저는 봉사한다고 생각조차 하지 않지만, 그저 나 자신으로 사는 것만으로도 자연스럽게 봉사하고 있다고 느낍니다.

사실 진정한 봉사는 지금까지 말한, 조건 없는 사랑의 자연스러운 결과입니다. 무조건적으로 사랑받고 있다고 느낄 때 우리는 자신도 다른 사람들도 더 조건 없이 사랑할 수 있게 되는 거죠. 그리고 그런 사랑의 느낌은 확장성을 갖고 있기 때문에 우리는 할 수 있는 한 더 많이, 더 자주 사랑을 베풀게 됩니다."

"정말 멋진 일입니다. 선생님!" 리아나가 이렇게 말하자 시계는 인터뷰 시간이 다 끝나감을 알려왔다. "뜻 깊은 시간이었습니다.

오늘 인터뷰에 응해주셔서 다시 한 번 진심으로 감사드립니다! 선생님이 들려주신 말씀들이 많은 사람들에게 큰 도움이 되었을 거라고 확신해요. 마지막으로 하고 싶은 말씀이 있으시면 한 말씀 해주세요."

"그냥 모든 사람이 더 많이 웃고 더 가볍게 살 수 있으면 좋겠어요!" 내가 말했다. "음, 그리고 설교처럼 들릴 거라는 것 알지만 이 말은 꼭 해야 할 것 같아요. 우리는 영성spirituality을 너무 심각하게 생각하는 경향이 있어요. 그래서 인생을 되레 더 즐기지 못해요. 이 세상에서 가능한 가장 영적인 행위는 자기 자신으로 사는 것, 자신을 사랑하는 것, 그리고 자기 삶을 사랑하는 것입니다. 그렇게 하기 위한 최고의 방법이 바로 즐겁게 웃고 지내는 것이고요! 더 영적이 되고자 괜히 걱정하고 애쓰지 말아요. 우리는 이미 더할 수 없이 영적이에요! 우리는 지금 바로 그 모습 그대로 완벽합니다. 그런 사실을 알고 축하 파티를 열어요!"

리아나와 나는 서로 감사의 인사를 주고받았다. 나는 인터뷰가 매우 즐거웠다고 했고, 리아나도 그랬다고 하는 사이 그녀의 목소리는 시그널 뮤직에 묻혀 사라졌다. 이번에는 가벼운 재즈 음악이었다. 정시마다 울리는 우리 집 시계 소리가 들려왔다. 나는 컴퓨터 스크린을 클릭하며 그날의 통화를 마쳤다.

나는 완전히 깨어난 상태로 기분 좋은 흥분을 느끼며 헤드폰을 벗었다. 그리고 그날 하루 일과를 준비하며, 조건 없는 사랑이라는 개념이 그렇게 단순함에도 실천하기는 얼마나 어려운지 다시금 생각했다. 물질 세계를 사는 우리는 사랑을, 특정 사람에게만 갖는 하나의 감정으로 본다. 하지만 진실은, 조건 없는 사랑이 우리의 존재 상태이고 타고난 권리라는 사실이다. 이 사실에 한번가 닿으면 자신과의 관계뿐만 아니라 모든 관계가 일시에 더 좋아질 것이다.

"사랑한다면 다 주어라"라는 말이 거짓이라면 무엇이 진실일까?

진실

- 자신을 조건 없이 사랑하기 전에 다른 누군가를 조건 없이 사랑한다는 것은 불가능하다. 그리고 자신을 조건 없이 사랑하게 되면, 아무도 자신을 이용하거나 학대하게 두지 않는다.
- 서로가 서로를 완전히 인정하지 않는 관계는 양쪽 모두에게 해롭다.
- 진짜 조건 없는 사랑이라면 상대가 진정으로 원하는 것을 같이 원해주고, 상대가 진정한 자신으로 살 수 있게 해준다. 그렇게 하기 위해서 상대를 떠나보내야 하더라도, 내가 생각하는 이상에 맞게 상대가 변하기를 기대하는 것보다 그것이 낫다.
- 조건 없는 사랑에 기반한 관계는 서로를 구속하지 않는다. 이들은 두려움, 의무감, 혹은 다른 이유들 때문에 어쩔 수 없이 같이

사는 것이 아니라 서로 같이 살기를 선택했기 때문에 같이 산다.

연습과 요령

- 자신을 심판하지 않고 온전히 받아들일수록 상대에 대해서도 더 사랑하고 더 받아들일 수 있음을 알자. 자신을 온전히 받아들이면 상대를 바꿔야 할 필요성도 사라진다.
- 받기 위해 주고자 하는 마음에 저항하라. 이기심 없이 진심으로 베풀 때는 상대에게 아무것도 기대하지 않는 법이다.
- 어떤 사람이 어떤 이유에선가 당신을 막 대하고 나쁘게 생각하고 있다면, 당신 탓이라기보다 그 사람 자체의 문제인 경우가 더 많음을 알자. 그 사람이 아무리 강력하게 무언가를 주장해도 그 사람의 느낌이나 행동에 당신은 아무런 책임이 없다.

스스로에게 묻기

- 이 관계는 우리 둘 다에게 도움이 되는가? 아니면 우리 둘 다에게 구속인가?
- 나는 받기보다 더 많이 주면서 스스로 진을 빼고 있지는 않는가? 만약 그렇다면 그렇게 부당하게 많이 주면서, 그리고 그런 관계를 지속하면서까지 내가 얻고 싶은 것은 무엇인가?
- 종종 나는 사랑과 인정과 지지를 받지 못해 실망하고 심지어 분

개하지는 않는가? 그리고 그런 것들을 받고 싶은 이유가 그것이 내가 타고난 권리여서가 아니라 내가 베푼 것에 대한 일 대 일식 보답이라고 생각해서는 아닌가? 먼저 뭔가를 베풀지 않고도 내가 사랑과 지지를 받을 자격이 있는 사람임을 느끼려면 어떻게 해야 할까?

- 내 파트너가 늘 나를 통제하고 이용하고 지배하려 들지는 않는가? 그런 행위를 나는 사랑으로 착각하고 있지는 않는가? 나는 서로 동등한 위치에서 상호 존중하는 관계를 가질 자격이 나에게 있다고 보는가?
- 사랑하는 사람의 본연의 모습을 받아들이기보다 그를 내가 만들어놓은 틀 안에 맞추려 하지는 않는가? 그런 기대가 어떻게 관계를 악화시키고 나 자신의 영적인 성장을 막고 있는가?

나는 다음과 같을 때 조건 없는 사랑을 경험하고 있음을 안다.

- 사람들이 자기 자신에 대해 새로운 사실을 발견하고 영적으로 성장하는 모습을 보며 진심으로 행복하다고 느낄 때. 그런 일로 위협을 느낀다거나 자칫 내 상황이 바뀔 수도 있겠다고 걱정하지 않을 때.
- 배우자와의 관계에서 서로 자신의 진정한 모습으로 살 수 있는 자유를 주고 있다고 느낄 때, 그리고 상대가 정말 행복해하는 일

을 적극 지지할 때.

- 둘 중 한쪽이 때로 더 줄 수도 있고 더 받을 수도 있지만, 전체적으로 서로 주고받음이 적절한 균형을 이루고 있다고 느낄 때.

네 번째 신념

내 안의 무언가가 잘못되었으니 고쳐야 한다

어느 날 홍콩의 상업 지구에서 몇 가지 볼 일을 보던 중 예전에 친했던 전 직장 동료 빅토리아를 우연히 만났다. 각자 바쁘게 사느라 꽤 오랜만이었다. 우리는 반가운 마음에 기분 좋게 서로의 근황을 물었다.

"어디 가는 길이야?" 같은 방향이면 좀 더 오래 얘기를 나눌 수도 있을 듯해서 내가 물었다.

"응, 젠 타이를 만나러 가는 중이었어. 같이 갈래?" 그녀가 대답했다.

젠 타이는 빅토리아가 몇 년째 문제가 있을 때마다(그리고 문제가 딱히 없을 때에도) 찾아가곤 하는 한의사였다. 나도 예전에 짧게나마 한동안 그 한의사를 보러 간 적이 있었다.

"아, 그렇구나. 아니, 나는 됐어. 요즘 나는 아주 좋아." 이렇게 말하는 내 얼굴은 활짝 웃고 있었다. 나는 정말로 어느 때보다 잘 지내고 있었다. 심지어 암에 걸리기 전보다 더 건강하다고 느꼈다. 사실 육체적으로 그보다 더 좋을 수는 없을 것 같았다.

"너는 비행을 그렇게 많이 하는데 몸이 남아나니?" 빅토리아가 걱정스럽다는 듯 말했다. "게다가 사람들 앞에서 강연하는 일이 얼마나 힘든데! 어떻게, 건강은 잘 챙기고 있어? 혹시 모르니까 젠 타이를 한번 만나보는 것도 좋을 것 같은데?" 빅토리아는 좋은 뜻에서 그렇게 말했을 것이다. 그리고 젠 타이도 훌륭한 의사이다. 하지만 당시 나는 의사는 물론 누구의 도움도 정말 필요 없었다.

"아니 괜찮아. 이미 복용하는 약재도 있고 효과도 많이 보고 있어." 나는 생각해 줘서 고맙다는 말을 덧붙인 다음 작별 인사를 하며 그녀를 한 번 껴안았다. 앞으로 자주 연락할 것을 약속하며.

나는 이제 빅토리아와 함께 굳이 용하다는 의사를 찾아다닐 필요가 없었다. 그보다 더 좋은 방법을 알고 있기 때문이었다.

예전에는 나도 내 안에 무언가가 근본적으로 잘못되었다고 믿었고, 따라서 그것을 고쳐야 한다고 생각하고 살았다. 건강은 육체적인 것이든 정신적인 것이든 끊임없이 돌봐야 하는 것이며, 더 건강하려면 다양한 전문가의 도움을 받아야 한다고 믿었다. 무언가를 고치거나 '더 좋게 만들어야 한다'는 믿음이 그 반대의 효과를 부를 수 있다는 사실은 전혀 생각하지 못했다. 실제로 그렇게 믿었기 때문에 온갖 문제들이 더 많이 드러났다. 두려움과 불안이 커지고 육체적 · 심리적으로 취약해졌다. 실제로 나는 두려움이나 불안감 같은 감정들 때문에 암에 걸렸다고 확신한다. 임사 체험 후 이 세상으로 다시 돌아온 후에야 나는 인간은 살면서 필요한 모든 것을 갖고 태어났음을 알게 되었다. 죽었다 살아난 경험 덕분에 나는 꽤 오랫동안 무적無敵이 된 것 같았다.

그런데 임사 체험 후 얼마 안 되어 나는 빅토리아를 통해서 그런 무적의 느낌이 얼마나 쉽게 무너질 수 있는지, 낡은 사고 패턴으로 돌아가기가 얼마나 쉬운지 절감했다. 몸과 마음을 고쳐야 하고 좋게 만들어야 한다는 믿음은 그렇게 믿는 사람들이나 문화에 둘러싸일 때 특히 더 우리 정신을 좀먹게 되는데 나의 경우가 정확하게 그랬다.

불과 몇 년 전의 일이다. 암에서 회복된 지 얼마 되지 않을 때였는데 그 무렵 빅토리아를 자주 만나곤 했다. 빅토리아의 집 부엌에서는 늘 한약 달이는 냄새가 났다. 빅토리아는 꼭 젠 타이에게서 치유 효과가 있다는 차나 한약 등을 처방받았다. 나는 빅토리아가 한약을 달이는 모습과 한약 냄새에 매료되었기에 젠 타이를 한번 만나보는 것도, 특별한 목적은 없었지만 괜찮을 듯했다. 호기심이 발동했던 것이다.

암은 완쾌되었고 꽤 건강하다고 느꼈지만, 당시 대니와 나는 막 이사를 하고 일과 관련해서도 큰 변화를 꾀하느라 상당히 스트레스를 받던 중이었다. 내 첫 번째 책 집필은 시작조차 하지 않은 때였고, 나는 내 인생이 어떻게 전개될지 전혀 모르고 있었다. 그러던 어느 날 동네 근처의 마트에서 또 우연히 빅토리아를 만났다. 그날 내 모습은 특히 더 피곤해 보였던 모양이다. 빅토리아가 잘 지내느냐고 물었다.

"응, 아주 잘 지내. 그냥 이사 때문에 좀 피곤해. 게다가 꽤 큰 프로젝트도 막 시작했거든." 내가 대답했다.

"그래, 너 정말 피곤해 보여." 빅토리아가 말했다. "스트레스가 우리 몸에 얼마나 안 좋은지는 누구보다 네가 잘 알고 있겠지? 그치? 건강은? 어떻게, 챙기고 있니? 특별히 하고 있는 건강 요법은 있어? 아님 정기적으로 만나는 의사나 그런 사람들은 있고?"

"아니, 그냥 되도록 많이 쉬려고 해. 좀 푹 자고 나면, 괜찮아질 거야."

"아니타! 정말이지 건강 좀 잘 챙겨. 안 그러면 재발할지도 모르잖아! 너처럼 크게 아팠던 사람은 정말 조심해야 한다고!" 빅토리아가 걱정스럽다는 듯 말했다.

"그래? 내 생각에는 나처럼 그렇게 빨리 암을 치유한 사람이라면 우리 몸의 치유력이 얼마나 대단한지 잘 알 것 같은데?" 내가 장난스럽게 웃으며 대꾸했다.

"너무 확신하진 마! 사람 일은 모르잖아, 다음에도 또 그렇게 잘 해결될지." 빅토리아가 반박했다.

빅토리아는 그런 친구다. 자기 생각이나 감정을 잔인하리만치 직설적이고 솔직하게 말한다. 그리고 당시에는 몰랐는데 빅토리아는 그때 자신의 두려움을 나에게 투사하고 있었다.

"새 프로젝트를 시작했다니 앞으로 잠이 더 부족할 게 뻔하잖아? 너는 몸을 너무 혹사하고 있어. 어떻게든 에너지를 보충받아야 할 거야. 나도 일 때문에 스트레스가 심해서 자주 한의원을 찾아가거든. 이 한의사가 없으면 난 이미 죽은 몸이야!"

빅토리아의 말을 듣고 있자니 뭔가 그건 좀 아니라는 생각이 들었다. 당시에는 그걸 뭐라고 딱 꼬집어 설명할 수 없었지만, 나중에 생각해 보니 빅토리아는 젠 타이를 자주 만나 일로 인한 스트레스를 풀고 웰빙을 추구한다고 믿고 있었지만, 내가 보기엔 문제를 푸는 목적이 전도되어 있었다.

만약에 건강이 정말로 우려된다면 나 같으면 그렇게 지속적으로 스트레스를 주는 일부터 그만둘 것이다. 스트레스 해소의 필요성을 간절히 느끼면서도 일을 계속 하는 것은 좋지 않다. 물론 나도 어쩔 수 없이 일을 무리하게 할 때도 있다. 그리고 그럴 때면 도움을 요청하고, 젠 타이 같은 한의사를 찾아가기도 하고, 심지어 긴장을 풀기 위해 마사지를 받기나 스파를 가기도 한다. 하지만 그런 것들이 내 라이프스타일의 중심이 되는 것은 싫다. 그보다는 내 감정을 자주 점검하고, 일을 할 때도 신중히 선택해 기력을 북돋우는 일을 하려고 한다. 나의 참 모습을 반영하고 즐길 수 있어서 일처럼 느껴지지 않는 일 말이다. 그럼 매일같이 스트레스를 풀어야 할 필요도 없다.

"젠 타이는 약초 위주의 순수 천연 재료만 써서 원기 회복이 필요할 때 아주 좋아." 빅토리아는 물러서지 않았다. "다음에 젠 타이 만나러 갈 때 같이 가자, 응?"

"흠, 글쎄……" 나는 머뭇거렸다. "지금은 이사 정리부터 제대로 하고 싶어. 젠 타이 한의원은 좀 멀기도 하고 말이야. 안 그래도 할 일이 많은데 그런 약속까지 하기는 힘들겠어."

스멀스멀 기어 나오는 의심

"나 원 참! 일단 가보면 정말 잘 왔다고 생각할 거야. 너도 자기 자신을 가장 먼저 돌봐야 한다고 말했잖니?" 빅토리아는 자신이 옳음을 증명하기 위해 의도적으로 내 신념을 가져다 들이댔다. "그리고 젠 타이는 정말 용한 의원이야. 인기가 대단해. 날마다 줄서서 기다리는 사람이 병원 밖까지 나와 있을 정도라고! 몇 년 전에, 여성 경영인 클럽에서 만난 데어드레이 기억나? 그 여자도 젠 타이를 만난다던데? 몸에 문제가 좀 있었는데 젠 타이가 다 고쳐줬다나 봐. 젠 타이가 자기 목숨을 구해줬다나 뭐래나. 하여튼 그래서 예약한 날은 빠지지 않고 꼭 가서 상담을 받는대. 그것도 몇 년 동안이나! 아니타, 너는 그렇게 힘든 암을 이겨냈으니

이 정도의 사치는 선물로 해줘도 괜찮잖아! 그게 아니라도 건강하게 살 수 있다면 못할 일이 뭐야?"

맞는 말 같기도 하다고 생각했다. 젠 타이가 훌륭한 의사임은 나도 잘 알고 있었고, 건강하게 살고 싶다는 건 두말하면 잔소리다. '한번 가서 젠 타이가 하는 말을 들어보는 것도 뭐 괜찮겠지. 약이 정말 좋아서 내 소진된 에너지를 회복할지도 모르잖아. 그게 뭐가 나쁠라고. 안 그래?'

"으흠, 뭐 그렇다면, 좋아." 내가 짐짓 기쁜 듯이 말했다. "네 말이 맞는 것 같아. 젠 타이가 경험이 많은 건 확실하고 한 번쯤은 너랑 같이 가보는 것도 좋을 것 같아."

하지만 마음속은 여전히 뭔가 께름칙했다. 그렇게 말은 했지만 나에게조차 내 약속이 공허하게 들렸다. 빅토리아를 만나기 전까지는 스트레스는 그냥 일시적인 거고 몸에 큰 무리가 될 거라는 생각은 전혀 하지 않았다. 이사가 마무리되고 나면 곧 괜찮아질 거라고 확신했었다. 그리고 변화하고 있는 내 인생에 정말 행복해하고 있었다. 죽었다 살아났을 때 나는 즐길 수 없거나 나에게 옳은 일이 아닌 건 절대 하지 않겠다고 결심했었다. 그리고 그 결심을 한 번도 깨지 않았다. 당시에 내가 갖고 있던 문제라고 하면 자연 속에서 산책하거나 해변을 걷거나 하는 일을 매일매일 못하고 있다는 것 정도였고, 그마저도 새 집에 정착하면 해결될 걸 알고 있었기 때문에 큰 문제는 아니었다. 게다가 새 집은 바닷가에 있어서 나는 기대감에 차 있었다!

"한 번 가본다고? 한 번 가지고는 어림없어!" 빅토리아가 다소 단호하게 말했다. "꾸준히 다녀야 한다니까! 안 그러면 효과를 길게 보기 힘들어. 아니타, 우리는 이제 더 이상 젊지 않아. 바로 지금 뭔가 하지 않으면 더 안 좋아질 뿐이라고!"

"지금 상황에선 한약을 꾸준히 달여 먹거나 하기가 힘들겠어." 나는 약간 눈치를 보며 말했다. "지금은 벌려놓은 일들이 너무 많아."

"일보다 건강부터 챙겨야 한다니까. 너는 누구보다도 이 사실을 명심해야 해!"

이 말도 마찬가지였다. 그때는 몰랐지만 돌아보면, 빅토리아는 분명 나에게 자신의 두려움을 투사하고 있었다. 그녀가 당시 나 같은 상황이었다면 젠 타이를 만나서 도움을 받았을지도 모른다. 하지만 당시의 나에게 한약을 꾸준히 달여 먹는다는 것은 그저 또 하나의 스트레스일 뿐이었다. 하지만 빅토리아의 엄중한 경고는 그녀의 의도에 걸맞은 효과를 낳았다. 나는 건강을 유지하기 위해 할 수 있는 일을 다 하지 않으면 암이 재발할 거라는 생각이 들었고, 아주 불안해졌으며, 그 탓에 상황을 분명하게 볼 수 없었다. 그녀와 대화가 계속될수록 뭔가 조금씩 맥이 빠지는 느낌이었고 뭔가 휘둘리는 느낌이었다.

"솔직히 말하면 최근에 네 생각이 많이 나더라고." 빅토리아가 계속 말했다. "네가 일상으로 잘 복귀하고 있는지 궁금했어. 홍콩처럼 정신없이 돌아가는 도시에서 산다는 게 보통 스트레스받는 일이 아니잖아. 그리고 넌 암 말기 환자였고 말이야."

"그래? 그런데 나는 내 일이 정말 좋아. 그리고 일도 좋지만 삶을 즐기는 게 나한테는 아주 중요하기 때문에 다른 재미난 일들도 자주 하고 있어. 일이 힘들 때도 있지만 그래도 무리가 안 되도록 잘 대처하고 있어." 내가 대답했다.

"너무 무리하지 않게 조심해. 그 힘든 과정을 다시 시작하게 되면 정말 안 되잖아. 자꾸 이런 말 하기는 싫지만, 너는 한번 심하게 아파봤으니 다른 사람들보다 더 조심해야 해." 빅토리아가 경고했다.

휘둘리다

빅토리아 말이 맞을지도 모른다는 생각이 자꾸 들었다. 어쩌면 나는 내가 생각하는 것보다 훨씬 더 피곤하고 아픈 상태인지도 모른다. 이미 내 몸속 깊은 곳에서 뭔 일이 벌어지고 있는지도 모른다. 암을 앓았기 때문에 내 몸은 다른 사람들보다 더 약할지도 모른다…… 빅토리아는 진심으로 나를 걱정하는 것 같았다. 그 순간 나는 그것이 그녀의 두려움 때문임을 미처 보지 못하고 그녀의 불안을 마치 나의 것인 양 받아들이기 시작했다.

나에게 무엇이 옳은지를 알아차리는 나만의 능력에 대한 확신이 사라지기 시작하면서 누군가 내 머릿속에서 이렇게 속삭이는 것 같았다. '빅토리아 말이 맞으면 어쩔 건데? 일하고, 사람들 만나고, 도와달라고 하면 도와주느라 에너지를 너무 많이 쓰고 있잖아. 기쁜 마음으로 하고는 있지만 너무 무리를 해서 면역력이 약해지기라도 하면 끔찍한 일이 생길 수도 있어! 암이 재발하지 않게 조심해야 해! 그 끔찍한 일을 다시 겪고 싶지는 않겠지! 어쩌면 그 한의사를 한번 만나봐야 할지도 몰라. 건강은 정말 중요하잖아?! 건강을 위해서라면 뭐든 해야 할 거야. 더군다나 젠 타이는 자연 요법 전문가잖아. 분명히 도움이 될 거야.'

보일 듯 말 듯 두려움이 조금씩 머리를 쳐들더니 어느새 내 머릿속에 똬리를 틀고 앉아버렸다. 나에게 무엇이 옳고 진실인지를 그냥 느낌으로 알았는데 그 강력한 느낌이 사라져버린 것 같았다. 누가 계속 알려주지 않아도 나에게 무엇이 좋은지 내 몸이 스스로 알았는데 그 타고난 능력을 잃어버린 듯했다. 갑자기 나는 무너졌다. 불안이 내 몸과 마음을 덮친 탓에, 내가 할 일은 그저 내 몸이 하는 말을 듣는 것뿐이라는 사실을 잊어버렸다. 암 완쾌 후 지난 몇 년 동안 실천해 온 것들, 임사 체험에서 배운 것들을 잊어버린 것이다.

다른 사람 말에 혹할 것이 아니라, 나 스스로 무엇이 필요한지를 계속 점검해야 했다. 말기 암을 치유한 것도 내 내면의 지침,

바로 내 내면의 나침판이었다. 그런데 빅토리아의 말들을 듣고 있자니, '그녀 말이 맞을지도 몰라. 빅토리아가 하는 말을 들어야 할지도 몰라' 하는 생각만 들었다.

고개를 쳐든 두려움

빅토리아와 헤어지고 사람들로 북적대는 홍콩 시내에서 바쁘게 이런저런 볼일을 보는 동안에도 한번 고개를 쳐든 두려움은 좀처럼 사라지지 않았다. 무언가에 집중하면 이 느낌을 지워버릴 수 있을까? 나는 야외 시장 구석구석을 누비고 다녔다. 사탕, 장난감, 향신료, 고기, 핸드백, 블라우스 가게에 들러 색색의 물건들을 보며 영혼의 향연을 즐겼다. 아니, 색만이 아니라 소리, 질감, 향기 등등 그야말로 만화경 같은 세상에 빠져들었다.

하지만 완벽한 몰입은 불가능했다. 머릿속 어딘가에서 그 두려움이 계속 나를 불편하게 했고, 안 그러려고 해도 빅토리아가 했던 말이 자꾸 떠올랐다.

그 다음 주까지도 그런 무거운 느낌이 사라지지 않자 나는 빅토리아에게 전화를 걸었다. 어디를 가든, 무엇을 하든, 심지어 재미있는 일을 하려고 할 때조차도 두려움이 따라다니니 어쩔 수 없었다. 나는 빅토리아에게 다음번 젠 타이를 만나러 갈 때 같이 가고 싶다고 했다. 빅토리아가 마침 다음날 젠 타이를 만나러 갈

예정이라고 해서 우리는 바로 만날 약속을 했다.

이튿날 아침 우리는 홍콩 섬으로 가는 페리 선착장에서 만났다. 페리에서 내려서는, 해안을 따라 펼쳐져 있는 6차선 고속도로를 건너기 위해 육교로 올라갔다. 육교 위에서는 홍콩의 항구와 당시 내가 살던 란타우 섬까지 탁 트인 경관이 다 보였다. 배들이 마치 연못에 사는 수생 곤충들처럼 항만을 가로지르며 빠져나가고 있었다.

우리는 육교를 넘어 고속도로 반대쪽으로 내려간 뒤 골목길로 접어들었는데, 돌연 카레 소스에 버무린 익숙한 생선 꼬치 냄새가 강하게 풍겨왔다. 어찌나 군침이 돌던지 어느 모퉁이를 돌 때는 거기에 있던 노점상에게 거의 돌진할 뻔했다. 그 노점상은 손수레에 엄청 큰 카레 솥을 올려놓고 있었는데 그 안에서 어묵이 펄펄 끓고 있었다. 주인은 국자로 어묵을 퍼낸 다음 꼬치에 쓱쓱 끼워서 팔았다. 나는 어묵을 한 꼬치 먹고 싶었지만 빅토리아가 서두르는 듯해서 돌아오는 길에 꼭 먹어보기로 하고 급하게 그녀의 뒤를 따라갔다.

신선한 고기와 야채를 파는 시장까지 지나고 나니 전차 정류장이 나왔다. 빨리 걸은 탓에 나는 약간 숨이 찼고, 그래서 좀 쉴 겸 정류장 벤치에 앉았다. 그러나 3분도 채 기다리지 않았는데 전차가 왔다. 우리는 재빨리 전차를 탔고, 나란히 앉았다.

젠 타이에게 나를 맡기다

젠 타이 한의원은 고층 빌딩이 즐비한 상업 지구에서 멀리 떨어진 구시가지에 있어 전차를 타고 꽤 오래 가야 했다. 우리는 전차의 딱딱한 나무 의자에 앉아 창밖을 바라보기도 하고 간간이 대화를 나누기도 했다.

나는 전차 타기를 좋아한다. 전차를 타면 늘 어린 시절이 생각난다. 천천히 가고 자주 선다는 점도 좋다. 그런데 이때는 젠 타이를 만날 생각에 약간 긴장하기 시작했다. 무슨 진찰을 받고 무슨 말을 듣게 될까? 나는 다시 창문 밖을 내다보았다. 창밖 풍경이나 시끌벅적한 소리에 집중하다 보면 긴장도 풀리고 머릿속도 한결 가벼워질지 몰랐다.

아이들이 편을 이루고 공을 차는 모습이 보였다. 헝겊 조각들을 꽁꽁 싸매 만든 공이었다. 자동차, 행인, 자전거 따위를 요리조리 피하며 패스하는 실력이 아주 놀라웠다. 하지만 펠레 같은 세계적인 선수가 될지도 모를 그 아이들조차 나의 불안감을 잠재워 주지는 못했다.

마침내 전차에서 내리자 아치 모양의 창문들이 달린 낮고 오래된 건물 쪽으로 빅토리아가 앞장서 걸어갔다. 그 건물로 들어가서는 좁고 어두운 층계참을 올라갔다. 젠 타이 한의원은 3층에 있었고, 그 건물에는 엘리베이터가 없었다. 층계는 우리가 발을 옮길 때마다 삐걱대며 흔들렸다. 마침내 한약 달이는 냄새가 풍겨왔다. 우리는 그 냄새에 이끌리듯 긴 복도를 지나 아치 모양의 큰 나무 문 안으로 들어섰다. 벽마다 진기해 보이는 약 항아리들이 어찌나 많은지 나는 그만 넋을 잃고 말았다. 사슴의 뿔, 해마, 민들레 차 등등 없는 게 없었다.

우리는 깔끔하게 줄지어 놓인 나무 의자 중 하나에 앉았다. 다른 사람들도 모두 그곳에 앉아 자기 순서를 기다렸다. 나는 약간 초조해졌다. 어쩐지 그곳은 내 자리가 아닌 것 같았다. 나는 벽에 있던 항아리들을 응시하며 과연 저것들이 무슨 마술을 부릴 수 있을까 생각했다.

"홍콩 전역에서 온 사람들이야. 다들 젠 타이를 보려고 온 거지." 빅토리아가 속삭였다. 젠 타이 한의원은 예약제가 아니지만, 손님이 없을까 걱정할 필요는 없을 것 같았다. 마침내 우리 차례가 왔다. 매우 상냥한 얼굴에 몸집이 자그마한 여자가 나무 문 안에서 살그머니 머리를 내밀며 광둥 어로 들어오라고 했다.

젠 타이는 회색 머리카락을 단단히 묶은 모습으로 진료실에 앉아 있었다. 실크 소재의 헐렁한 옷을 입은 편안한 차림이었다. 나는 그런 그녀가 마음에 들었고, 덕분에 긴장했던 마음이 많이 풀어졌다. 그녀는 웃으며 내가 자신의 모국어인 광둥 어를 할 줄 아는지 물었다. 안다고 하자 눈빛을 빛내며 더 환하게 웃었다.

시키지도 않았건만, 빅토리아가 내 과거 병력을 자세히 설명하더니 최근에 내가 일과 이사 문제로 스트레스를 많이 받았다고 덧붙였다. 설명을 듣던 젠 타이의 표정에 공포와 동정과 두려움 같은 감정들이 지나갔다. 나는 젠 타이가 나에 대한 아무런 선입견 없이 진료해 주기 바랐으므로 빅토리아가 그런 이야기를 하지 않았으면 했다.

젠 타이는 나에게 혓바닥을 내보이라고 하더니 자세히 살폈다. 다음 내 눈동자를 살폈고, 내 손도 보고, 손바닥을 잡고 뭔가를 느껴보려고도 했다. 내 맥박도 짚었다. 그 다음 나를 진료용 침대에 눕혀 지압점 몇 군데를 손가락으로 눌렀다. 여전히 근심스러운 표정이었다. 그러곤 침대 옆 벽장에서 천 가방을 꺼내 그 안에서 뿔처럼 생긴 검은 도구를 하나 집어 들었다. 한쪽이 둥그스름했는데, 그 둥그스름한 쪽을 내 가슴 중간에 대고 꽉 눌렀다. 마치 내 폐 속의 공기를 다 눌러서 짜내려는 것 같았다. 그러고는 나더러 돌아누우라고 하더니 이번에는 등을 또 그렇게 눌렀다.

"가슴에 막혀 있던 기를 움직여 순환시키는 거랍니다." 그녀가 설명했다. 그렇게 여러 번 누르고 찌르고 하더니 마침내 예의 그 친절한 얼굴로 돌아와 말했다. "일주일에 세 번은 오셔서 진찰을 받는 게 좋겠습니다."

그렇게 말하고는 처방전에 일련의 약재 이름들을 써 내려갔다. 그중 어떤 것들은 함께 모아 끓인 다음 매일 여러 차례 마셔야 한다고 했다. 내가 암 투병 경력이 있으므로 특별히 내 몸이 필요로 하는 것을 모두 처방해서 다시는 아프지 않게 하겠다고 했다. 나는 그녀가 정말로 좋은 의도로 그렇게 말했다고 굳게 믿었지만, 일주일에 세 번 그곳을 방문하라는 말을 들었을 때는 그 즉시 속이 불편해질 정도로 부담스러웠다. 그곳이 집에서 무척 먼데다가 아직 이삿짐도 제대로 정리하지 못한 상태였고, 새로 시작한 프로젝트 때문에 일도 자꾸 쌓여가던 중이었기 때문이다.

'대체 어떻게 여기를 일주일에 세 번이나 올 수 있겠어? 매일 약 다려 먹을 시간도 없겠는걸.' 나는 속으로 생각했다.

나는 약은 계속 먹되 일주일에 한 번만 오면 안 되겠느냐고 물었다. 그곳까지 오가는 데 엄청난 시간이 걸리는데다 기다리는 시간까지 포함하면 병원 한 번 다녀오는 데 하루가 다 갈지도 모른다고 토로했다.

"당신 결정에 달렸어요. 하지만 건강을 소중하게 생각한다면 좀 더 자주 오시는 편이 좋을 겁니다. 자주 올수록 더 좋을 거예요." 젠 타이가 대답했다.

"얼마나 오래 와야 할까요?" 내가 물었다.

"매주 당연히 해야 하는 일이라고 받아들이면 편할 거예요. 건강은 평생 돌봐야 하는 것이고, 또 길게 봐야 진짜 효과를 보는 법이니까요." 치료가 언제 끝날지 모른다는 말이었다. "여기 오는 쪽으로 라이프스타일을 바꿔보세요."

'앞으로 평생 이곳을 와야 한다고?' 나는 적잖이 당황하며 자문했다. 듣기 유쾌한 말은 아니었지만, 젠 타이가 자기 잇속 때문에 의도적으로 그렇게 말한 건 분명 아니었다. 그녀는 자신이 진실을 말하고 있다고 진심으로 믿었고, 정말로 암이 재발되지 않게 나를 돕고 싶어 했다. 재발을 막는 일에 내 남은 생을 바쳐야 한다는 말이 나에게는 세상에서 가장 끔찍한 말이란 걸 그녀가 알리는 없을 터였다. 그런 삶은 정확하게 그 목적한 바와 정반대되는 결과를 부를 것이다. 그렇게 살면 '암에 대한 두려움' 속에 갇혀 살게 될 테니 말이다. 암이 발병하기 전 내 삶이 바로 그랬다.

임사 체험 후 나는 즐거운 일을 하는 것, 내 열정이 시키는 일을 하는 것, 두려움이 아니라 사랑에 따른 선택을 하는 것이 내가 할 수 있는 가장 건강한 일이란 걸 알았다. 그런데 내가 그 사실을 잠시 잊어버리고 다시금 두려움과 질병의 세계 속으로 제 발로 기어 들어가고 있었던 것이다. 나는 또다시 옛날처럼 내 몸이 스스로를 돌볼 수 없고, 따라서 끊임없이 무언가 노력을 해야 하고 전문가의 도움을 받아야 한다고 믿고 있었다.

젠 타이는 그렇게 말하고 처방전에 몇 자 더 적더니 그 종이를 뜯어 나에게 건넸다. 그리고 진료실에 거의 붙어 있다시피 한 옆방을 가리켰다. 그녀의 손끝을 따라가 보니, 한 젊은 남자가 식탁 크기 정도 되는 나무 카운터 뒤에 앉아 약재를 섞고 있었다. 나는 그에게 젠 타이가 중국어로 뭐라 뭐라 써놓은 쪽지를 건넸다. 그는 고맙다는 뜻으로 웃으며 가볍게 고개를 끄덕였다.

남자는 항아리 여기저기에서 약재들을 꺼내 손저울로 무게를 잰 다음 한 데 섞더니 플라스틱 봉지 몇 개에 나눠 담았다. 약재는 씨앗, 나무껍질, 말린 과일, 찻잎처럼 보이는 것들로 이루어져 있었다. 한 번에 봉지 하나씩 뜯어 물을 붓고 네 시간 정도 끓이면 하루치 복용할 약이 나온다고 했다. 약재를 다 나눠 담은 남자는 나에게 봉지 세 개를 건넸다. 사흘치 약이었다. 젠 타이는 내가 사흘 뒤에 다시 오기 바랐던 것이다. 나는 그렇게 빨리 다시 올 수 있을지 확신이 서지 않았기에, 남자에게 몇 봉지 더 살 수 없겠느냐고 물었다. 내가 광둥 어를 구사한다는 사실에 놀랐는지 남자는 환하게 웃었다. 그 덕분에 화기애애한 분위기 속에서 대화가 조금 더 이어졌다. 그리고 마침내 남자는 한약 일곱 봉지와 환약 한 병을 주며 하루도 거르지 않고 복용하라고 했다.

빅토리아도 진찰을 마치고 약까지 건네받자 우리는 진찰비와 약값을 지불하고 다시 그 좁은 계단을 내려와 가까운 전차 정류장으로 갔다.

"너는 왜 그렇게 약 봉지가 많아?" 내가 들고 있던 약 봉지들을 보더니 빅토리아가 물었다.

"일주일에 세 번이나 오지 못할 수도 있을 것 같아서…… 자주 오지는 못하더라도 약은 거르지 않고 먹는 게 좋을 것 같고 말이야." 내가 말했다.

"아니타, 오랄 때 오지 않는 건 좋지 않아." 빅토리아는 내가 괜한 짓을 한다는 듯 말했다. "젠 타이를 만나는 것과 만나지 않고 약만 먹는 것은 천지차이야. 너도 봤잖아? 그렇게 많은 사람이 젠 타이를 보려고 기다리는 거. 그렇게 인기가 많다는 건 뭔가 있다는 뜻이야!"

"그래, 네 말이 맞을 거야." 그렇게 동의하기는 했지만 마음속은 영 개운치 않았다. 그럼에도 불구하고 나도 젠 타이가 마음에 들었기 때문에 그녀가 가진 지혜의 덕을 보는 게 나쁠 것 같지는 않았다.

나의 힘 되찾기

그날 저녁, 한약 한 봉지를 뜯어 달였다. 약 냄새가 집 안에 진동하다 못해 현관문 밖에까지 퍼져나갔다. 퇴근한 대니가 무슨 진기한 중국식 탕이라도 끓이고 있느냐고 물었다. 나는 약탕기를 보여주며 빅토리아와 함께 내가 그날 어떤 모험을 했는지 말해주었다.

그 후 3일 동안 나는 시키는 대로 한약을 마시고 환약도 꼬박꼬박 잘 삼켰다. 3일이 지나자 빅토리아가 전화를 해와 젠 타이한테 같이 가자고 했다. 나는 그러자고 했고, 다시 한 번 페리와 전차에 몸을 실었다. 그 3일 후에도 나는 빅토리아와 함께 젠 타이에게 갔고, 그 다음 주에도 세 번이나 갔다. 젠 타이는 늘 나를 반갑게 맞아주었다.

그런데 그즈음 새 프로젝트로 정말 눈코 뜰 새 없이 바빠졌기 때문에 젠 타이 한의원으로 가는 그 길이 한없이 멀고 피곤하게 느껴졌다. 스트레스를 없애려고 젠 타이를 만나는 것인데 그녀를 만나러 가는 일이 오히려 큰 스트레스가 되고 있으니 내가 지금 대체 무슨 짓을 하고 있나 싶었다. 게다가 새 프로젝트에 대한 기대가 컸기 때문에 일에만 집중하고 싶기도 했다. 그래서 결국 젠 타이에게 가자던 빅토리아의 전화에 대고 갈 수 없겠다고 말했다. 내가 밝은 목소리로 말했다.

"나는 이대로 아주 좋아. 지금은 내 인생에서 내가 하고 싶은 일에만 집중하고 싶어. 새로 이사 온 집에서도 더 많은 시간을 보내고 싶고." 내 인생이 마치 젠 타이한테 가는 일을 중심으로 흘러가는 것 같았다. 그리고 그렇게 한 번씩 방문할 때마다 왕복 네 시간 이상 걸린다는 사실이 영 마음에 들지 않았다. 매일 약을 달이는 데 들어가는 시간도 아까웠다. 그 시간이면 내가 좋아하는 음악을 듣고, 책을 읽고, 해변으로 산책을 나가거나 다른 일로 얼마든지 일상의 스트레스를 풀 수 있을 것 같았다.

빅토리아와 젠 타이는 내가 한의원을 자주 찾을수록 좋을 거라고 했지만, 실제로는 정확히 그와 반대되는 일이 벌어지고 있었다. 젠 타이를 보면 볼수록 내가 할 수 있는 다른 모든 일들을 계속 놓치고 있는 것 같았다. 빅토리아에게는 지금 상태가 아주 좋다고 했지만, 사실 젠 타이를 만나기 전보다 훨씬 나빠져 있었다. 젠 타이도 내가 별 차도를 보이지 않자 의아스러워했다. 한의원 방문 자체가 나에게는 가장 큰 스트레스였기에 나는 어느 때보다 더 피곤한 상태에 있었다. 그 방문이 역효과만 일으키고 있었던 것이다. 그럼에도 빅토리아와 젠 타이가 하는 말을 듣고 있노라면, 만약 한의원에 가지 않으면 큰일이라도 날 것 같은 불안한 마음이 들었고, 그래서 그 일을 멈추기도 어려웠다.

"아니타, 가다 안 가다 하는 건 정말 좋지 않아! 젠 타이는 분명 너에게 도움이 될 거야!"

빅토리아는 내가 뭔가 큰일이라도 저지르고 있는 듯 말했다.

"하지만 나는 그 사람 도움이 필요하지 않아!"라고 말할 뻔했지만 참았다. 그 대신 이렇게 말했다. "거길 얼마나 더 다녀야 할 것 같아? 젠 타이는 장기적으로 생각하라고 했지…… 나는 젠 타이를 만나러 가는 일에 그렇게 오랜 시간을 할애하고 싶지는 않아. 게다가 돈도 많이 들고!"

"아니타! 내가 너라면 돈 따위는 걱정하지 않고 건강을 위해서라면 뭐든지 할 것 같은데?!" 빅토리아가 쏘아붙였다. "게다가 젠 타이는 정직한 분이야. 원한다면 훨씬 더 많은 돈을 요구할 수도 있지만 그러지 않잖아. 오랫동안 치료비를 전혀 올리지도 않고 말이야. 다른 사람들처럼 나도 그곳에 몇 년씩 다녀봐서 잘 알아. 우리는 젠 타이가 정직하고 아주 용한 의사라고 굳게 믿고 있어.

젠 타이는 네 몸에 필요한 게 뭔지 다 알고 있다고."

"그래, 젠 타이는 친절하고 확실히 실력도 있는 의사지. 그건 나도 인정해. 그런데 만약 너나 나나 그렇게 정기적으로 찾아갈 상황이 못 되면 어떻게 될까? 만약에 홍콩을 떠나 다른 곳에서 살아야 한다면?" 내가 물었다.

"나도 가끔 그런 걱정이 들긴 해." 빅토리아가 인정했다. "무슨 이유로든 그녀를 못 보게 된다면 끔찍할 것 같아. 정기적으로 만나고 약을 지어서 복용해야 내 몸 상태가 최상으로 유지되거든. 내 말뜻 알겠어? 젠 타이는 그 정도로 나에게 도움이 되는 사람이란 말이야."

어쩐지 마음속이 편치 않았지만, 나는 빅토리아와 더 이상 논쟁하고 싶지 않았다. 나는 그녀가 젠 타이를 믿고 있다는 사실을 받아들였고, 그녀의 믿음을 바꾸고 싶지 않았다. 무엇을 철저하게 믿는 사람은 누군가 그 믿음을 깨려고 할 때 굉장한 두려움을 느낀다. 내 경험을 봐도 그렇다. 최소한 더 강력한 가능성으로 그 깨진 믿음을 대체해 주어야 한다. 나는 이러지도 저러지도 못하는 처지가 되었다. 젠 타이를 찾아가지 않으면 내 건강을 위해 최선일 수도 있는 일을 하지 않는 것이 되고, 찾아간다면 계속 좌절하고 스트레스를 받을 것이며, 급기야는 젠 타이에게 완전히 의지하게 될지도 모른다.

빅토리아는 젠 타이라는 치료사에게 자신의 힘을 몽땅 줘버렸고, 젠 타이를 오랫동안 보지 못할지도 모른다는 생각만으로도 두려움을 느꼈다. 빅토리아는 외부의 도움을 지속적으로 받지 못하면 자기 몸이 건강을 유지할 수 없다고 믿고 있었다. 당시에는 몰랐지만 나도 나만의 힘을 젠 타이에게 조금씩 내주고 있었다.

내면의 안내

그날 밤 나는 주위를 조용히 하고 명상을 해보기로 했다. 나에게 집중해 나 자신이 하는 말을 들어야 했다. 편한 옷을 입고 양초를 몇 개 켠 다음 내가 좋아하는 아로마 테라피 오일을 태웠다. 그리고 조용한 음악을 틀었다. 그런 다음 방석을 푹신하게 깔고 앉아 바다 쪽을 바라보았다. 나는 달콤한 향기와 음악에 젖어 들었다. 그리고 몸의 긴장이 완전히 빠져나갈 때까지 잡생각들을 떨쳐내며 바다에만 집중했다.

문득문득 떠오르는 단상들에서 벗어나 바다처럼 방대한 어떤 것에 집중하다 보면, 어느새 깊은 명상 상태에 들어가면서 모든 것이 분명해진다. 머릿속 소음이 사라지고 지혜로운 내면의 자아와 소통할 수 있게 된다. 그때 받는 메시지는 결코 틀리는 법이 없다. 그때는 임사 체험 때처럼 강렬한 감정이 느껴지는데, 가끔은 몸으로 그 감정에 수반되는 감각이 느껴지기도 한다.

그날 밤에는 우리 집 발코니의 유리문 밖으로 바다를 응시한지 20분 정도 지나자 돌연 모든 것이 명쾌해지는 상태가 되었다. 먼저 목 주변에서 가려움 비슷한 감각이 느껴졌다. 현재 내가 내면의 진실대로 살고 있지 못함을 몸이 그런 감각을 통해 말하고 있다는 직감이 들었다. 나는 목의 감각에 집중하면서 어떤 일이 벌어질지 지켜보기 시작했다. 그리고 거기에 메시지가 담겨 있는지 물었다. 얼마 지나지 않아 몇 가지 생각이 물밀듯 밀려왔다.

'외부의 누군가에게 의지해서 그 사람이 나의 안녕을 좌우하도록 할 필요는 없어. 내 힘을 젠 타이에게 줘버려선 안 돼. 내 힘을 내주면 내줄수록 내 안의 무언가가 근본적으로 고장 나 있다고 믿게 될 거야. 그리고 나에 대해 다른 사람들이 내리는 결정에 의지하게 될 거야. 내 건강에 대한 결정권을 다른 사람에게 줘서는 안 돼!'

진실이 폭포수처럼 쏟아졌다. 마치 수문이 터진 것 같았다. 내면의 안내자로부터 들려오는 말이 진실인지 아닌지는 금방 알 수 있다. 그 말이 진실일 때에는 그 순간 모든 두려움이 사라지면서 마음이 기쁘고 가벼워지기 때문이다. 그날 그 순간에도 꼭 그랬다.

나를 치유할 수 있는 모든 힘이 젠 타이에게 있다고 믿으면 믿을수록 내가 더 약해질 것이 분명해졌다. 그리고 그렇게 약해지면 나는 외부 도움이 더 많이 필요하다고 믿게 될 것이었다. 다른 사람들의 도움은 분명 필요하다. 그 사람들이 대증 요법 전문가

일 수도 있고, 대체 의학 의사일 수도 있고, 에너지 치유사일 수도 있다. 나도 암 투병중에 일반 의사들이나 아유르베다 치료사들로부터 많은 조언과 치료를 받았었다. 하지만 그때는 그들의 도움을 받는 것이 옳다고 느꼈고, 그래서 적극적으로 그들에게 도움을 구했다. 그때는 빅토리아처럼 나에게 자기 두려움을 투사하면서 무엇이 내게 제일 필요한지 나보다 잘 안다고 생각하는 사람들에게(물론 그 사람들의 의도와 동기가 선하고 순수하더라도) 물든 시각으로 의사나 치료사 들을 보지 않았다. 그때의 나는 스스로의 결정에 따라 행동했고, 그 결정이 옳다고 느꼈다.

물론 젠 타이나 다른 한의사들이 하는 일이 무가치하다고 말하는 것이 아니다. 이들은 분명 중요하고 가치 있는 일을 하고 있다! 사실 나는 한의사들과 그들의 처방을 믿고 존중한다. 마음 깊은 곳에서 그들을 만나야 할 것 같다고 느껴서나, 자기가 원해서나, 그러는 것이 좋다고 느껴서 한약이나 다른 영양제를 복용한다면, 그것은 내면의 안내에 귀를 기울이는 것이요 스스로에게 힘을 주는 행위이다. 이런 것들은 건강과 웰빙으로 나아가는 중요한 단계들이다.

사실 '보통의' 치료사와 '뛰어난' 치료사를 가르는 중요한 기준이 하나 있다. 뛰어난 치료사는 우리로 하여금 타고난 치유 능력을 믿고 우리가 치유의 주체가 되도록 힘을 실어주는 치료사이다. 뛰어난 치료사는 누구나 내면의 지혜를 갖고 있다는 걸 알고,

우리가 그 내면의 지혜와 만날 수 있도록 돕는 것이 자신의 일이라고 여긴다. 환자들이 평생 자기한테 의지한 채 남아주기를 의식적 · 무의식적으로 바라는 치료사들이 많다. 그렇게 자신의 존재를 인정받으려는 것이다. 보통 '무적의 자아'를 한 번도 경험해 보지 못한 치료사들이 그렇다. 이들은 누구나 외부의 간여를 통해 자신을 계속 고쳐나가야 한다고 믿고 있다. 그리고 그런 자신의 믿음을 환자들에게도 투사한다. 반면 뛰어난 치료사는 환자가 본래부터 갖고 있는 치유력을 깨닫도록 돕는 것을 자신의 목적으로 삼는다. 물론 그 목적이 성취되면 자신은 필요 없는 존재가 된다. 하지만 그건 그에게 전혀 문제가 되지 않는다. 그 과정에서 얻는 성취감이 실로 크기 때문이다!

위대한 스승이나 구루guru(원래는 힌두교의 스승을 가리키는 말이나, 오늘날 서구 사회에서는 추종자들을 거느리고 있는 철학과 종교 지도자들을 광범위하게 지칭한다—옮긴이)도 마찬가지이다. 정말로 위대한 스승이나 구루라면 자기에게 의지하는 신봉자가 늘고 인기가 커지는 것이 목적이 될 수 없다. 모든 제자가 내면의 구루나 지혜를 발견해 더 이상 스승이 필요하지 않게끔 해주는 것이 위대한 스승의 진짜 목적이다. 스승, 치료사, 구루를 존경하고 모시는 것이 나쁠 것은 없지만, 자신을 믿고 내면의 안내 시스템이 하는 말을 잘 들을 때에만 진정한 구루, 스승, 치료사를 제때에 만나 원하는 대답을 들을 수 있다. 그런 스승이라면 택시 운전사나 전기공의 모습을 하고 올 수도 있고, 때론 텔레비전 화면에서 나타날 수도 있다. 그런 스승을 만나면 우리는 저절로 알게 된다. 그가 하는 말이 우리 마음속 깊은 곳을 울릴 테고, 감복할 것이며, 그 메시지 때문에 불안감이나 두려움이 고개를 쳐드는 일도 없을 것이기 때문이다.

나는 빅토리아와 젠 타이를 좋아하는데, 그런 만큼이나 나의 힘을 누군가에게 줘버리는 것이 얼마나 위험하고 역효과를 부르는지 그들 덕분에 알게 되었다. 나는 죽을 때까지 '끊임없이' 치료를 받을 필요가 없다. 한때는 독한 약이나 향정신성 약품에 기대지 않고 자연 요법만 쓰는 거라면 계속 해보는 것도 건강을 위해 좋은 일이라고 믿었지만, 이제는 그렇게 계속 건강에 신경 쓰는 것 자체가 내게 뭔가 문제가 있다고 믿게 만든다는 사실을 잘 알고 있다. 결국 모든 집착은, 심지어 그게 건강에 대한 집착이라 해도, 건강에 해롭다. 그 배후의 동기가 내면의 안내가 아니라 두려움 때문이라면 더더욱 그렇다.

바로 지금 천국에 살기

"내 안의 무언가가 잘못되었으니 고쳐야 한다"는 말이 거짓이라면 무엇이 진실일까?

진실

- 우리는 모든 면에서 완벽하게 태어났다.
- 우리는 이미 우리가 되려고 하는 그 모든 것이다.
- 우리는 진정한 자신을 잠시 잊을 수는 있을지언정, 어떤 식으로든 전혀 망가질 수 없는 존재이다!
- 살면서 만나는 고난은 우리가 무언가 잘못되었음을 말하는 것이 아니다. 고난은 단지 우리 자신을 되찾아가는 여정에서 꼭 필요한 부분일 뿐이다.

연습과 요령

- 매일 시간을 들여 내면의 안내를 받자.
- 모든 종류의 안내에 마음을 열어두자. 예를 들어 자동차 라디오

에서 나오는 노래, 슈퍼마켓 계산대에서 앞사람들이 주고받는 말, 잡지나 텔레비전에 나온 인터뷰 기사 등등.

- 어떤 이야기를 들었는데 흥분하거나 감격했다면 그냥 흘려보내지 말자. 그런 흥분과 감격이 바로 당신이 집중해야 하는, 내면의 안내이다.
- 어려운 일을 축복으로 바라보는 습관을 들이자. 무슨 일이 뜻대로 되지 않을 때 화를 내거나 좌절하기보다 이렇게 묻자. "이것이 정말 우주가 주는 선물이라면 우주는 나에게 무엇을 가르치려는 것일까?" 관점만 약간 바꿔도 내면에 묻혀 있던 큰 지혜를 발굴할 수 있다. 이 사실을 알면 당신도 놀라게 될 것이다.

스스로에게 묻기

- 끊임없이 자신을 고치려 하고 있지는 않는가? 자꾸 자신이 '개선'되어야 한다고 생각하는가?
- 인생을 사는 데 있어 항상 책, 스승, 구루 등 바깥의 무언가로부터 조언을 구해야 한다고 느끼지는 않는가?
- 나에게 필요한 답을 다른 사람이 갖고 있다고 믿으면서 내 힘을 그 사람에게 줘버리고 있지는 않는가?
- 우주의 진정한 안내와 겉모습만 그럴듯한 조언을 구분할 수 있는가?

- 자신에 대해 너무 비판적이지는 않는가?

나는 다음과 같을 때 내면의 안내 시스템과 연결되어 있음을 느낀다.

- 어려운 일에 직면할 때 내가 부족해서가 아니라 내 인생의 여정에서 중요하기 때문에 그런 일이 생긴다고 진심으로 믿을 때.
- 살면서 직면하는 어려운 일들이 진짜로 선물이라고 느낄 때.
- 주변의 모든 사건과 그 결과들을 통제하고 싶은 욕구를 더 이상 느끼지 않을 때.
- 인생에서 벌어지는 일에 일희일비하지 않고 내 삶의 본연의 모습을 허락할 때.

다섯 번째 신념

의료 체계가 내 건강을 책임진다

북미와 유럽에서의 강연 여행을 막 마친 때였다. 며칠 후면 또 비행기에 몸을 실을지언정 나는 홍콩 집에서 보내는 시간이 참 좋았다. 집 근처 식품 가게에서 시간을 보내는 것도 재미있었다. 이를테면 사과를 살 때 갈라 종을 살지 로즈 종을 살지 고민하는 것이 그렇다. '갈라? 아니면 로즈? 로즈? 아니면 갈라?'

그렇게 어떤 사과를 살지 생각에 빠져 있던 나는 휴대폰 벨 소리에 현실로 돌아왔다. 나는 로즈 사과를 쇼핑 카트에 넣고(로즈라는 이름이 더 예쁜 것 같아서) 핸드백 속에 있던 휴대폰을 꺼냈다. 발신자 이름이 뜨지 않았다. 내 연락처 목록에 없는 사람이라는 뜻이었다. 번호도 모르는 번호였다.

"여보세요?" 나는 약간 주저하는 목소리로 전화를 받았다.

"여보세요? 아니타 선생님이신가요?" 모르는 목소리가 말했다.

"네, 그런데 전화 거시는 분은 누구시죠?"

"기억하실지 모르겠지만 저 베라예요. 작년에 대학 콘퍼런스 때 뵌 적이 있어요."

"으흠……" 머리를 쥐어짜내 봤지만 영 모르는 이름이었다.

"아! 네, 기억 못하실 거예요." 나의 난처함을 알아채고 그녀가 말했다. "요즘 정말 바쁘시죠? 이렇게 불쑥 전화 드려서 죄송해요. 하지만 꼭 드릴 말씀이 있어서요. 지금 통화 가능하신가요?"

"괜찮아요. 장을 좀 보고 있던 중이거든요." 나는 그녀가 어떻게 내 번호를 알았으며 왜 전화했는지 궁금했다.

내 마음을 읽기라도 했는지 베라가 곧 이렇게 말했다. "쉴라 랜들 아시죠? 제 친구예요. 그 콘퍼런스에서 쉴라 소개로 선생님을 잠깐 뵈었지요. 그리고 쉴라가 선생님 전화번호를 주며 통화해 보라고 했어요."

"아, 네. 이제 기억나네요. 그런데 무슨 일이라도?" 쉴라는 예전에 요가 수업을 같이 다녔던 친구이다. 작년에 내가 강연을 한 그 대학 콘퍼런스에서 쉴라가 한 유라시아 혈통의 매우 유쾌한 여성을 소개해 줬더랬다.

암에 걸린 여성

"저, 그게, 제 어머니가요, 유방암에 걸리셨어요!" 베라가 떨리는 목소리로 말했다. "바로 지난주에 알게 됐어요. 3기라고 해요! 진단받은 그때는 마치 사형 선고라도 받은 듯 굉장히 무서워하셨어요. 그러다 누가 선생님 책을 읽어보라고 해서 바로 읽으셨는데 그 뒤로 아주 희망적이 되셨어요. 그런데 선생님이 이곳 홍콩에 사신다는 걸 알고는 꼭 만나 뵙고 이야기를 나누고 싶다고 하시네요. 그래서 제가 쉴라에게 연락을 해본 건데 쉴라도 한번 연락해 보라고 해서……"

"아! 어머님 일은 정말 안됐네요." 내가 대답했다. "어머님도 그렇고 베라 씨도 그렇고 정말 걱정이 많겠어요! 제가 겪어봐서 잘 알아요!" 나는 베라의 고통을 고스란히 느낄 수 있었고, 내 책이 그녀 어머니에게 도움이 되었다니 마음속에서 감동이 밀려왔다 "3기 암이라니…… 그런 통고가 얼마나 무서운지 저도 아주 잘 알고 있답니다."

"네, 그래서 제가 전화를 드렸어요." 베라는 나의 반응에 약간 안도한 듯했다. "제 어머니가 선생님 이야기를 읽으시더니 바로 당신 이야기 같다고 하셨어요. 어머니는 정확하게 옛날의 선생님 모습 같으세요! 늘 다른 사람의 행복이 우선이고, 더는 줄 게 없을 때까지 다 주시죠. 자신은 전혀 돌보지 않으셨어요!"

그렇다. 내가 딱 그랬다. 너무도 많이 듣던 말이라 입가에 미소가 지어질 정도였다!

"어머님은 지금 어디에 계시나요?" 이렇게 묻기는 했지만 사실 조금 난처하기는 했다. 도와드리고는 싶었지만, 어차피 베라 어머니를 치유할 수 있는 힘은 그분 자신이 갖고 있는데 괜히 나를 만나 나에게 의존하게 될까 우려되었기 때문이다. 나는 베라 어머니가 자신의 치유에 내가 꼭 필요하다고 생각하지는 않았으면 했다. 내가 책을 쓰고 강연을 다니는 것도 사람들로 하여금 내가 아니라 그들 자신의 힘을 믿게 하고 싶어서이다.

게다가 강연 스케줄도 빡빡했고, 그즈음에는 베라뿐만 아니라 여기저기서 아프다는 사람들로부터 전화가 많이 걸려왔다. 모두들 나를 만나 치유의 과정에 도움을 받고 싶어 했다. 사실 그런 상황이 나는 몹시 불편했는데, 모든 사람을 도와주고 싶은 마음은 굴뚝같아도 내 한 몸으로는 도저히 불가능한 일이기 때문이었다. 가능만 했다면 한 사람도 빠짐없이 꼭 안아주며 어떤 상태에 있건 자신을 있는 그대로 받아들이고 사랑하라고 말해주었을 것이다!

"어머니는 스터브즈 길에 있는 어드벤티스트 병원에 계세요." 베라가 대답했다. "빠를수록 좋아요. 치료를 받아야 하는데 사람들마다 하는 말이 다 달라서 뭘 어떻게 해야 할지 모르겠다며 그냥 무서워만 하고 계세요." 이렇게 말하며 베라는 울먹였다.

"내일 오후 스케줄을 취소하고 어머니를 뵈러 갈게요." 내가 베라에게 말했다. 사흘 후면 다시 강연 여행을 떠나야 하는데 아무런 준비도 못한 상태였지만 어쩐지 그 모녀를 도와야 할 것 같았다. 내가 아무리 바빠도 그들을 그런 고통 속에 내버려둘 수는 없었다. 그냥 그렇게 하면 안 될 것 같았다. 그들이 느끼고 있을 두려움을 떠올리니 등골이 오싹해지고 몸이 떨려왔다.

건강을 위한 의료인가? 병을 위한 의료인가?

암 진단을 받은 후 나는 이런저런 경험들을 하게 되었고, 그 덕분에 일반 사람들과는 아주 다른 관점으로 건강 문제를 바라보게 되었다. 나는 우리 사회의 의료 제도가 건강한 삶의 영위가 아니라 병의 발견을 최우선 과제로 삼고 있다는 사실에 좌절했다. 우리는 모두 집단적으로 암 강박증에 걸린 것 같고, 온갖 광고들은 암 조기 발견만이 살길이라고 말하고 있었다. 그래서 우리는 더욱더 질병 중심의 삶을 살아갈 수밖에 없었다! '암과의 전쟁'을 위해 기부하라는 말까지 심심치 않게 듣게 된다. 어디 암과의 전쟁뿐이겠는가? 심장병과의 전쟁, 당뇨병과의 전쟁 등등 전쟁할 것이 참으로 많다.

암에 대해 말하는 것만큼 건강에 대해서도 말하고, 암 진단에 쏟아 붓는 돈만큼 건강 의식의 증진에도 투자한다면, 현실이 아주 달라질 것이다. 이것이 바로 내가 암에 집중하는 대신 건강, 사랑, 기쁨에 대해 말하기를 즐기는 이유이다. 나는 사람들이 건강하기 위해서 필요한 것들에 대해, 건강한 삶이란 어떤 삶이며 어떤 느낌인지에 대해 더 많이 말하기를 바란다. 이것은 암 때문에 고통받고 있는 사람들에게도 도움이 된다!

나는 우리의 몸이 전쟁터가 아니라는 것과 몸을 전쟁터처럼 다루는 짓을 그만둬야 한다는 것만큼은 분명히 말하고 싶다. 무찔러야 할 적은 어디에도 없다. 암이나 어떤 질병에 걸리는 것은 관점에 따라 선물이 되기도 하고 저주가 되기도 한다. 이 질병들은 '전멸시켜야 하는 악마들'이 아니다. 병에 걸린 것은 '전생에 지은 나쁜 업' 때문도 아니고 부정적인 생각 때문도 아니다.

질병은 우리 몸이 우리와 소통하는 하나의 방식이다. 우리 몸은 질병을 통해 우리에게 더 나은 방식이 있음을 보여주려고 한다. 물론 우리는 암이나 다른 셀 수도 없이 많은 질병으로 죽을 수도 있다. 그리고 우리는 모두 어느 시점이 되면 무엇으로든 죽을 것이다.

하지만 죽음 또한 물리쳐야 할 적이 아니다. 우리는 얼마나 쉽게 질병과 죽음을 물리쳐야 할 적으로 보는가? 따라서 병에 걸리거나 죽게 되면 끝까지 최선을 다해 싸우지 못했다는 말을 들어야 한다. 질병에 용감하게 맞서지 못했다느니, 살아갈 의지를 잃었다느니 하는 말을 듣기도 하고, 심지어는 사고방식이 부정적이어서 병에 걸렸다는 말까지 듣는다. 이런 생각은 두려움을 조장할 뿐더러 사실도 아니다! 안 그래도 어느 때보다 심신이 약해져 있는 환자에게 상처를 주는 것이고, 환자는 물론 가족들에게도 감당하기 힘든 압박을 가하는 것이다.

이런 부당한 태도, 재단하는 태도가 아니라 사랑과 지지와 이해를 보낼 수도 있다. 큰 병에 걸린 사람은 누구나 사랑과 지지와 이해가 가장 절실하다. 초점을 바꾸어서 암 같은 질병을 싸워야 하는 적이 아니라 이쯤에서 인생을 다른 길로 한번 가보라는 일종의 조언으로 본다면 얼마나 좋을까? 질병에 맞서 전쟁을 치르느라 수조 달러의 돈을 들이느니 그 돈과 에너지로 육체적 건강뿐만 아니라 정신적 · 감정적 · 영적 건강까지 돌보는 총체적 건강 인식 프로그램을 만드는 건 어떨까? 그럼 어떨지, 어떤 결과가 드러날지 생각해 보자!

건강 인식

현재의 의료health-care 제도는 건강보다 질병에 더 집중하기 때문에 사실은 질병 케어illness-care 제도나 마찬가지이다. 아무래도 건강보다는 병을 강조해야 돈벌이가 된다는 이유도 있을 것이다. 내가 너무 냉소적이라고 말하는 사람도 있겠지만 어디 한번 따져보자. 2014년 《포브스*Forbes*》 기사에 따르면 미국이 의사, 병원, 약물 및 치료에 들인 돈이 3조 8천억 달러에 이른다고 한다. 이런 막대한 지출과 비교하면 더 오래, 더 행복하게, 더 건강하게 사는 법을 가르치는 데 지불하는 돈은 쥐꼬리만큼도 안 된다.

펜실베이니아 대학의 컴퓨터공학 및 정보과학 교수 라일 운가 Lyle Ungar 박사는 광범위한 연구를 통해 기대 수명 계산 방법을 확정하는 데 크게 기여한 사람인데, 그는 단지 금연과 음주 운전 금지, 안전벨트 착용, 그리고 운동을 조금 더 하고 의미 있는 인간 관계를 꾸준히 발전시키는 정도의 일만 가지고도 더 오래 더 건강하게 살 수 있다고 말한다. 그렇다. 바로 이런 간단한 몇 가지만 지켜도 매년 어마어마한 돈을 절약하고 수백만 명이 생명을 구할 수 있다.

무엇이 정말로 건강한 삶인지 잘 모르는 사람이 많다. 육체적 건강이 정신적 · 감정적 · 영적 건강과 아주 큰 관계가 있다는 걸 아는 사람도 많지 않다! 이것들은 서로 긴밀하게 연결되어 있으며, 사실 우리는 아무 이유 없이 갑자기 병에 걸리지는 않는다. 면역 체계가 무너져 질병에 더 쉽게 걸리게 되는 데는 반드시 그만한 이유가 있다. 의료 전문가들이 연구의 초점을 질병이 아니라 건강에 두고, 학계에서 질병 · 감정 · 라이프스타일 사이의 관계를 더 심도 있게 연구해야 비로소 우리는 제대로 된 치료법을 찾을 수 있을 것이다.

하지만 아쉽게도 베라의 어머니는 이미 기존의 질병 체계 안에서 움직이고 있었다. 그녀에게는 그것과는 다른 접근법이 필요했다.

다나를 만나다

베라와 통화한 다음날 나는 베라 어머니의 병실 문을 두드렸다. 그녀는 이틀 전에 이미 조직 검사를 받았는데 의사들이 이런 저런 검사가 더 필요하다며 병원에 잡아둔 상태라고 했다.

"들어오세요." 베라의 목소리가 들려왔고, 나는 천천히 병실 문을 열고 들어갔다. 나를 보더니 모녀가 매우 안도하며 기뻐했다.

"와주셔서 정말 감사합니다! 무척 바쁘실 텐데!" 베라는 일어서서 병실 한 구석에 있던 의자를 가져와 자기 의자 옆에 두며 나에게 앉으라고 했다.

"감사는요." 내가 대답했다. "여기 올 수 있어서 저도 기쁩니다."

"여기 제 어머니세요." 베라가 손을 어머니의 팔 위에 살포시 올려놓으며 말했다. 다나가 나에게 미소를 지어보였다. 사랑스러운 얼굴이었지만 팔에 링거를 꽂고 누워 있어서 그런지 창백해 보였다. 그리고 베라 같은 큰 딸이 있다고는 믿기 어려울 만큼 젊어 보였다.

"안녕하세요? 다나," 내가 자리에 앉으며 웃으며 말했다.

"저를 보러 와주시다니 정말 기뻐요. 베라가 선생님이 오실 거라고 해서 얼마나 감격했는지 몰라요. 선생님 책을 얼마 전에 읽었는데 정말 큰 도움을 받았답니다." 다나가 말했다.

"지금은 좀 어떠세요?" 내가 물었다.

"무섭고, 어떻게 해야 할지 모르겠어요!" 다나가 대답했다. "병원은 왜 이렇게 무서운지 모르겠어요. 사람들이 다 심각한 표정을 하고 있어서 그런지 더 아픈 것 같아요."

"그 심정, 저도 잘 안답니다." 그렇게 말하면서 나는 병실을 빙 둘러보았다. 삭막하기 그지없는 흰 벽에 플라스틱과 금속으로 된 딱딱한 의자…… "좀 밝고 예쁜 색깔로 벽을 칠하면 좋을 텐데요. 꽃이나 무지개나 꼭 껴안고 싶은 강아지 그림 같은, 사람 기분을 행복하게 해주는 그림을 걸어놓아도 좋을 것 같고요. 그리고 의사나 간호사들은 왜 저렇게 흰색 가운만 입고 있는지…… 좀 예쁜 색 옷을 입고 있으면 환자 입장에서 그래도 좀 힘이 날 것 같은데요."

환자복이 얼마나 끔찍한지는 차마 말도 꺼내지 못했다! 환자복은 세상에서 제일 비참한 옷이다! 환자복 하나 바꾸는 일이 왜 그렇게 어려운 걸까? 완전히 바꾸기가 어렵다면 조금 변형만 해줘도 병원 분위기가 한결 따뜻해질 것이다.

암 투병중일 때 나 역시도 병원을 지독히 싫어했다. 꼭 필요한 치료는 어쩔 수 없이 받았지만 어떻게든 빨리 집으로 가고 싶은 마음뿐이었다. 암 투병 자체도 끔찍했지만 병원에 입원해 있는 것은 더 끔찍했다!

정보의 과잉

다나가 계속 말했다.

"의사들이 몇 가지 치료법을 제시했지만 저는 무섭기만 합니다. 주치의는 방사선 치료를 하지 않는 건 미친 짓이라고, 그것 말고는 다른 대안이 없다고 하고. 하지만 전 그 부작용이 너무 끔찍하고 무섭기만 해요. 제가 자연요법 전문가 한 분을 알고 있는데요, 오랫동안 도움도 많이 받았고 신뢰도 할 수 있는 분이에요. 그런데 그분은 방사선 치료가 독이라고 하네요. 친구들이나 가족들도 의견이 분분해요. 누구는 의사들 말은 다 틀렸다며 인터넷에서 찾은 대체요법 정보를 인쇄해서 갖다주고, 또 누구는 의사 말만 듣고 나머지는 다 무시하라고, 안 그러면 정말 큰일 날 거라고 해요. 하느님을 믿으라는 사람들까지 있어요. 그럼 하느님이 저를 치료해 줄 거라고요. 다들 다른 말을 하니까 전 그냥 아무것도 못하겠어요. 감당불가예요. 그렇다고 제가 그 사람들 흉을 보는 건 아니에요. 다 좋은 사람들이고 저를 걱정해서 하는 말이겠죠. 하지만 지금은 어떤 쪽을 선택해도 틀린 선택이 될 것 같아서 불안하기만 해요."

격앙된 목소리, 얼굴 표정으로 봐서 나는 다나가 정말로 어쩔 줄 몰라 괴로워하고 있다는 걸 알 수 있었다. 다나는 너무 무서워서 어느 쪽으로건 한 발자국도 나아가지 못하고 있었다. 마치 지뢰밭 한가운데에 지도 한 장 없이, 아니 서로 다 다른 길로 가야 한다고 주장하는 지도만 수두룩하게 손에 쥐고 서 있는 것처럼!

다나가 그렇게 말하는데 나는 마치 예전의 나를 보는 듯했다. 나도 암 투병하는 동안 그와 똑같은 문제들에 직면했었다. 수없이 많은 정보와 의견이 쏟아졌지만 대부분 서로 모순되는 것들이어서 나는 되레 그 속에서 길을 잃었고, 그래서 더 두려웠다. 캐면 캘수록 더 알 수가 없었다.

"이런 상황이라면 아니타 선생님은 어떤 선택을 하시겠어요?" 다나가 물었다.

"다나, 저는 한 가지 길을 가리키며 그 길만이 살길이라고 말하고 싶지는 않습니다. 왜냐하면 길은 당신이 스스로 찾아야 하니까요. 그리고 그 길을 찾을 능력이 당신 안에 분명히 있답니다. 그 힘을 알아차려야 해요. 다른 사람에게서 그 힘을 찾지 마시고요." 내가 말했다. "제가 지금 어떤 조언을 한들 혼란만 더 가중시킬 거예요. 지금은 스스로 힘을 내셔야 해요. 그게 더 도움이 될 겁니다. 다른 누가 아닌 당신 자신에게 집중해야 해요. 하지만 내면으로 들어가 사람들이 말한 가능성들을 하나씩 마음으로 느껴보는 방법에 대해서는 기꺼이 가르쳐드릴게요. 그래야 스스로 선택을 해나갈 수 있을 테니까요."

"네, 그래 주시면 정말 감사하겠습니다." 다나가 한결 희망에 찬 표정으로 말했다.

내면의 목소리

“저는 내면의 안내 시스템 같은 것이 있어서 늘 저를 안내하고 있다고 믿고 있어요. 이 안내 시스템은 누구나 갖고 있고, 항상 우리와 소통하려고 하지요.” 내가 설명했다. “하지만 서로 모순되는 정보들에 짓눌려 있거나 신경이 너무 곤두서 있으면 이 안내 시스템과 소통하기가 어려워집니다. 특히 요즘같이 정보가 빠른 속도로 퍼져나가는 세상에서는 정보에 압도되는 경우가 훨씬 많이 생기죠. 그런 일이 생기면 저는 정보 금식에 들어갑니다.”

“정보 금식이요?” 다나가 아주 흥미롭다는 듯 물었다.

“하루나 이틀 정도 밥을 먹지 않듯이, 하루 이틀 정도 외부로부터 새로운 정보를 전혀 받지 않는 겁니다. 더 길게 하면 더 좋고요. 그렇게 머리를 비우면 내면의 안내 시스템이 저에게 하는 소리가 들리기 시작해요.” 내가 설명했다.

“좀 더 말씀해 주시겠어요? 그 소리는 어디서 나오는 건가요?” 다나가 물었다.

“그것은 세상 모든 곳에서 오는 소리 같기도 하고 세상 밖에서 오는 소리 같기도 해요.” 내가 대답했다. “저는 제가 육체 이상의 존재란 걸 잘 알고 있답니다. 물론 이건 제가 임사 체험을 하면서 알게 된 거예요. 임사 상태에서 저는 한계가 없어지면서 우주의 모든 존재와 연결되었지요. 그곳에 분리는 없었답니다. 이제 저는 이 물질 세상에 다시 돌아왔지만, 이 정보 금식을 하면 제가 모든 존재와 하나로 연결되어 있음을 다시금 느끼게 돼요. 제 아버지나 절친이었던 소니처럼 제가 사랑했지만 이미 죽은 사람들까지 모두와 말이죠. 저는 그들이 저를 안내하고 있다고 느낍니다. 그리고 그 외에도 저를 조건 없이 사랑하고 늘 지켜봐 주고 이 세상에서 잘 살아갈 수 있게 도와주는 또 다른 존재들이 있죠. 그렇다는 사실을 알기에 저는 언제든 다시 평화롭고 편안해질 수 있답니다.

우리가 분리 없이 서로 연결되어 있다고 했지요? 이 말은 우리가 다른 시간대의 존재들과도 연결되어 있다는 뜻입니다. 임사 체험 동안 저는 우리가 일반적으로 생각하는 방식의 시간 같은 건 없다는 걸 알게 되었어요. 이 말은 살아생전 우리가 사랑했던 분들이나 우리 이전에 살았던 예수나 붓다, 시바Shiva, 관음보살 같은 분들, 또 우리와 특별한 인연이 있는 존재들로부터도 그런 안내가 올 수 있다는 뜻이에요. 심지어 우리의 시간 개념에서 보자면 아직 태어나지 않은 누군가로부터도 안내를 받을 수 있답니다!

사실 안내하는 존재가 누구인지 따지는 일은 별 의미가 없어요. 그들 모두 우리와 하나로 연결되어 있고, 우리가 가장 편안하게 느끼는 모습으로 우리 마음속에 나타나니까요. 이상한 말처럼 들릴지도 모르지만 저는 마음을 고요히 할 때마다 그런 안내를 받고, 그때마다 바깥의 온갖 소리들에 내 힘을 내주어선 안 된다는 걸 느껴요."

"저도 어렸을 때는 그런 안내를 받았던 것 같아요. 하지만 자라면서 그 느낌을 잊어버렸어요!" 다나가 흥분한 듯 말했다.

"대부분의 사람들이 그럴 거예요. 우리는 모두 내면의 안내를 들을 수 있는 능력을 갖고 태어나죠. 하지만 살면서 주변의 시끄러운 목소리들에 귀 기울이다 보면 그 능력을 잃어버리게 돼요. 어떻게 보면 인생이 우리의 타고난 힘을 박탈해 버리는 것처럼 보이죠!" 내가 말했다.

베라는 거의 아무 말도 하지 않았지만 내가 하는 말들을 하나도 빠짐없이 집중해서 듣고 있는 것이 분명했다. 나는 다나가 베라의 도움으로 힘든 투병 과정을 잘 헤쳐 나가기를 바랐다. 다나에게 베라가 있어서 참으로 다행이다 싶었다. 내가 암 투병중일 때도 대니와 가족들이 늘 내 곁에 있었다. 사랑하는 사람들이 보내주는 지지는 정말 중요하다. 그러니 다나가 의지할 수 있는 딸이 있는 건 아주 감사한 일이었다.

다나가 다시 말을 이었다. "그럼 지금으로서는 정보 금식에 들어가 마음을 고요히 한 다음, 제 안의 안내 시스템이 저와 직접 소통할 수 있게 하는 것이 가장 좋다 그런 말씀이시죠?"

"네, 저라면 그렇게 하겠습니다!" 내가 말했다. 이제는 내가 흥분을 감추지 못했다. "정보들이 너무 많아 혼란스러울 때면 저는 일단 더 이상 정보를 찾지 않아요. 그냥 이미 얻은 정보들이 잘 자리 잡도록 놔둔다고나 할까요? 당연히 이미 알게 된 정보들을 잊어버릴 수는 없겠지요? 그래서 저는 특정 정보에 치중하지 않고 그것들을 그냥 그대로 내버려둔답니다."

기쁨을 선택하다

내가 계속 말했다. "그런 다음, 어떤 선택을 하는 것이 내 몸과 영혼, 내 인생 여정에 도움이 되는지 마음을 모아 살핍니다. 암이 아니라 나를 행복하게 하는 일에 집중할 때 저는, '이런! 세상에나 내가 암에 걸렸다니. 이제 어떻게 해야 이 암을 없앨 수 있지?' 라는 두려움 가득한 생각에서 벗어나 안정적이고 평화로운 곳으로 나아갈 수 있습니다.

'내가 잘못된 선택을 하면 어떻게 하지?' 같은 두려운 생각들로 돌아가는 것 같을 때도 그 두려움을 억지로 없애려고 하지는 않아요. 그럼 그 두려움을 두려워하게 되고, 두려움이 생길 때마다 자책하게 될 테니까요. 그러니까 그냥 두려움이 거기 있구나 하고 바라보기만 하는 거예요. 하지만 동시에 조용히 새로운 생각들도 하지요. 자신에게 이렇게 말하는 겁니다. '좋아, 아니타, 이제 다시 행복해질 때야. 너 자신에게 시간을 쓰고 너 자신을 사랑하고 너 자신에게 친절하고 자상해질 때야. 그리고 재미있고 흥미로운 일을 하면서 자신을 잘 돌봐야 할 때야.'"

"좀 받아 적어야겠어요." 다나가 갑자기 생각난 듯 말했다. "베라, 내 가방 속에 수첩하고 펜 있을 거야. 좀 꺼내주렴." 베라는 다나의 가방을 뒤져서 수첩과 펜을 찾아 어머니에게 건넸다.

"저는 또 이렇게 자문하기도 해요. '어떻게 하면 나 자신을 더 사랑할 수 있을까? 어떻게 하면 나 자신을 더 많이 지지할 수 있을까? 내가 정말로 나 자신을 사랑한다면 지금 무엇을 하고 있을까? 어떻게 하면 나 자신에게 매일 더 많이 사랑하고 더 많이 지지한다는 걸 보여줄 수 있을까?'라고요. 그런 다음 생각나는 것들을 적어두고, 매일 정말로 그 일을 해봐요. 또 이렇게 자문하기도 합니다. '내가 오늘 완전히 회복된다면 어떻게 축하하지?' 그리고 밖으로 나가서 그때 생각난 대로 실제로 축하를 합니다! 건강한 삶은 정말 축복이니까 우리는 매일 그 축복받음을 자축해야 해요. 보통은 병에 걸려서야 건강한 삶이 얼마나 큰 축복인지 알게 되지만요."

나는 또 이렇게 덧붙였다. "저는 또 두려움이 아니라 사랑에서 나온 행동을 하고 또 그러고 있다고 느끼는 것이 아주 중요하다고 생각해요. 무슨 선택을 하든 그런 선택을 하지 않으면 나쁜 일이 일어날 것 같아서가 아니라, 내가 나를 사랑하고 내 인생을 소중히 여기기 때문에, 그리고 즐거워지기 위해서 그런 선택을 내린다는 뜻이에요. 그럼 자기 삶에 통제권을 갖게 될 뿐만 아니라 긍정적인 결과가 나올 가능성도 훨씬 더 커진답니다."

두려움에 기반한 의학

"무슨 말씀인지 아주 잘 알겠어요. 정말 더할 나위 없이 공감해요." 다나가 펜을 내려놓고 물을 한 모금 마시며 말했다. "그런 말씀을 들으니 기분이 한결 나아지네요. 그런데 정말 힘든 게 뭔지 아세요? 의사들을 만나는 겁니다. 의사들을 만나면 저는 계속 무서움에 떨게 돼요. 의사들은 '현실적으로' 말해야 한다는 의무감을 느끼는 것 같아요. 통계를 들이대고 그 통계에 따를 때 예상되는 내 병의 예후를 말해주는데, 전 최악의 경우 따위는 전혀 알고 싶지 않아요! 사람들이 다 통계대로만 움직이는 건 아니잖아요? 누구나 집단이 아닌 개인으로서 자신만의 결과를 끌어낼 수 있는 거잖아요!"

나는 다나의 말에 전적으로 공감했다. 나에게도 의사들은 두려움에 기반한 똑같은 통계치와 선택지들을 나열했었다. 역설적이게도 그럴 때마다 내 마음속에서는 비극적인 일이 일어났다. 건강에 대해 내가 갖고 있던 생각들이 위험한 것이 아닌가 하는 강력한 회의가 들었던 것이다. 나는 내 병이 얼마나 지독한 병인지 그 현실을 외면하고 제멋대로 안심하고 있었던 것은 아닐까 의심이 들었다.

하지만 내가 보기에는 의사의 말이 주는 두려움이 더 위험천만하다. 일반적으로 두려움은 우리 면역 체계에 막대한 손상을 부르고, 따라서 우리는 질병에 걸리기 더 쉬운 상태가 된다.

암시 감응력은 의사들도 잘 알고 있는 것으로, 플라시보 효과에 대한 연구는 꽤 오래 전부터 시작되었다.(헨리 비처Henry Beecher가 1955년《미국의학협회저널*Journal of the American Medical Association*》에〈강력한 플라시보〉라는 제목으로 게재한 획기적인 의학 논문을 그 시작으로 볼 만하다.)

그럼에도 불구하고 의사들은 환자들의 두려움을 없애줄 어떤 노력도 하지 않을 뿐만 아니라 의도적으로 두려움을 조장하는 의사들도 심심찮게 보인다. 나에게 매일 쏟아지는 이메일만 읽어보아도 알 수 있는 일이다. 나에게 이메일을 보내는 사람들은 무서운 의료 시스템은 물론이요 무서운 의사들이 하루가 멀다 하고 던져주는 우울한 의학적 소견들과도 매일 싸워야 한다. 그들은 감정의 지뢰밭을 헤쳐 나아가면서 나에게 어떻게 하면 두려움을 극복할 수 있는지 말해달라고 요청한다. 내가 암에 걸렸을 때도 꼭 그랬다. 나는 의사의 진료실로 들어가는 것이 끔찍이도 싫었다. 그곳에만 가면 더 무서워졌기 때문이다. 아무리 아파도 집에 있으면 좀 살 만했고, 병원에만 가면 더 아픈 것 같았다.

내가 말했다. "저도 잘 안답니다, 다나. 치료와 건강을 위해 우리가 만든 시설들이 우리가 가장 두려워하는 곳이 되었다는 게 참 역설적이지 않아요? 치료 자체도 무서운데, 의사들이 하는 말이라고는 차갑고 정도 없고 두려움까지 주니 말예요. 건강을 보살핀다는 시설들이 사실은 우리 병을 더 키우는 것 같아요!"

"네, 정말 그래요! 저들은 우리를 영혼을 지닌 사람이 아니라 마치 기계처럼 다루고 있어요!" 다나가 격하게 동조했다.

두려움이 아니라 사랑

많이 아파본 사람으로서 나는 누군가 큰 병에 걸렸다면 우리는 그 사람의 육체적 상태만이 아니라 감정적 상태까지, 아니 감정적 상태를 더 많이 살펴야 한다고 확신한다! 그런 의미에서 의료진은 환자들에게 이런 질문을 던져보는 것이 어떨까?

- 자신을 사랑하고 존중합니까?
- 행복합니까?
- 당신이 소중하게 생각하는 사람, 당신을 소중하게 생각하는 사람이 있습니까?
- 인생의 목적이 있다고 느낍니까?
- 열정을 쏟아 부을 것이 있습니까?
- 어떤 일을 하면 기쁨을 느낍니까?

"좋습니다." 다나가 말했다. "그럼 제가 사랑에 따라서 행동하고, 저를 지지하는 사람들과 어울리고, 저에게 좋고 바람직한 일을 하는 데 더 많은 시간을 쓴다고 해요. 그리고 그렇게 해서 제 인생의 통제권도 되찾고 저의 안내 시스템과도 만나고요. 하지만 그래도 여전히 어떤 치료법을 선택해야 하느냐 하는 어려운 문제가 남아 있네요. 제 안내 시스템에게 어떤 선택을 해야 하느냐고 물어야 할까요? 어떻게 묻지요?"

내가 대답했다. "좋은 질문입니다! 저 같으면 먼저 지금까지 들은 이러저러한 치료법들을 하나씩 되새겨보는 것부터 할 거예요. 그리고 하나씩 되새길 때마다 어떤 느낌이 드는지 살펴보겠죠. 예를 들어 '방사선 치료를 생각하면 어떤 느낌이 들지?'라고 자문해 보는 겁니다. 그런 다음에 그 자연요법 전문가가 말한 대로 몸속에 독이 쌓이는 것 같은지, 아니면 암세포를 없애줄 무언가 강력한 힘이 몸에 들어오는 것 같은지 살펴볼 거예요.

그 다음에 또 이렇게 자문해 보는 겁니다. '자연요법 치료사의 제안을 한번 생각해 보자. 어떤 느낌이 들지? 그렇다면 그 둘을 같이 해보는 건 어떨까? 그럼 방사선 치료로 암세포를 없애는 동시에 자연요법으로 몸에 영양분을 제공할 수 있지 않을까? 종교적인 접근법을 생각하면 어떤 느낌이지? 희망적인가? 아니면 무서운가? 이 세 가지를 다 해본다고 하면 어떤 느낌이 들지?'

자연요법, 방사선 치료, 신앙 치료 각각에도 또 여러 가지 선택사항들이 있을 겁니다. 그것들도 하나씩 차례대로 생각해 보면서 또 자문해 보는 거죠. '이 선택을 해볼까? 자, 느낌이 어때? 이 사항을 선택하면 내가 뭔가 강하고 힘 있는 선택을 했다는 기분이 들까? 아니면 더 약해지고 더 두려워하고 있구나 하는 기분이 들까? 죽음 자체를 나는 어떻게 느끼고 있나? 죽음을 무서워만 하고 있나? 아니면 자연스러운 과정이라고 보고 평화롭게 받아들이고 있나?'

그리고 각각의 선택이 어떤 감정을 불러일으키는지 살펴보고 나서, 그 가운데 가장 큰 힘과 희망과 행복을 주는 쪽을 선택하는 거예요. 내가 한 선택 때문에 누군가 화가 날지도 모른다는 걱정은 하지 마세요. 나를 사랑하고 내 선택을 지지하고 또 나에게 힘이 되는 사람들을 가까이 할 필요가 있어요. 결국 당신의 삶이고 당신의 건강이니까요."

"와, 정말 큰 도움이 됐어요!" 다나가 말했다.

"식이요법 문제도 마찬가지예요." 내가 덧붙였다. "우리 몸에 뭐가 좋고 뭐가 안 좋다는 정보가 너무 많고 서로 모순되기까지 하잖아요. 저는 제 입에 들어가는 모든 걸 걱정했었죠. 2년 동안 채식만 했는데, 제가 아는 자연요법 치료사가 동물성 단백질은 암을 부른다며 채식을 하라고 했거든요. 하지만 그 결과 영양 결핍 상태가 돼 여러 가지 건강 문제를 겪어야 했어요. 그래서 앞서 말한 방식으로 내 몸을 점검하기 시작했는데, 그러자 건강이 극적으로 좋아졌어요. 단백질이 절대적으로 부족하다는 걸 금방 알 수 있었으니까요. 그래서 달걀을 먹기 시작했고, 이어서 생선도 먹었지요.

가공 식품을 피하고 질 좋은 자연 식품을 먹는 건 상식에 해당하겠죠. 특히 건강이 안 좋을 때는 이런 말들을 잘 들어야 해요. 하지만 모든 사람에게 들어맞는 어떤 식이요법이 있다고는 생각하지 않아요. 특정 식이요법만 유일한 방법이라고 주장하는 건 그 방법을 따르지 않는 사람들에게 두려움을 주죠. 채식만 하겠다고 결정했을 때 저도 사실은 두려워서, 그러니까 암에 걸릴까 봐 무서워서 그런 결정을 했던 거예요. 제 몸을 사랑해서 그런 결정을 내린 게 아니라요.

그래서 아시다시피 저는 암에 걸렸죠. 말하자면 채식을 해서 얻을 수 있는 모든 혜택이 마음속 깊은 곳의 두려움이 분출해 내는 스트레스 호르몬에 의해 다 소진되어 버렸던 거죠. 채식보다 제 몸을 사랑했다면, 진심으로 즐거운 인생을 원했다면, 저는 제 몸에 어떤 영양분이 부족한지 더 빨리 알아챘을 거예요. 불안해하고 두려워하는 데 제 모든 에너지를 써버렸기 때문에 정작 중요한 것을 알아차리는 데 쓸 에너지가 없었던 거죠."

노파심에 내가 한마디 덧붙였다. "그렇다고 제가 현대 의학이나 자연요법의 도움을 전혀 받지 않는다는 말은 아니에요. 필요한 도움은 꼭 받아야 해요. 하지만 저는 그런 도움이 우리에게 힘을 주는 것이어야지 힘을 약화시키는 것이어선 안 된다고 생각해요. 이 차이를 잘 알아차리셔야 해요. 그러기 위해서는 아까 말씀드린 대로 내면으로 들어가 스스로를 점검해 보셔야 합니다.

사실 저는 요즘 이런 점검 방식을 매사에 적용한답니다. 강연 날짜가 겹치는데 어떤 강연을 맡아야 할지 잘 모르겠을 때에도, 심지어는 새 프로젝트를 받아들일지 말지 헷갈릴 때에도 이런 방식을 활용하죠. 결정하기 전에 먼저 예상되는 상황 속으로 상상해 들어가 봅니다. 그런 다음 그 상황에서 기쁨과 열정, 목표의식이 느껴지면 수락하죠. 그런 느낌들이 저를 더 행복하게 만들어주니까요.

우리는 선택을 할 때 양쪽의 장단점을 머릿속으로 분석·평가해 보고 장점이 더 많은 쪽으로 결정해야 한다고 배웠어요. 하지만 그렇게 할 때 우리의 느낌이 어떻던가요? 그래서 기쁨의 노래가 절로 나오던가요? 열정이 샘솟던가요? 아니면 그 일을 고대하기보다는 불안해서 어서 그 일이 끝나기만 바라지는 않던가요?"

"정말 맞는 말씀이에요." 다나가 흥분한 듯 말했다. "정말 동의할 수밖에 없네요. 가슴이 시키는 대로 결정을 내려라. 이거 정말 멋진 생각인데요? 하지만 주변 사람들이 대부분 그렇게 생각하지 않으니까 자꾸 머릿속으로 재게 되지는 않나요? 어찌된 건지 우리가 사는 이 세상은 논리적 인간들만 요구하는 것 같아요."

내가 대답했다. "맞아요! 심지어 임사 체험이라는 놀라운 경험을 한 저조차도 그런 느낌을 받아요. 제 내면의 안내를 따르는 것이 진짜 인생을 사는 법이라고 확신하지만, 자꾸 주변 세상은 저의 그런 확신을 깨려고 들죠. 다른 사람들과 어울리며 무난하게 살거나 저의 진실에 따라 살면서 이방인이 되거나 둘 중 하나를 끊임없이 선택해야 해요. 둘 다 가질 수 있는 경우는 거의 없죠!"

"저만 그렇게 느끼는 줄 알았어요! 지금 가장 힘든 것이 사람들이 좋은 의도로 해주는 충고들이에요. 서로 모순되는 충고들요. 제가 그중 어느 걸 선택하든 누군가는 상처를 받겠죠. 그 점이 가장 힘들어요." 다나가 거의 울먹이듯 말했다.

'해야 한다' 무시하기

다나는 과거의 나와 놀라울 만큼 닮아 있었다. 나는 내가 왜 다나를 만나야 할 듯한 기분이 들었는지 알 것 같았다. 나도 그런 '좋은 사람 증후군'을 앓고 있었다. 다른 사람의 기분을 맞춰줌으로써 그 사람이 나를 좋아하게 만들고 싶다는 욕구는 아직도 남아 있어서 지금도 가끔 원치 않는 만남을 갖기도 한다. 과거에는 그 정도가 더 심해서 다른 사람이 나를 어떻게 생각할지를 제일 먼저 생각하며 살았다 해도 과언이 아니다. 다나를 보고 있자니 마치 임사 체험 전 내 모습을 마주하고 있는 것 같았다.

나는 더할 수 없이 공감하며 말했다. "다나, 저도 예전에 꼭 그렇게 느꼈답니다. 하지만 저는 사람들이 저에게 이렇게 저렇게 해야 한다고 말할 때 사실은 자기들의 두려움 때문에 그렇게 말한다는 걸 알게 되었어요. 그들은 자기가 당신 같은 상황에 처한다면 그렇게 할 거다, 그러니 당신도 그렇게 한다면 자기 마음이 편하겠다고 말하는 것뿐이에요.

그런 경우 저는 걱정하고 조언해 줘서 고맙다, 다른 사람들의 조언과 함께 깊이 생각해 보겠다고 말한답니다. 하지만 그러고 나서 바로, 제가 무슨 선택을 하든 제 선택을 적극 지지해 달라고 부탁해요. 그들이 저 같은 처지에 있어도 저는 그들이 제 조언을 무조건 받아들여야 한다고는 보지 않으니까, 저도 그들에게 그렇게 해줄 것을 요구할 수 있다고 생각해요. 그리고 이거 아세요? 대부분의 경우 저를 정말 걱정하는 사람이라면 제가 무슨 선택을 하든 저를 지지해 줘요. 보통은 그게 압박이 될 거라고 생각을 못하지만, 그런 조언이 당사자에게 정말 부담이 된다는 걸 알면 물러서게 마련이죠."

"선생님, 선생님께 이런 말씀을 듣게 돼 얼마나 기쁜지 모르겠어요!" 베라가 대화에 끼어들었다. "어머니는 늘 다른 사람들을 기쁘게 해주려고 하고, 조언을 듣지 않으면 그 사람들이 등을 돌릴 거라고 걱정하세요."

내가 말했다. "그렇다면 이런 말씀을 드리고 싶네요! 가슴이 시키는 쪽으로 가려고 하는데 누군가 등을 돌린다면 그 사람은 현재 당신이 선택한 길을 가는 데 결코 도움이 못 되는 사람인 겁니다! 지금은 당신을 있는 그대로 지지해 줄 사람들이 필요해요. 자기가 한 조언을 따른다고 할 때만 지지해 주는 사람이 아니라요. 이건 아주 중요한 문제랍니다. 그건 그렇고, 이런 따님이 옆에 있어서 얼마나 다행이에요!"

"네, 제 인생에 축복 같은 딸이죠!" 다나가 베라를 사랑스럽다는 듯 바라보며 말했다. 그러자 베라도 똑같은 눈길로 어머니를 바라보았다. 두 모녀가 서로를 깊이 사랑하는 것이 느껴졌다.

문득 벽에 걸린 시계를 쳐다보니 생각보다 많은 시간이 지나 있었다.

"어머나, 저 시계 고장 난 거 아니죠? 시간이 이렇게나 빨리 지나가다니요! 죄송하지만 저 이만 서둘러 가봐야 할 것 같아요!"

나는 침대로 몸을 기울여 다나를 안아주며 작별 인사를 했다. 들어올 때 그렇게나 힘없어 보이던 사람이 나를 어찌나 따뜻하고 힘차게 안아주던지!

"들러주셔서 고마워요! 정말 뜻 깊은 대화였어요. 보물 같은 말씀들 모두 소중히 간직하겠습니다! 오늘 얼마나 큰 도움을 주셨는지 말로 다 표현하기가 힘들어요." 다나가 말했다. 그렇게 말하는 그녀의 눈에 눈물이 고였고, 그러자 내 눈도 뜨거워졌다.

"기운 차리고, 항상 자신의 힘을 믿으세요." 나는 그렇게 말하며 천천히 핸드백을 집어 들고 돌아섰다.

"네, 그러겠습니다." 다나가 한 손을 가슴에 올려놓으며 말했다.

베라가 병원 밖 택시 정류장까지 배웅하면서 또 한 번 감사의 말을 전했다. 그 따뜻한 마음이 나에게 고스란히 전해졌다.

"어머니가 저렇게 행복해하시는 것 정말 오랜만에 봐요! 앞으로 아주 잘 헤쳐나가실 수 있을 것 같아요. 말씀하신 것들에 유의하면서요!" 택시에 오르는 나에게 베라가 말했다.

"두 분 만나서 저도 오늘 참 행복했어요! 두 분이 제 마음을 정말 따뜻하게 해주셨어요!" 나는 그렇게 말하고 택시 문을 닫았다. 택시가 길모퉁이를 돌 때 베라에게 손을 흔들어주었다. 그렇게 나는 부두로 향했다. 집으로 가는 페리를 타야 했다.

빅토리아 항구를 출발해 디스커버리 만으로 향하는 페리 안에서 나는 그날 나눈 대화를 되새기며 두 모녀와 함께한 시간을 음미해 보았다. 앞으로 다나가 어떻게 될지는 아무도 알 수 없다. 좋은 치료를 받아서 건강을 되찾고 새로운 삶을 살게 될까? 아니면 이 세상 너머의 세상, 나도 경험해서 잘 알고 있는 그 세상으로 가게 될까? 결과야 어떻든 중요한 것은 그 여정 자체이다. 그녀를 만나고 나니까 나는 앞으로 그녀의 길에 두려움과 공포는 비켜가고 그 대신 사랑과 기쁨이 자리하리라는 것, 그리고 그녀가 자신에게 최선의 사람들을 찾아 선택을 해나갈 것이라는 확신이 들었다.

나는 내 삶의 여정에 대해서도 생각해 보면서, 평화와 기쁨을 누리는 일에 늘 집중하며 산다는 것이 얼마나 어려운지 다시 한

번 깨달았다. 그런 일이 어떤 것인지 정확히 안다고 하더라도 말이다. 하지만 나는 적어도 그날 오후 충동적으로 다나를 방문한 것이 '좋은 사람 증후군' 때문이 아니라 그녀를 보러 가는 것이 그 순간 나를 가장 기쁘고 행복하게 해줄 거라는 내면의 확신 때문이었음을 잘 알았다. 그리고 사실이 그랬다!

"의료 체계가 내 건강을 책임진다"는 말이 거짓이라면 무엇이 진실일까?

진실

- 의학 전문가들이 우리의 몸 상태에 대한 정보를 주고 우리가 어떤 선택을 할 수 있는지 알려줄 수는 있지만, 내면의 안내 시스템에 다가가 최선의 행동을 결정할 책임은 바로 우리 자신에게 있다.
- 질병은 의학적인 문제만이 아니라 우리의 정신적 · 감정적 · 영적 상태에서 기인하기도 한다. 물론 환경 문제 때문에 발생하기도 한다.
- 우리는 질병의 희생자가 아니다. 크고 작은 병에 걸리는 데에는 다 이유가 있으며, 따라서 우리가 더 건강하게 살기 위해서 할 수 있는 일들도 많다.
- 질병은 스승이다. 그리고 때론 더 나은 길이 있음을 보여주는 경

종警鐘이기도 하다. 질병은 파괴해야 하는 악마도 아니고, 나쁜 업業 때문도 생기는 것도 아니며, 부정적인 생각의 결과로 나오는 것도 아니다. 죽음조차도 싸워야 할 적이 아니다.

- 질병을 저주로 보기보다 선물이나 하나의 메시지로 보는 것이 힘이 된다.(그리고 치료에도 큰 도움이 된다.)

연습과 요령

- 당신 혹은 당신이 사랑하는 사람이 병에 걸렸고 그 병이 계속 진전되고 있다면, 무언가 잘못했기 때문에, 그리고 병마와 제대로 싸우지 않아서 그렇게 되었다고 생각해서는 안 된다. 그런 생각은 말 그대로 부당하고 해로운 판단일 뿐이다. 그보다는 당신이나 당신이 사랑하는 사람에게 이해와 지지와 사랑을 보내자.
- 이제, 어떤 종류의 것이든 정보가 과잉 상태라고 느껴질 때면 정보 금식을 고려해 보자. 최소한 하루 이틀 정도 외부 세상과 단절한 채 보내보자. 그러면 당신 내면의 안내 시스템이 하는 이야기를 더 잘 듣게 될 것이다.
- 내면의 안내 시스템에 접근하는 법을 배워서, 무언가 선택해야 할 때마다 이용하자. 각각의 선택 사항을 하나씩 생각해 보고 그때 어떤 느낌과 어떤 기분이 드는지 주의해서 보자.(희망을 주고 힘을 주는 경우가 있고, 두려움을 주고 힘을 빼는 경우가 있을 것이다.) 느낌이

가장 좋은 쪽을 선택하자.

- 아무리 해도 어느 한쪽이 특별히 더 좋다는 느낌이 들지 않는다면 동전을 던져보라. 그렇게 해서 선택된 쪽에 대한 당신의 즉각적인 반응을 살펴보라. 그 반응이 긍정적이라면 그쪽을 선택하자. 그 반응이 실망감에 가깝다면 다른 쪽을 선택하자.
- 두려움에 압도될 때는 두려움을 주는 그것을 자꾸 생각하지 말고 당신을 행복하게 하는 일에 주의를 집중하자. 그러면 마음이 고요하고 안정적이 되어 내면의 안내를 듣기가 한결 쉬워질 것이다.
- 누군가가 자기 생각을 강요하면 그 사람 자신이 무언가를 두려워하고 있음을 알아차리자. 그럴 때면 걱정해 줘서 고맙다고 진심으로 말하고, 자신이 어떤 결정을 내리더라도 지지해 달라고 부탁하자.
- 만약 받아들이기 난감하거나 무서운 치료법을 의사가 제안한다면 그들의 가족이 똑같은 병에 걸려도 이 치료법을 추천하겠느냐고 물어보자.
- 다 나은 것 같은데 의사가 단지 병세가 '완화되는remission 중'이라고만 말한다면(나는 개인적으로 이렇게 말하는 의사들이 싫다. 이 말은 병세가 언제든 다시 악화될 수 있다는 말처럼 들려서 힘이 빠진다), 스스로에게 병이 다 나았다고 말해주자. 병세가 완화되고 있다는 말을 들을

때마다 '나의 사명mission을 기억하는remembering' 계기로 삼자. 지금은 당신의 삶과 그 사명을 받아들일 때이다!

스스로에게 묻기

- 과거에 병을 앓거나 부상을 당했을 때 나의 정신적 · 감정적 · 영적인 건강 상태가 어땠는가?
- 과거에 앓았던 병이 진정 내 인생이 어떤 식으로든 바뀌어야 함을 알려준 경종이었다면, 그때 내 몸은 나에게 어떤 변화를 말하고자 한 것일까?
- 나의 상태와 내가 받을 수 있는 치료법들에 대해 주변 사람들과 의논하다 보면 필요 이상으로 불안해지는가? 그렇다면 그 사람들이 아무리 나를 진심으로 염려하는 사람들일지라도 그냥 혼자서 결정할 의향은 없는가?
- 나 자신을 얼마나 사랑하고 지지하는지 보여주기 위해 오늘 나는 무슨 일을 할 수 있을까? 그리고 내일, 모레는 무슨 일을 할 수 있을까?
- 현재 내 몸의 상태와 상관없이 어떻게 하면 오늘 이 삶을 진심으로 축하할 수 있을까? 삶을 긍정하는 활동으로 내가 할 만한 게 어떤 것이 있을까?

나는 다음과 같을 때 나 자신의 건강에 책임을 지고 있다고 느낀다.

- 의료 전문가, 친구, 가족 들로부터 전문적인 정보와 걱정 어린 조언을 감사한 마음으로 받지만, 혼란스러워하는 것 없이 그중 어떤 것도 꼭 받아들일 필요는 없다고 느낄 때.
- 두려운 나머지 성급히 결정 내리지 않고 언제든 필요할 때마다 내면의 안내 시스템에 접속해 나에게 가장 바른 결정이 무엇인지 알아차릴 때.
- 내 몸을 (육체적 건강은 물론) 정신적 · 감정적 · 영적 건강의 척도로 인식하고 내 몸이 하는 말과 안내에 감사할 때.

여섯 번째 신념

그건 단지 우연일 뿐이다

홍콩과 미국을 왔다 갔다 하는 일이 언제부턴가 대니와 나를 많이 지치게 했다. 여행, 모험, 새로운 경험, 다 좋지만 비행은 물론이고 공항에서 줄서서 기다리고 수속하고 검색대를 통과하는 일에 너무 많은 시간을 소비하는 것 같았다. 게다가 비행이 끝나도 시차 적응을 하느라 늘 애를 먹었다. 그래서 2015년 1월, 우리는 마침내 미국으로 이사를 단행했다. 우리는 바닷가 근처의 온화한 날씨를 좋아해서 캘리포니아 남부를 골랐다.

불안한 새 현실

우리는 둘 다 캘리포니아를 사랑하며 이곳에서의 삶에 만족하고 있다. 그런데 이 새로운 환경은 한 가지 면에서 나를 몹시 힘들게 했다. 대니는 아침에 씻고 옷을 갈아입는 동안 종종 텔레비전을 틀어놓고 뉴스를 듣곤 한다. 홍콩에 살 때는 이 점이 나에게 전혀 문제가 되지 않았는데, 들리는 뉴스라는 게 그다지 대단하지도 않고 크게 거슬리는 것도 아니었기 때문이다. 홍콩 정부가 중국이나 대만 같은 이웃 나라의 정부 인사들과 만났다는 정도의 뉴스가 고작이었다.

그런데 미국 뉴스는 놀랍게도 매일 폭력 범죄로 넘쳐났다. 아시아에서는 폭력 범죄가 그다지 많지 않다. 아시아 국가들에서는 총기가 문제되는 경우가 많지 않은데, 미국에서는 학교, 교회, 극장, 일반 가정에서 매일 특별한 이유도 없이 총기 살인 사건이 일어났다. 평범하기 그지없는 사람들이 무심코 하루를 시작했다가 세상에서 가장 끔찍하고 잔인한 방식으로 살해당하는 것이다! 아이들이 희생되는 경우도 심심찮게 발생하고, 인종주의 때문에 발생하는 사건도 많았다.

나는 큰 충격을 받았고, 감정적으로나 심리적으로 불안감에 시달렸다. 나는 대니에게 텔레비전을 끄고 대신에 활기찬 음악을 틀어놓자고 했다. 대니는 기꺼이 그러자고 했지만, 그렇다고 께름칙한 기분까지 사라지지는 않았다. 내 일과를 음악으로 시작해도 그 많은 충격 사건은 여전히 매일 일어나고 있으니까 말이다. 나는 그저 현실을 회피하고 있을 뿐이었다.

이원성 대 비이원성

우리가 모두 서로 연결되어 있음을 잘 알고 있는 나에게는 그런 자극적인 뉴스들이 큰 충격으로 다가올 수밖에 없었다. 모두 하나로 연결되어 있음에도 우리는 그렇다는 사실을 모르기 때문에 서로 죽이고 증오심을 퍼뜨린다. 그때 사실은 우리의 형제자매, 자녀, 부모, 나아가 우리 자신을 상처내고 있음을 모르는 것이다! 전쟁은 내가 다른 사람들과 분리된 존재라고 믿기 때문에 일어난다.

우리는 전쟁터에 나가 다른 나라 청년들을 죽이라고 우리 청년들을 훈련시킨다. 단지 그 나라 지도자들이 우리 지도자들과 다른 생각을 하고 있다는 이유만으로 말이다. 그런 다음 가장 많은 사람을 죽인 군인이나 우리 편을 가장 많이 살린 군인을 영웅으로 추앙한다. 왜 상대편을 죽이면서까지 우리 편을 구해야 할까? 상대편을 죽이지 않으면 우리 편을 구할 일도 없을 텐데.

저쪽 세상에서 나는 우리와 우리가 죽이는 사람들이 서로 분리되지 않았음을 깨달았다. 우리 손가락을 한번 보라. 그리고 지금 각각의 손가락이 옆 손가락들과 완전히 분리된 존재라고 믿고 있다고 생각해 보라. 하지만 죽고 나면 이 모든 손가락이 실은 같은 손의 부분들이었음을 알게 된다. 만약 살아서 이 사실을 깨닫는다면, 우리는 아무도 죽일 수 없을 것이다. 내 손가락을 내가 자르지는 않을 테니까.

앞에서도 언급했듯이 임사 체험 상태에 있을 때 나는 몸만 떠나 있었던 것이 아니다. 나는 나의 성별, 인종, 문화, 종교, 믿음, 에고까지 떠나 있었다. 이 세상의 모든 요소들을 떠났다고 해서 나 자신이 사라지거나 줄어든 것은 아니었다. 사실 나는 이 세상에서의 나보다 훨씬 더 큰 존재가 되어 있었다. 나는 확장되었으며 더욱 강력하고 장엄한 존재가 되었다. 나를 드러내준다고 생각했던 이 세상의 모든 요소들은 실은 나를 더욱 쪼그라들게 하고 제한하고 실제의 나보다 훨씬 작은 존재로 만들고 있었다. 나를 좁은 공간 속에 가두고 제한하던 것들이 모두 사라지자 나는 한계 없는 존재가 되었다. 나는 모든 것의 일부였고 모든 것과 하나였다.

하지만 여기 3차원 세상에서는 무언가를 창조하려면 꼭 대조하고 구분해야 한다. 이런 특징을 우리는 이원성duality이라고 부른다. 이 세상에서는 대조가 없이는 인식도 할 수 없다. 하지만 늘 그렇게 구분하다 보니 서로를 적으로 보게 되기도 한다.

이 생에서는 남을 평가하지 않기가 거의 불가능하다. 이 세상에서는 늘 분간하고 식별하고 판단해야 하기 때문이다. 그것이 우리가 이 삶을 헤쳐 나가는 방식이다. 이 세상에서는 좋고 나쁨, 부정과 긍정, 밝음과 어둠을 인식할 수 있어야 한다. 그리고 이런 것들은 서로 대조해야 인식되는 성질들이다. 이렇게 끊임없이 비교하고 판단하기 때문에 우리는 선택도 끊임없이 해야 한다. 우리는 자신을 비롯해 주변 사람들을 더 행복하게 만드는 선택이 좋은 선택이라고 믿고 있고, 그런 더 나은 선택은 분명 존재하는 것처럼 보인다. 인생은 어떤 선택이 제일 좋은지를 배워가는 과정이라고 할 만하다.

하지만 임사 체험 상태에서 나는 우리가 서로 반대된다고 인식하는 성질들이 실은 전혀 반대되지 않는다는 걸 알게 되었다. 그것들은 서로 협력하며 움직인다. 우리가 그중 하나를 제거하면 다른 하나도 사라진다. 한쪽을 모른 채 나머지 한쪽만 알 수는 없다. 임사 체험 상태에서는 전체가 한꺼번에 명확히 드러났고 모든 것이 동시에 인식되었으므로, 무언가를 구분하고 분석할 필요가 없었다.

이 말은 내가 동전의 양면을 동시에 그리고 계속해서 볼 수 있었다는 말이자 그 양면이 실제로 같은 것—뫼비우스 띠가 양면을 갖고 있는 것처럼 보이지만 사실은 한 면으로만 이루어져 있는 것과 비슷하다—임을 이해하게 되었다는 말이다. 실제로 비이원성non-duality의 세계에서는 내가 그대로 동전이 '되고', 무언가가 존재하려면 반드시 양면이 있어야 함을 완전히 이해하게 된다. 어쨌든 한 면으로만 이루어진 동전은 있을 수 없는 것이다. 그러므로 비이원성의 세계에서 나는 삶이 작동하는 방식(그 양면 모두)이 있는 그대로 온전히 다 받아들여졌다. 사실 당시의 느낌은 그런 받아들임 이상으로, 모든 사람, 모든 것을 조건 없이 완전하게 사랑할 수 있을 것 같았다. 나는 나 자신과 다른 모든 존재들에 공감과 연민을 느꼈다.

나는 내가 왜 그렇게 살아왔고 다른 사람들이 왜 그렇게 살고 있는지—그 삶이 얼마나 나쁘고 해로운지에 상관없이—완전히 이해했다. 모든 것이 분명해졌다. 태피스트리 한 올 한 올이 전부 선명해졌다. 나는, 나와 남에게 해로운 행동을 포함해 내가 살면서 했던 많은 일들이 어쩔 수 없는 한계로 인한 것임을 이해했다. 다시 말해 내가 누군가에게 상처를 주었다면 그건 내가 고통스러웠고 두려웠고 무지했고 알아차리지 못했기 때문이었다. 나는 그때마다 내가 알고 있는 것 안에서 최선을 다했던 것이다. 그 무한한 세상에서 나는 마침내 눈을 떴고, 우리가 파괴적인 것은 그것이 마지막 수단이기 때문이며, 다른 사람에게 상처를 줄 때는—이 유한한 세상에서 볼 때 그것이 정당한 일이든 부당한 일이든—그것 외에 다른 선택의 여지가 없다고 진심으로 믿었기 때문임을 이해했다.

죽으면 삶의 전체 그림을 한눈에 볼 수 있게 된다. 그리고 일생 동안 자신에게 왜 그런 일이 일어났고 왜 그런 상황에 처했으며 왜 그런 선택을 했는지 이해하게 된다. 범죄자들도 그럴 것이다. 우리의 눈에 악마처럼 보이는 사람도 어쩔 수 없는 상황의 희생자인 경우가 많다. 그렇지 않다면 한 가지 예로, 왜 여자 재소자들보다 남자 재소자가 훨씬 더 많겠는가? 왜 범죄자들 중에 특정 인종이 더 많겠는가? 왜 경제적으로 저소득층 사람들이 더 많겠는가? 사회적 편견에 의한 차별과 잘못된 기대와 가정이 그들을 범죄자로 만들지는 않았는가?

무한한 세상의 트인 눈으로 보면 가해자 한 명만이 아니라 범죄의 배후에 있는 인물과 사건의 복잡한 관계도가 전부 보인다. 사악한 짓을 하는 특정 사람 혹은 집단을 잡아서 가둬놓으면 더 나은 세상이 올 거라고 생각하는 사람이 많은 것 같다. 그러면서 그 범죄자가 살면서 만나온 사람들, 경험들(학교 내 따돌림, 인종 차별, 가족 내 학대 등등)이 그 범죄에 일조했음은 간과한다.

임사 체험을 하는 동안 나는 우리 모두가 서로 연결되어 있음이 너무도 확실히 느껴지는 확장된 상태에 있었기 때문에, 그 전에 살인자 혹은 아동 학대자라고 생각해 극도로 혐오하고 경멸했던 사람들에게조차 완전한 이해와 연민 외에는 다른 어떤 감정도 느낄 수 없었다. 사실 나는 그들이 애초 그런 선택을 할 수밖에 없게 만든 고통에 공감했고, 가해자와 희생자 모두에게 전적으로 조건 없는 사랑을 느꼈다. 임사 체험으로 나는 사람들이 서로를 해치는 이유가 무지해서거나, 너무 큰 고통 속에 있어서거나, 그것도 아니면 자신의 진정한 본질과 너무 멀어져 아무런 감정도 느끼지 못하는 상태(어떤 방식으로든 학대를 받았기 때문일 수도 있고, 정신병 때문일 수도 있다)가 되어버려서 그런 것이란 걸 이해했다.

나는 소셜 미디어에 '사후 심판' 따위는 없다는 생각을 피력한 일로 가끔 공격을 받기도 한다. 이런 생각이 그다지 호응을 받지 못하는 이유는 아무래도 그것이 전통 종교들의 교리에 위배되기 때문이거나, 사람들이 '우리 아니면 그들' 식으로 나눠 생각하면서 우리에게 잘못했다고 여기는 사람들이 사후에 죗값을 받는 게 정당하다고 믿기 때문인 듯하다.

내가 경험한 진실이 대중이 믿고 있는 진실과 다를 때, 내가 믿는 진실을 말한다는 것이 참으로 힘든 일임을 절감한다. 하지만 내가 말하는 진실을 들을 필요가 있는 사람이라면 누구라도 언젠가는 그 소리를 들을 것이고, 그래서 도움을 받게 될 거라고 믿고 있다.

그런 나의 믿음에 확신을 주는 일이 얼마 전에도 있었다. 어떤 재소자가 나에게 편지를 한 통 보내왔다. 그는 가석방 없는 20년 징역형을 선고받았다고 했다. 그 정도면 중죄를 저지른 사람임에 틀림없었다. 감옥에서 그는 웨인 다이어가 나를 인터뷰한 PBS 스페셜 방송을 보았다고 했다. 그 인터뷰에서 나는 저쪽 세상에 가면 모든 것이 분명해지므로 이 세상에서 한 일로 심판받을 일은 없다고 말했었다.

그런 내 증언에 이 재소자는 매우 흥미를 느꼈고, 그래서 가족에게 전화해 내 책을 사서 부쳐달라고 부탁했다고 한다. 그렇게 내 인터뷰와 책을 보고 큰 위안을 받아 나에게 편지를 쓴 것이다.

우리 사회는 그에게 큰 죄를 지었으니 죽으면 반드시 지옥에 갈 거라고 했고, 그래서 그는 죽음을 두려워하고 있었다. 그는 과거에 자신이 한 잘못을 뉘우치고 있었고, 나로선 그가 어떤 죄를 지었는지 모르나 그는 편지에 자신이 어리고 멍청했었다고 썼다. 다른 상황, 다른 운명이었다면 그런 일은 결코 저지르지 않았을 거라고도 했다.

그는 범행 당시 스무 살이었고, 그때까지는 아무 일 없이 잘 살아왔다고 한다. 그런데 친구들과 어울리다가 한 순간 어떤 사악한 꼬임에 넘어간 것이다. 그는 그 일을 후회했고, 자기 인생 최대의 실수였다고 했다. 그리고 이미 이번 생에서 죗값을 치르고 있다고 생각했다. 하지만 죽은 뒤에도 영원히 그 실수에 대한 죗값을 치러야 한다는 생각이 자꾸 든다고 했다. 그런데 내 이야기를 듣고 투옥 이후 처음으로 마음의 평화를 얻었다고 했다. 그는 기꺼이 실수에 대한 죗값을 치르며 이번 생을 살아갈 생각이었는데, 이제는 그런 삶이 다하고 죽을 때 평화롭게 죽을 수 있다는 걸 알게 되었다는 것이다.

그의 편지를 읽으며 나는 눈물이 났다. 그 편지 덕분에 나는 대중이 듣고 싶어 하는 말만 하지 않고 내가 믿는 진실을 나누는 것이 옳은 일임을 다시 한 번 확인했다. 나는 그에게 "당신의 편지가 나에게 큰 도움이 되었다"고 전했고, 그도 나처럼 감동했다.

거대한 태피스트리

비물질 세계에서 내가 경험한 것은 어떤 말로도 정확히 설명하기가 어려워 나는 태피스트리 비유를 즐겨 사용한다. 우리 각자의 삶이 서로 어떻게 엮여 있는지를 상징적으로 보여주기에 좋기 때문이다.

생각할 수 있는 온갖 종류의 원료로 만들어진 수십억 개의 실이 있다고 치자. 각각의 실은 각 사람의 삶으로 반짝인다. 모든 실은 서로 다 다르고 각기 지금까지 살아온 모든 사람을 나타낸다. 그리고 모든 실이 서로 정교하게 얽히고설켜 복잡하고 화려한 모양에 질감까지 살아있는 놀라운 이미지들을 창조한다. 그 실들은 위로 아래로 옆으로 이동하며 서로 만나고 감싸고 지나치고 다시 만나며 눈부시고 아름답고 우아한 그림을 만들어낸다. 전체 태피스트리 자체도 하나의 살아 움직이는 생명체이다. 각각의 실들이 서로 만나고 헤어지면서 산, 바다, 코끼리, 망고, 고층건물, 비행기, 소파, 당신, 나 등등 이 땅에 존재하는 모든 것들을 만들어내고 또 그렇게 이 태피스트리에게 생명력을 부여해 준다.

이제 그중의 실 한 가닥이 전체 태피스트리를 여행하는 길을 따라가 보자. 이 실은 태피스트리의 무늬 속으로 들어갔다 나왔다 하고, 드러났다 숨었다 하고, 이곳에서 이 실을 건드렸다가 저곳에서는 저 실을 건드리는가 하면, 또 어느새 보면 어떤 실 밑으로 숨어 들어가 있다. 이 실 한 가닥이 다른 모든 실들을 직접적으로 건드리지는 않지만 이 실이 건드리는 다른 실들이 전체 직물의 기본 줄기를 다 건드리게 되어 있다. 따라서 모든 실들이 다 함께 어우러져 정교하고 균형 잡힌 이야기를 들려주는 하나의 조화롭고 아름다운 우주적 예술 작품을 만들어낸다. 실 한 가닥만 빠져나가도 모든 것이 변할 수밖에 없다. 각각의 실은 전체 그림에 없어서는 안 되는 존재들이고, 그 그림이 말하는 이야기에 필수적인 요소들이다. 그리고 지금까지 따라가 본 그 실이 다름 아니라 당신 자신, 당신의 인생이다.

우리는 물질의 세계에 살고 있기 때문에 이 태피스트리는 물론 그 안에 담긴 놀라운 이야기와 전체 그림은 볼 수 없다. 각각의 실이 어떻게 전체 태피스트리를 만드는지도 보기 어렵다. 우리는 단지 우리의 현재 순간만 알아차릴 뿐이다. 실 한 가닥의 여정 속에서 어느 한 순간만 알아차릴 수 있는 것이다. 이런 제한된 상황에서 우리는 우리가 알고 있는 것으로 우리가 말하고 싶은 이야기를 짜내기 위해 매순간 최선을 다한다. 우리가 짜낸 이야기를 나중에 후회할 수도 있지만 그 순간에는 그것이 최선인 것이다.

이 물질 세계의 이야기가 아무리 불완전해 보일지라도 비물질 세계의 시각에서 보면 전체 태피스트리가 완벽하다는 걸 알아야 한다. 더 높은 관점에서 보면 모든 것이 자신에게 마땅한 모습을 하고 있다. 모든 것이 그대로 완벽하다! 그러므로 그 비물질 세계에서 나는 나 자신을 단지 한 가닥의 실로만 인식한 것이 아니었다. 나는 전체를 한눈에 보는 전지적全知的 시점을 갖고 있었고, 내가 다른 모든 실들과—이때는 이 실과 저때는 저 실과 만나면서—연결되는 방식은 물론이고 영원의 시간 이전부터 만들어진 전체 이야기까지 보고 느끼고 이해할 수 있었다.

수년 전 부모님들끼리 주선한 결혼을 마지막 순간에 못하겠다며 도망쳤을 때, 나는 우리 가족과 약혼자 가족에게 불명예를 안겨준 것 같아 죄책감에 빠졌었다. 내가 속한 문화에서는 중매결혼이 당연하고 바람직하다고 여겨졌기에 내가 파혼을 하자 많은 사람이 나를 배척했다. 하지만 실제로 내가 전혀 '잘못한 것'이 아니고 오히려 옳은 일을 한 것이라면? 그리고 당시 내가 믿었던 것처럼 우주가 나를 벌주려는 것도 아니고 전생의 내 나쁜 업보 때문에 그런 일이 생긴 것도 아니라면?

나의 행동이 적어도 내가 속한 문화에서는 중매결혼의 근본적인 문제를 수면 위로 끌어올리는 역할을 했을 수도 있다. 특히 나처럼 다문화 분위기에서 자란 사람에게 중매결혼은 큰 부담이다. 어쩌면 나는 다른 사람을 돕기 위해 용기를 내 그런 일탈을 하기로 되어 있었는지도 모른다. 최소한 내가 속한 문화 속에서 그때의 나처럼 결혼 적령기의 자녀를 둔 부모라면, 내 사건을 보면서 자신도 행여 자기 아이들에게 똑같은 잘못을 범하고 있지는 않은지 다시 한 번 신중히 생각해 보게 되었을 것이다.

우리는 모두 연결되어 있다. 우리 한 사람 한 사람이 하는 일이 모든 사람에게, 전체 태피스트리에 영향을 끼친다. 나는 더 이상 그때 파혼하고 도망 간 것에 죄책감을 느끼지 않는다. 그리고 의도치 않게 누군가에게 상처를 줬다고 예전만큼 괴로워하지도 않는다. 지금은 그런 일들이 우주의 더 큰 관점에서 보면 그렇게 되기로 이미 의도된 일일지 모른다고 생각한다. 나는 이제 죄책감과 자기 비판에서 벗어날 줄을 안다. 그리고 이 정교하고 무한한 우주의 태피스트리에서 보면 모든 것이 자신에게 마땅한 모습을 하고 있다고 믿을 줄도 안다.

우리는 모두 연결되어 있다

지난 몇 년 동안 내 인생에서 동시성synchronicity을 보여주는 일들이 아주 많았기 때문에 나는 우리가 모두 실제로 연결되어 있음을 거듭 확인할 수 있었다. 나와 어떤 사람 사이에 도저히 불가능할 것 같은 연결이 놀랄 만큼 명명백백하게 이뤄져서 단순한 우연이라 치부할 수 없을 때 나는 동시성을 떠올릴 수밖에 없다.

예를 들어 2006년 2월, 내가 홍콩의 한 병원에서 혼수 상태에 빠져 있을 때 남편은 옆에서 내가 깨어나기를 바라고 있었고, 같은 시간에 어머니는 힌두 사원에서 시바 신에게 간절히 기도를 올리고 있었다. 또 불교도인 새언니 모나는 같은 시간 인도에서 사흘 동안 이어지던 열 시간짜리 명상과 기도를 하면서 내가 회복되기를 바라고 있었다. 그리고 나중에 모나가 말하기를 그 열 시간 명상과 기도를 끝내고 5분도 채 안 되어 내가 중환자실에서 회복실로 옮겨졌다는 전화를 받았다고 한다.

웨인 다이어가 내 인생에 나타나 내 첫 책이 출간되도록 도운 것도 그 한 예이다.《그리고 모든 것이 변했다》에서 상세히 밝혔지만, 더 많은 사람에게 내 경험을 나눌 준비가 되었다고 생각한 그 순간에 전생 퇴행 전문가이자 작가인 미라 켈리Mira Kelley가 내가 인터넷에 쓴 임사 체험 관련 글을 읽었다. 내 글에 큰 감동을 받은 미라 켈리가 다음날 곧장 전화로 웨인 다이어에게 내 이야기를 전했고, 그러자 웨인 다이어도 내 글을 읽고 싶어 했다. 미라가 그 글을 웨인에게 보냈고, 웨인도 깊은 인상을 받아 즉시 나를 찾아내 내 경험을 책으로 쓰게 하겠다고 결심을 했다.

그 외의 작은 규모의 동시성도 계속 발생해서 우리가 서로서로 연결되어 있음을 확인시켜 주었다. 그럴 때마다 나는 일상의 묘미와 기쁨이 더해짐을 느낀다. 사람들이 계속 나를 보고 싶어 하거나(아니면 내가 그들을 보고 싶어 하거나) 하다 보면 어느 순간 갑자기 만나게 된다. 그리고 서로의 삶에 매우 심오한 방식으로 감화를 준다.

몇 년 전에 있었던 일도 그랬다. 첫 책이 출간된 지 몇 주밖에 되지 않았을 때였는데, 나는 어머니가 계시는 인도의 도시 푸네로 갔다. 미국에서 웨인 다이어와 텔레비전 쇼에 출연한 직후였지만, 내 인생은 그때 이미 정신없이 돌아가기 시작했으므로 나는 빡빡한 스케줄을 잠시 잊고 어머니의 따뜻한 집에서 좀 쉬고 싶었다.

푸네는 인구 550만 명의 대도시이고 3천 년 전 처음 생길 때부터 지금까지 영적으로 중요한 곳으로 여겨져 왔다. 어머니 집은 푸네에서 꽤 조용한 곳에 있었는데, 어느 날 오후 우리는 북적이는 시내에 나가보기로 했다. 시내는 미로 같은 크고 작은 골목들이 온갖 종류의 탈것과 가게와 노점상과 군중과 함께 뜨거운 햇살을 받으며 거대한 소음과 혼란 속에서 뒤죽박죽 얽혀 있는 곳이었다. 그곳을 걸으며 나는 화려한 색과 소리와 냄새와 넘쳐나는 인간들이 무정부 상태를 이루며 서로 충돌하는 현장의 활기를 만끽했다.

릭샤, 자전거, 스쿠터 등이 너나 할 것 없이 벨을 울리며 갈 길을 재촉하고, 어머니와 나도 그 사이사이를 어떻게든 비집고 나아가야 했다. 게다가 소가 끄는 달구지도 하나 있었는데 마치 달팽이가 기어가듯 어찌나 느릿느릿 가는지 도무지 앞으로 나아갈 수가 없었다. 그러다 우리는 어느 좁다란 길로 접어들었다. 그곳에는 향신료가 듬뿍 들어간 야채 요리들, 빵, 튀김, 단 과자, 플라스틱 장난감, 아름다운 옷감과 옷, 화려한 핸드백, 모자, 샌들, 풍선, 부엌용품 등을 파는 가게들이 즐비했다. 그 풍경과 소리 속으로 누군가 피워놓은 향, 끓고 있는 카레, 신선한 야채, 썩은 야채, 매연, 향수, 소똥 냄새가 뒤섞여 들어왔다. 정말이지 말로는 설명할 수 없고 오로지 경험을 해봐야만 알 수 있는, 감각을 위한 향연이었다.

그 모든 것을 만끽하다가 나는 한 가게의 쇼윈도에 걸려 있던 아름다운 스커트에 시선이 꽂혔다. 향신료 노점상과 양복점 사이에 있는 아주 작은 가게로, 북적이는 시장통에서는 잘 보이지도 않는 곳이었다. 인도산 아름다운 천 조각들을 이어서 만든 그 화려한 스커트가 사이렌 소리처럼 나를 불러 세우며 도저히 거부할 수 없는 손짓을 보냈다. 우리는 작은 가게로 들어가 그 스커트를 더 자세히 살펴보기로 했다.

"안녕하세요?" 나는 조금 큰 소리로 말했다. "저기 쇼윈도에 걸려 있는 스커트 좀 볼 수 있을까요? 색이 화려한 저 스커트요."

"물론이죠." 계산대 뒤에 있던, 예쁘고 미소가 아름다운 젊은 여자가 말했다. 그리고 가게 앞쪽으로 가서 쇼윈도에 있던 스커트를 꺼내 내게 건네주었다.

"한번 입어보세요. 옷은 입어봐야 알지요." 내가 스커트를 허리에 갖다 대고 전신 거울에 비춰보자 그녀가 친절한 목소리로 말했다. "물론 잘 어울릴 것 같지만요."

손님을 부담스럽게 하지 않는, 순수하고 배려 있는 사람이었다. 그리고 가게의 주인으로서 자기네 물건에 자부심을 갖고 있는 사람 같아 보였다. 어떻게든 물건만 팔려는 사람이 아니라 사람과 사람 사이의 관계를 존중하고 소중히 생각할 줄 아는 사람이었다.

"탈의실이 있나요?" 내가 물었다.

"네, 여기, 뒤에서 입어보시면 됩니다. 커튼을 둥그렇게 치고 그 안에서 입어보세요." 그녀가 말했다.

커튼 뒤로 가서 스커트로 갈아입고 나오자 가게 주인과 어머니 둘 다 정말 잘 어울리고 멋진 스커트라고 했다. 다시 갈아입으려고 커튼 속으로 들어가자 그 젊은 여자가 밖에서 물었다. "어디서 오셨어요? 억양이 이곳 분이 아니세요."

"좀 그렇죠?" 내가 커튼 뒤에서 말했다. "저는 홍콩에 살아요. 거기서 자랐어요."

"네? 정말요? 정말 대단한 우연이네요!" 스커트를 구입할 요량으로 다시 건네주는데 그녀가 소리쳤다. "저 지금 막 홍콩에서 자란 어떤 인도 여자분이 쓴 책을 읽고 있었거든요. 정말 놀라운 책이에요. 그분 성함이 아니타 무르자니예요. 혹시 들어보셨어요?"

그녀가 내 이름을 말하는 순간 나는 입이 딱 벌어지며 놀라고 말았다!

"제가 아니타예요! 제 책을 읽고 계셨네요!" 정말 놀라웠다. 그렇게 말하자 이번에는 그녀가 놀라 입을 딱 벌렸다.

"네? 저 지금 놀리시는 거죠? 그럴 리가요? 믿을 수가 없어요!"

그녀는 누가 봐도 무척 놀란 표정으로 거의 소리를 지르다시피 말했다. 그러더니 계산대 아래를 뒤져 예의 그 익숙한 표지의 책을 꺼내들었다. 그리고 책 맨 뒤에 실려 있는 내 사진을 펴 보더니 말했다. "오, 세상에나! 정말 당신이군요!" 그 다음 그녀는 가게 밖으로 뛰어나가더니 이웃 가게와 노점상 주인들을 모두 불러 데리고 들어왔다.

"여러분, 제가 지난주부터 꼼짝 않고 읽던 책 있잖아요? 점심시간 때도 아무도 안 만나고 이 책만 읽었잖아요? 여기 이분이 이 책을 쓰신 분이에요! 작가분이 제 가게에 오셨다고요!" 그녀는 정말이지 자랑스럽다는 듯 또박또박 힘주어 말을 했다. 그러는 동안 내 입은 귀에 걸렸다. 그녀는 우리에게 대접을 하고 싶다며 누군가에게 인도 차이를 부탁했고, 계산대 뒤에서 접이 의자를 몇 개 꺼내 작은 가게의 한가운데에 펼쳐놓았다.

"앉으세요! 그냥은 못 보내드려요!" 그녀가 웃으며 말했다. "선생님이 여기, 제 가게에 계시다니 믿을 수가 없어요!"

나도 놀라서 아무런 말도 나오지 않았다. 이 지구 위 가장 의외의 장소에서 이런 놀라운 인연을 만나다니 그저 경탄을 금치 못할 뿐이었다. 그 당시 내 책은 출간된 지 두 달도 채 되지 않은 때였는데, 혼잡하기 그지없는 대도시 푸네의, 그것도 사람들로 북적북적한 시장통의 작디작은 가게의 주인이 내 책을 읽고 있다니 도저히 현실 같지 않았다.

"어쨌든 선생님, 제 이름은 기타라고 해요." 여전히 나만큼 놀란 표정으로 그녀가 말했다.

"어떻게 제 책을 알게 됐어요?" 내가 물었다. 당시만 해도 내 책은 미국과 몇몇 다른 나라에서만 출간된 상태였고, 인도에서는 아직 구입할 수가 없었다.

"제 사촌이 영국에 살아요. 사촌이 읽고 저도 꼭 읽어봐야 한다면서 보내줬어요." 기타가 설명했다.

"놀라워요, 놀라워. 세상이 정말 좁아요. 그리고 우리가 정말 모두 서로 연결되어 있군요. 아주 먼 영국에 사는 사촌이 제 책을 당신에게 보냈다는 것도 놀라운데, 바로 당신 앞에 제가 또 이렇게 출현했다니 말이에요!" 내가 말했다.

"이 책을 읽으면서 언젠가는 선생님을 꼭 만나뵙고 싶다는 생각을 했어요. 너무도 많은 생각이 떠올라서 선생님께 꼭 말씀드리고 싶었거든요. 지금 생각해 보니 선생님이 나타나시기를 정말 간절히 원했던 것 같아요. 그리고 이렇게 나타나셨고요!" 그렇게 말하는 그녀의 눈에 눈물이 고였다.

"정말 당신이 저를 이리로 불렀군요." 내가 말했다. 나는 내가 그녀를 위해서 그곳에 올 수밖에 없었다고 확신했다. 그리고 그녀도 내 인생에 어떤 방식이든 영향을 줄 수밖에 없다고 느꼈다. "당신 때문에 제가 여기에 와 있다는 느낌이 들어요. 그러니 뭐든 묻고 싶은 게 있으면 물어보세요."

그녀는 여전히 눈물을 글썽이며 자폐증이 있는 자신의 아들 이야기를 하기 시작했다. 나는 그녀가 아들을 사랑하는 훌륭한 어머니이고 이런 어머니를 가진 아들은 축복을 받았음에 틀림없다고 말했다. 하지만 그때 기타와 아들 사이에는 문제가 좀 있었고, 그래서 둘 다 예전만큼 서로를 잘 이해하지 못하고 있다고 느끼고 있었다. 그녀로서는 가슴이 무너지는 일이었다.

내가 말했다. "말이 아닌 가슴으로 소통해 보세요. 우리가 모두 연결되어 있다는 사실을 늘 기억하시고요. 당신이 기분이 좋으면 아들도 기분이 좋아질 거라는 걸 잊지 마세요. 그러니까 자신부터 살펴야 해요. 그리고 자신에게 무엇이 필요한지 아는 것이 정말 중요하답니다.

사실 우리가 모두 연결되어 있다는 것을 아이들은 더 민감하게 알아채요. 특히나 도움이 필요한 아이들은 주변 사람들에게 더더욱 민감하게 반응한답니다. 아드님은 당신이 느끼는 것이 뭐든 다 느낄 겁니다. 그러니 자신에게 물어보세요. 더 만족감을 느끼며 살려면 어떻게 해야 할지, 자신을 더 사랑하고 기운 나게 하려면 어떻게 해야 할지를요. 당신이 다시 행복해지면 아들에게도 그 영향이 갈 거라고 확신합니다."

기타가 크게 안도하는 모습이 보였다. 그리고 우리의 대화는 다시 동시성으로, 그 만남의 놀라움에 대한 것들로 가볍게 흘러갔다. 내가 사는 곳에서 정반대편에 있는, 그것도 550만 명이나 사는 대도시에서 이런 인연이 생기다니 말이다! 그렇게 한 시간 정도 이야기를 나눴고, 이제 일어서야 할 시간이었다. 스커트 값을 치르려고 하자 기타가 스커트가 담긴 봉지를 내 손에 쥐어주며 말했다. "아니에요. 제 선물이에요."

"아이쿠, 그럴 순 없어요!" 내가 말했다.

"아니에요. 선생님. 저는 선생님이 이 스커트를 입을 때마다 오늘 이 순간을 기억해 주셨으면 좋겠어요." 그녀가 말했다.

나는 그녀의 관대하고 섬세한 마음에 큰 감동과 감명을 받았다. 그래서 그녀의 커다란 사랑이 담긴 선물을 받아들고 마치 헤어지기 아쉬워하는 자매처럼 서로를 껴안으며 작별 인사를 했다.

"또 오세요." 그녀가 힘차게 외쳤다.

"그럼요. 다음에 푸네에 오면 꼭 들를게요." 내가 대답했다.

어머니와 나는 신이 나서 발걸음도 가볍게 가게를 나왔다. 우주는 아주 정교한 방식으로 우리가 어디를 가든 길을 보여주고 활기를 북돋아주리란 것을 다시 한 번 확인하면서.

오직 사랑만을 의도한다

매일 밤 잠들기 전 침대에 누워 그날 하루를 되돌아볼 때면 나는 지구상의 모든 사람에게, 그들이 어떤 사람이든 상관없이, 나의 사랑을 보낸다. 결국 우리는 모두 서로 연결되어 있기 때문이다. 그들이 무슨 일을 했고 누구를 도왔으며 누구를 해쳤는지는 나에게 전혀 중요하지 않다. 그들이 나를 해치려 했어도 상관없다. 그들 중에는 분명 연쇄 살인범, 살인자, 강간범도 있을 것이다. 나는 의도적으로 모든 사람에게 사랑을 보내고, 사형선고를 받은 사람들까지도 포함해서 모든 사람에게 다가가 그들을 꼭 껴안는 상상을 한다. 살인자라도 사랑하는 느낌을 알았더라면 그렇게 살인을 저지르지는 못했을 것이다. 폭력과 미움의 해결책은 더 큰 폭력과 미움이 아니다. 해결책은 바로 사랑이다.

"그건 단지 우연일 뿐이다"라는 말이 거짓이라면 무엇이 진실일까?

진실

- 우리는 이 물질 세상에서는 볼 수 없고 상상조차 할 수 없는 방식으로 서로 복잡하게 연결되어 있는 거대한 우주이다.
- 우리가 모두 서로 연결되어 있다면 다른 사람을 해치는 것은 우리를 해치는 것이고 다른 사람을 돕는 것은 우리를 돕는 것이다.
- 물질 세상의 제한된 관점으로는 전혀 그렇게 보이지 않겠지만, 서로 연결된 비이원성의 상태에서 이 물질 세상을 보면 모든 것이 그 자체로 완벽하다.

연습과 요령

- 과거에 저지른 잘못으로 지금도 자책하며 괴로워하고 있다면, 당시에는 그렇게밖에 알지 못하고 느끼지 못했으므로 그때는

그것이 최선이었음을 기억하라.

- 어딘가를 꼭 가야 할 것 같고 무슨 일을 꼭 해야 할 것 같거나 무슨 말을 꼭 해야 할 것 같을 때, 그 예감을 잘 알아차리고 따르라. 동시성이 일어날 가능성에 마음을 열어두자.
- 조금이라도 마음에 들지 않는 사람을 시작으로 연민의 마음을 늘리는 연습을 해보자. 그 사람의 행동이나 성격을 받아들이기가 좀 편해졌다면, 이번에는 평소에 아주 마음에 들지 않은 사람에게까지 연민의 마음을 확장해 보자. 그렇게 연민의 마음을 넓히는 데 성공할 때마다 한 단계씩 더 나아가면서 연민의 마음을 점점 더 확장해 보자.
- 부정적인 뉴스를 듣는 데 보내는 시간만큼, 아니 그보다 더 많은 시간을 긍정적이고 기분 좋은 이야기를 듣거나 읽는 데 할애하자. 모든 것이 암울하고 우울해 보일 때에도 단지 미디어가 그렇게 말하는 것일 뿐임을 기억하자. 세상에는 암울한 일만큼 좋은 일들도 많이 일어나고 있다. 나쁜 일도 있는 그대로 받아들이면서 좋은 일도 찾아보고 그 일에 최대한 감사하자.
- 다른 나라를 방문하거나 다른 문화권 사람들과 시간을 보낼 때 아이들을 사랑하고 가족을 소중히 여기는 점 등 서로간의 공통점을 찾아보자. 다른 문화권의 사람들을 이상한 사람들이라고 치부하기보다 그냥 다를 뿐이라고 보는 법을 배우라. 아이들에

게도 되도록 어릴 때부터 그렇게 가르치자.

스스로에게 묻기

- 제한된 시각이나 판단하는 마음으로 사람들과 상황들을 볼 때나 또한 움츠려들지는 않는가? 심지어 스스로에게 상처를 주고 있지는 않는가?
- 사람들은 어떤 상황이나 조건에서 남에게 상처를 주는 말과 행동을 하게 될까?
- 다른 모든 존재들과 연결되어 있음을 확실히 안다면 내 생각과 말과 행동이 어떻게 바뀔까?
- 나는 아직도 어떤 죄책감을 갖고 살고 있지는 않나? 예전에 했던 말이나 행동을 한 걸음 뒤로 크게 물러서서 예전과 달리 좀 더 자비로운 관점으로 볼 수는 없는가? 그럴 수 없다면 사랑하는 사람이나 소중한 친구가 한 행동을 그런 관점으로 봐줄 수는 있는가? 만약 그럴 수 있다면 자신에게도 그들에게 보여주는 이해와 사랑을 보여줄 수는 없을까?

나는 다음과 같을 때 진정한 하나임을 경험하고 있다고 느낀다.

- 동시성을 보여주는 반가운 일이 펼쳐질 때. 이때 나는 어쩌다 생긴 우연처럼 보이는 일이 우주가 나를 위해 만들어놓은 더 큰

계획 때문이라고 생각한다.

- 불편한 상황이라도 다 잘되려고 그렇다는 것을 알고 나 자신과 다른 사람들을 믿어줄 때.
- 상황이 좋지 않은 때라도 나에게 고통이나 혼란을 야기한 사람에게 분노하거나 판단하려 들기보다 연민의 마음을 보이려고 할 때.

일곱 번째 신념

죽으면 죄과를 받는다

비행기가 착륙을 준비하며 로스앤젤레스 상공을 선회할 때 나는 창밖 아래쪽을 내려다보았다. 공원, 정원, 수영장이 보이고, 차들로 막힌 거리도 보였다. 하늘에서 보면 죄다 장난감들 같다.

비행기를 탈 때면 나는 늘 창가 쪽 자리에 앉고 대니는 통로 쪽 자리에 앉는다. 대니는 옆 사람을 방해하지 않고 편하게 일어날 수 있고 통로 쪽으로 다리를 쭉 펼 수 있는 것이 중요하고, 나는 창밖을 내려다보며 내가 도착할 도시를 느껴보기를 좋아한다. 그렇게 건물들, 마을, 고속도로, 높은 다리, 산, 농장 등을 보고 있노라면 나도 모르게 감정이 벅차오른다. 보이는 거라곤 구름뿐일 때도 나는 창밖을 즐겨 본다. 그럴 때면 2006년 임사 체험 때처럼 우주와 하나가 되는 기분이 든다.

"여보, 저기 좀 봐요! 그 유명한 할리우드 간판이야!" 나는 대니가 볼 수 있게 머리를 뒤로 빼며 흥분한 목소리로 말했다. 로스앤젤레스 공항이 처음이 아닌데도 말이다. 사실 미국 안에서 움직일 때면 로스앤젤레스 공항을 경유하는 경우가 많고, 그즈음 우리는 이미 그렇다는 사실에 익숙해져 있었다. 캘리포니아 여기저기를 돌아다니며 강연하는 일이 잦았기 때문이다. 그런데 대니가 내 어깨 너머로 창밖을 보려던 순간, 하강중이던 비행기가 갑자기 크게 한 번 흔들리더니 방향을 바꾸어 맑고 파란 하늘을 향해 다시 올라가기 시작했다.

"승객 여러분, 저는 이 비행기의 기장입니다." 남자 목소리가 방송을 타고 흘러나왔다. "죄송합니다만 착륙이 잠시 지연될 것 같습니다. 착륙 장치에 조그만 문제가 생겼습니다. 지금 해결중이니 몇 분 안에 다시 착륙을 시도하겠습니다. 활주로에 소방차와 앰뷸런스가 보이더라도 순전히 만약을 대비하기 위함이니 놀라지 마시기 바랍니다."

대니와 나는 멍한 표정으로 서로를 바라보았다. "흠, 최소한 이번에는 우리 둘이 함께네. 이번에 가게 되면 당신이 나를 불러야 할 일은 없겠어!" 내가 농담을 던졌다. 내가 정말로 죽어가던 9년 전에는 모두가 죽도록 심각했었다. 2006년, 나는 림프종 말기 단계에서 혼수 상태에 빠졌고, 내장 기관들이 기능을 멈춰가고 있었다. 4년 동안이나 투병을 했건만 그해 2월에 의사들은 우리 가족에게 마지막을 준비하라고 했다.

대니가 있었기에 나는 힘든 암 투병을 계속 할 수 있었다. 그리고 마지막에 혼수 상태에 빠졌을 때도 그는 내 곁을 떠나지 않고 내 손을 꼭 잡고는 내 귀에 대고 다시 돌아오라고 속삭였다. 다른 세상에 머무는 동안 나는 대니 인생의 목표와 내 인생의 목표가 서로 연결되어 있음을 알았다. 그리고 내가 죽음을 선택한다면 대니가 곧 나를 따라올 것 같았다. 내가 죽으면 그의 목표도 달성될 수 없었을 테니까 말이다. 하지만 그렇다고 해서 그것이 나쁜 일 같지는 않았다. 우리가 살아서도 죽어서도 함께할 수밖에 없다는 느낌만이 분명하게 들었다. 그러므로 내가 죽음을 선택한다고 해도 그를 잃을 리는 없었다.

우리는 많은 면에서 서로 다르다. 대니는 추운 날씨를 좋아하고, 나는 따뜻한 날씨를 좋아한다. 그는 비를 좋아하고, 나는 햇살을 좋아한다. 그는 도시를 좋아하고, 나는 바닷가를 좋아한다. 나는 예술적이고, 그는 분석적이다. 나는 시각적인 것에 매료되고, 그는 기술적인 것에 매료된다. 하지만 우리는 항상 잘 통하고 서로의 모든 것을 공유하기 때문에 어디서 그가 끝나고 내가 시작되는지 알기 어려운 때들도 많다.

"여기서 죽지는 않을 거야." 비행기가 로스앤젤레스 상공으로 높이 올라가는 동안 대니가 익살스런 표정으로 말했다. 그럼에도 내 손을 꼭 쥐며 이렇게 말했다. "착륙 장치가 내려오지 않으면 동체 착륙을 시도할 거야."

“흠, 그거 참 좋은 소식이네.” 내가 한숨을 쉬며 말했다. “동체라면 거기 화물칸 있는 데잖아? 비행기 배가 터져서 내 옷이랑 솔이랑 신발이랑 가방이랑 전부 활주로에 너부러지면 참 보기 좋겠다!”

“아니, 그런 일은 생기지 않아. 이 사람들이 그런 식으로 일하지는 않지!” 대니가 씩 웃으며 말했다. “먼저 거품 같은 것을 활주로에 쫙 뿌릴 거야. 그 거품이 윤활제이자 방화제가 되는 거지.” 정말로 대니다운 반응이다. 물론 대니는 내가 일부러 농담한 걸 잘 알고 있었다. 하지만 분석적인 그의 머리는 벌써 앞으로 벌어질지도 모를 시나리오를 다 꿰고 있었고, 문제가 생기기도 전에 그 해결책까지 생각하는 것이다. 나에게는 이런 대니가 갈수록 더 듬직하게 느껴진다.

돌연 삐걱거리며 착륙 기어가 내려가는 소리가 들렸으므로 우리의 대화는 거기서 멈추었다. 마침내 비행기가 로스앤젤레스 톰브래들리 국제공항 활주로에 닿자 승객들은 안도의 한숨을 크게 쉬었다.

낯빛이 어두운 한 남자

산호세로 향하는 다음 비행기로 갈아타기 위해 44번 게이트로 가고 있는데, 어떤 남자가 나를 응시하는 듯한 느낌이 들었다. 하지만 내가 쳐다보자 얼른 시선을 돌리기에 내가 착각했나 보다 생각했다.

게이트로 가서 우리의 탑승권을 보여주었다. 그런데 안개 때문에 출발이 두 시간 연기되었다는 말을 들었다! 와우! 한 시간짜리 비행인데 두 시간 연기라니! 게이트에 있던 직원은 미안해했지만 그녀가 어떻게 해볼 수 있는 일은 아니었다. 우리가 다른 비행기로 갈아탈 수 있는지 묻자, 알아보겠다며 어디론가 가더니 빈손으로 돌아왔다. 로스앤젤레스 시 전체가 안개가 자욱해 모든 이륙이 연기되었다고 했다.

꼼짝없이 기다리는 수밖에 없었으므로 우리는 최대한 편한 자리를 잡았다. 대니는 아이패드를 충전할 콘센트부터 찾기 시작했다. 나는 차부터 한 잔 마신 다음 이메일을 확인하고 싶었다. 수화물을 의자 위에 놓고 대니에게 뭐 마시겠느냐고 물었다. 대니는 커피 한 잔 사다주라고 했다.

나는 게이트들이 늘어서 있는 긴 통로를 지나 그 터미널에 유일하게 있는 카페로 가 나를 위해 인도 차이를, 남편을 위해 커피를 샀다. 그리고 다시 우리 자리로 돌아오던 중 또다시 누군가 나를 보고 있는 것 같은 느낌을 받았다. 고개를 돌려보니 아까 본 그 신사분이었다. 그런데 이번에는 그가 시선을 돌리지 않았다. 깊고 어두운 눈이 나를 뚫어지게 쳐다보더니 마치 이제야 내가 누구인지 알았다는 듯 희미한 미소와 함께 고개를 끄덕여 보였다. 그는 40대 중후반쯤 되어 보였고, 회색 머리를 하고 있었지만 원래는 짙은 검은색 머리였을 것 같았다. 그런데 그의 표정과 몸짓에서는 어쩐지 깊은 슬픔이 느껴졌다.

나도 고개를 끄덕이고 미소를 지어 보였다. 그리고 계속 가던 길을 갔다. 나는 차와 커피를 우리 자리 바로 앞, 바닥에 내려놓고 가방을 뒤져 아이패드를 꺼냈다. 그리고 고개를 드는데 그 검은 눈에 슬픈 얼굴을 한 남자가 바로 내 앞에 서 있었다. 남자는 약간 어색해하는 듯한 표정을 짓고 있었다.

"안녕하세요? 혹시 아니타 무르자니 씨입니까?" 그가 물었다.

"네, 그런데요?" 그가 내 이름을 알고 있는 것에 적잖이 놀라며 대답했다.

"선생님 책도 읽고 유튜브에서 비디오도 많이 봤습니다." 그가 희미하게 미소 지으며 말했다. "선생님이 주신 메시지로 도움을 많이 받았습니다."

"고맙습니다! 제 메시지가 도움이 되셨다니 정말 기뻐요." 얼굴 가득 미소를 띠며 내가 말했다. 사람들이 공공 장소에서 나를 알아보는 일이 그즈음 잦아지고 있었지만, 그럴 때마다 여전히 나는 놀라움을 금치 못했다.

"그게…… 잠시 대화를 좀 나눌 수 있을까 해서요." 그가 물었다. 방금 마실 것을 사들고 자리를 잡고 앉아서는 아이패드를 꺼내들었으니 나는 분명 금방 비행기를 탈 사람처럼은 보이지 않왔을 것이다.

"좋죠! 여기 앉으시겠어요?" 나는 내 옆에 비어 있는 자리를 가리키며 흔쾌히 대답했다.

"참, 저는 론이라고 합니다." 의자에 앉던 론이 손을 내밀며 말했다.

"만나서 반가워요, 론. 그리고 여기는 제 남편 대니예요." 나는 옆쪽에 앉아 있던 대니를 론에게 소개했다.

"안녕하세요? 대니! 부인 분과 잠시 대화를 나눠도 괜찮을까요?"

"괜찮고말고요, 론. 이제 익숙한 일인 걸요." 대니가 기분 좋게 말했다.

"여기서 이렇게 선생님과 만나게 되다니 뭔가 묘한 기분이 드네요. 여기 제가 지금 선생님의 책 《그리고 모든 것이 변했다》를 갖고 있거든요." 그가 내 책을 꺼내며 말했다. 모서리가 접힌 페이지가 많고 손때가 많이 묻어 있었다.

"벌써 몇 번이나 읽었지만 이번에 비행기에서 다시 한 번 읽어보려고 챙겨왔어요." 그가 설명했다. "그리고 여기서 다시 읽으면서 언젠가 선생님을 만나면 할 질문들을 생각했지요. 그런데 선생님이 바로 여기 계시네요. 정말 신기해요!" 그가 믿기 어렵다는 듯 말했다.

사람들이 나를 원하면 내가 그 자리에 나타나는 일이 그즈음 점점 더 많이 일어났지만 그럴 때마다 여전히 나는 얼굴을 붉히며 어쩔 줄 몰라하곤 했다. 이번에는 대니가 옆에서 그런 나를 구원해 주었다.

"오! 또요? 론! 아내가 죽음을 경험한 이후부터 저희한테는 그런 동시성을 보여주는 사건들이 자꾸자꾸 일어나고 있네요. 이제는 더 이상 신기하지도 않을 정도예요. 아침에 눈을 뜨면 저는 아내에게 이렇게 묻지요. '당신, 오늘은 또 무슨 일을 꾸밀 생각이야?' 그 다음 저는 안전 벨트를 꼭 매고 신기한 모험으로 가득할 새로운 하루를 준비하죠!"

론이 웃음을 터뜨렸고, 그러자 좀 편안해진 것 같았다.

"그게, 저도 이 삶에 우연은 없다고 믿어요. 모든 것의 배후에는 우리가 볼 수 없는 더 위대한 목적이 있다고 믿어요. 그래서 여기서 선생님을 만난 것도 선생님이 이 책에 잘 표현하신 대로 그 확장된 의식, 무한한 의식에 의한 일이 아닐까 싶어요." 그가 말했다.

"괜찮으니까 뭐든 편하게 질문하세요. 하지만 론, 당신의 이름이 제 다음 책에 갑자기 등장하더라도 놀라지는 마세요!" 내가 웃으며 말했다. 론은 살짝 웃는 듯하더니 이내 시선을 바닥으로 떨어뜨렸다. 자신의 감정과 싸우고 있는 듯했다.

죄책감 가득한 삶

"제 아내, 트리시가 죽었어요. 이제 여섯 달 됐어요. 하지만 저는 아직도 이 사실을 받아들이지 못하고 있어요. 아직도 아내가 너무도 보고 싶어요! 정말 힘들어요." 론이 이야기를 시작했다.

"아, 그렇군요." 나는 그의 처지가 진심으로 안타까웠다. "슬픔에 유통 기한이란 없잖아요. 자신에게 시간을 주세요. 과거에 연연해하고 있다고 자책하지 말고요."

종교적 혹은 영적 전통들을 보면 죽은 사람을 위한 예법은 아주 정교한데 남겨진 사람을 위로하는 방식은 참 서툴다. 나는 그런 사실이 항상 놀랍기 그지없다. 사랑하는 사람이 세상을 떠나버리면 혼자 남은 우리는 심신의 고통과 가슴이 뻥 뚫린 것 같은 상실감에 시달릴 수밖에 없다.

"지금은 자신을 돌보는 것이 먼저예요. 트리시도 그걸 원할 거예요." 나는 내 말이 도움이 되길 바랐다. 하지만 론에게는 아직 못 다한 말이 있는 것 같았다. 그를 괴롭히는 더 복잡한 문제가 있음에 틀림없었다. 바로 그때 론이 다시금 시선을 바닥으로 떨구었다.

"문제는……" 그가 천천히 입을 열었다. "아내가 스스로 목숨을 끊었다는 거예요. 자살했어요. 저는 커다란 죄책감에 시달리고 있고요."

'그랬구나.'

"그러던 차에 누가 선생님 책을 주더군요." 론이 다시 내 눈을 바라보며 말했다. "처음에는 무서워서 읽을 수가 없었어요. 죄책감에 죽고만 싶었던 때라 선생님 책의 어떤 말이 계기가 돼 무슨 짓이라도 저지를 것 같았거든요. 트리시는 제가 출장중인 틈을 타 약을 먹고 자살했어요. 예측하고 말렸어야 했는데 그러지 못한 제 자신을 용서할 수가 없어요! 그날 이후로 불면증에 시달리고 있어요."

내 마음도 정말 아파왔다. 죄책감과 슬픔으로 그의 마음이 얼마나 무거울지 알 것 같았다. 그의 마음속으로 들어가 그 무거운 감정들을 깨끗이 없애주고 싶었다. 사랑하는 사람을 잃은 슬픔만도 감당하기 힘든데, 거기다 죄책감이라는 감정까지 얹혔으니 그 심정이 얼마나 복잡할까?

론이 계속 말했다. "그러던 어느 날 누군가 이메일로 비디오 링크를 하나 보내왔어요. 선생님의 비디오더군요. 한 친구가 선생님의 책을 주더니, 또 다른 친구는 선생님의 비디오를 보라고 하고…… 어쩐지 선생님의 메시지를 들어보라는 뜻 같았어요. 그래서 비디오를 보기 시작했죠. 그러다 아내가 그렇게 이 생을 마감했다고 해서 심판받거나 하지 않고 잘 있을 거라는 생각을 하게 됐고, 그게 큰 위안이 되었어요. 아내가 벌받고 있을지도 모른다는 생각에 참 무서웠거든요!

비디오를 본 다음, 선생님 책도 읽었어요. 정말 좋았어요! 책을 읽으니 조금 더 편해지더군요. 너무 감사했어요. 그 다음에는 인터넷을 정신없이 뒤져서 선생님이 말씀하신 것들을 모조리 찾아보았죠. 덕분에 다소 나아지긴 했는데…… 그런데도 여전히 이런 저런 의문이 많아요. 그리고 이 죄책감을 도대체 어떻게 해야 할지 아직 잘 모르겠어요."

그의 눈에 갑자기 눈물이 고여왔다. 나는 손가방을 열어 화장지를 꺼내주며 말했다. "휴! 정말 힘든 시간을 보내고 계시군요. 저도 마음이 아픕니다." 그는 화장지를 받고 고개를 돌려 눈물이 뺨으로 떨어지기 전 얼른 닦아냈다.

죽음은 끝이 아니다

그 순간 나는 론이 처한 상황에 더할 수 없는 안타까움을 느끼는 한편 내 인생에 대니가 있어서 얼마나 고마운지 모르겠다는 생각이 동시에 들었다. 나는 죽음을 맛보았고 죽음이 완벽하고 멋진 상태라는 것을 알지만, 그럼에도 불구하고 대니 없이 이 세상을 살아야 한다고 생각하면 슬퍼진다. 그러기에 그 순간 론에게 당신 아내가 더 좋은 곳으로 갔으니 염려하지 말라고 말한다고 해서 도움이 될 것 같지는 않았다. 어떻게 하면 그의 슬픔과 죄책감을 조금이나마 줄여줄 수 있을까?

나는 사랑하는 사람을 잃은 사람들을 많이 만나보았고, 따라서 그런 죽음이 우리를 정신적 · 육체적으로 얼마나 힘들게 하는지 잘 알고 있다. 사랑하는 사람의 죽음은 삶의 목적과 열정을 송두리째 빼앗아버리고, 우리의 세상을 극적으로 바꿔놓는다. 지금까지 사랑하는 사람에 맞춰 살아왔는데 이제 그 사람이 사라졌으니 그때까지 알던 삶이 더 이상 쓸모가 없어지는 것이다. 그 사람 없는 삶을 어떻게 살아야 할지 알 수가 없다. 그러므로 론에게 아무리 멋진 말로 위로한다 해도 가 닿을 리 없었다. 론은 그보다는 다른 어떤 것이 필요했다. 그를 앞으로 나아가게 할 어떤 것. 하지만 나는 섣부른 조언처럼 들릴까봐 말을 아꼈다.

"아내 분은 자신이 한 일에 당신이 죄책감을 느끼길 원치 않을 겁니다." 내가 론에게 말했다.

"그럴까요? 정말요?" 그가 그러길 바란다는 듯 눈을 크게 뜨고 물었다.

내가 말했다. "그럼요. 확실합니다. 육체를 떠났을 때 저는 제 가족 모두를 무조건적으로 사랑했어요. 그래서 가족이 저 때문에 힘들어하지 않길 바랐지요! 그리고 행복하길 바랐어요. 가족들이 행복해하는 모습을 제일 많이 보고 싶었어요. 트리시도 지금 당신이 그러길 바라고 있을 거예요. 트리시는 행복해하는 당신의 모습을 보고 싶어 해요. 우리가 사랑하는 사람들은 죽으면 다 우리가 행복하기를 바랍니다. 지금 트리시가 당신에게 하고 싶은 말은 자신의 죽음이 당신 잘못이 아니라는 말일 거예요. 트리시가 죽은 건 자신만의 고통을 감당할 수 없었기 때문이죠. 이것만은 확실합니다!"

론의 얼굴에 약간의 안도감이 스치는 듯했으나 이내 사라졌다. 그러곤 이렇게 말했다. "그런데 아내는 저랑 크게 싸우고 나서 바로 자살한 거예요. 사실은 그래서 더 저 자신을 용서할 수가 없어요! 마음속으로 계속 '그때 그러지 않았더라면 어땠을까?' 생각해요. 그때 우리가 싸우지 않았더라면? 그때 내가 사랑한다고 말했더라면? 그랬더라면 아내는 그런 짓을 하지 않았을까요?" 론은 그렇게 말하고 다시 바닥으로 시선을 떨구었다.

"그리고 아내가 지금 좋은 곳에 있다고 하더라도, 저는 아내에게 사랑한다고 말할 마지막 기회를 놓쳐버렸어요." 론이 다시 조용히 말했다.

내가 말했다. "지금 말하세요. 아내 분은 들으실 거예요. 제가 장담해요. 그리고 해결 못한 다른 문제들도 다 푸세요. 그냥 아내 분이 여기에 있는 것처럼 말하세요. 아내 분은 사실 당신 마음을 이미 다 알고 있지만, 말로 표현하는 것이 당신에게는 도움이 될 거예요. 조용한 곳으로 가서 얘기하세요. 아내가 들을 겁니다. 제가 육체를 떠나 있었을 때도 제 남편이 무슨 생각을 하는지 다 알 수 있었어요. 그가 생각하는 것 전부요. 남편이 얼마나 나를 사랑하는지도 알 수 있었고요. 그리고 아까도 말했듯이 저는 남편을 조건 없이 사랑했죠. 트리시도 지금 당신에 대해 똑같이 느끼고 있을 겁니다. 트리시가 지금 말할 수 있다면 그렇다고 말할 거예요."

나는 잠시 멈추었다가 이렇게 덧붙였다. "저는 사람은 누구나 죽을 때가 되었기 때문에 죽는다고 믿어요. 당신 때문에 트리시가 죽은 게 아니에요. 인간의 목숨이란 누구와 싸웠다고 해서 끊을 수 있는 게 아니랍니다. 그보다는 훨씬 더 복잡하고 다양한 이유로 그렇게 된 거예요. 싸우지 않았다고 해도, 또 사랑한다고 말했다고 해도 조만간 다른 어떤 것 때문에 아내 분은 또다시 자살 충동을 느꼈을 거예요. 굳이 말하자면 그녀가 자신의 인생 경험을 해석하는 방식에 그 원인이 있다고 보는 게 더 맞을 거예요. 누구나 세상과 그 세상 속에서 자신이 차지하는 위치를 걸러보는 필터를 갖고 있는데, 아내 분의 필터에 문제가 있었을 거라는 뜻이에요. 그건 당신이 어떻게 할 수 없는 것이죠.

지금 아내 분은 저쪽 세상에서 당신이 평화롭고 행복하기를 바라고 있어요. 당신을 무조건적으로 사랑하면서요. 그리고 당신이 다시 행복해지는 모습을 보는 것보다 그녀를 더 행복하게 만들 것은 없습니다."

심판의 날은 오지 않는다

론의 표정이 상당히 밝아진 듯 보이더니, 이내 다시 물었다.

"심판에 대해서는 어떻게 생각하세요? 저는 자살은 벌받을 짓이라고 믿으면서 자랐어요. 물론 선생님께서 거듭 그렇지 않다고 말씀하셨지만 가끔씩 여전히 아내가 걱정됩니다. 아내가 심판받지 않을 거라고 어떻게 확신하실 수 있죠?" 이렇게 질문하는 그의 표정은 다시 슬퍼 보였다. 론은 아내를 정말 많이 걱정하고 있었다.

"사후 심판 같은 건 결단코 없습니다. 자살에 대한 심판은 말할 것도 없고요!" 내가 분명히 말했다. "어떤 사람들의 경우 지나온 삶을 평가하는 시간을 갖기도 해요. 하지만 그 끝에 남는 것은 오직 조건 없는 사랑입니다. 스스로 목숨을 끊기로 결정한 사람은 그 순간 이미 큰 고통 속에 있었습니다. 그런데 죽어서 또 벌을 받다니요! 아내 분은 지금 오직 조건 없는 사랑과 연민만 있는 세상에 계세요. 저를 믿으세요. 제가 잘 알고 있습니다!"

"안심이 되네요. 하지만 부정적인 임사 체험을 한 사람들도 있다고 들었어요. 그 사람들은 저세상에 가 있는 잠깐 동안 뭔가 굉장히 어둡고 무서운 것을 경험했다고 해요. 저는 트리시가 자신이 한 행위의 대가로 그런 일을 겪지는 않았으면 좋겠어요. 그게 사실 제일 걱정이 됩니다!" 론이 말했다.

내가 말했다. "네, 그런 부정적인 경험을 한 사람에게는 그런 경험이 아주 진짜처럼 느껴지죠. 저는 그런 경험들이 틀렸다고 말하고 싶지는 않아요. 하지만 제가 진심으로 확실히 말씀드리고 싶은 것은 누구나 최후에는 좋은 곳으로 가게 되어 있다는 것입니다. 임사 체험 연구자들은 극소수의 사람만이 그런 부정적인 경험을 한다고 강조해요. 그리고 대부분은 이생에서 축적해 온 두려움을 죽어서까지 발현하기 때문에 그런 겁니다. 당신도 우리 삶에 두려움이 얼마나 많은지 아실 거예요! 우리는 자라면서 끊임없이 두려움을 주입받고, 그 때문에 많은 순간 괴로워하며 살아가죠. 갑자기 죽게 될 경우 때로는 그 두려움을 저세상에까지 가지고 갑니다.

하지만 그 세상에 좀 더 있다 보면 자신에 대한 집착을 풀게 되고, 그러면서 두려움은 사라집니다. 그리고 우리의 진정한 본질인 조건 없는 사랑과 다시 만나게 되죠. 그 상태에서 우리는 아무런 두려움도 느끼지 않아요. 오로지 연민과 온전히 받아들여진다는 느낌밖엔 없습니다."

이렇게 말하자 론의 표정이 오히려 심각해졌다. "트리시는 죽음과 죽음 뒤의 일을 몹시 두려워했어요. 사는 동안 내내 불우하고 학대받던 어린 시절에서 벗어나지 못했죠. 그래서 결국에는 하지 말았어야 할 짓을 해버린 거고요. 게다가 대단히 종교적인 집안에서 자란 탓에 지옥이나 사후 심판 같은 걸 굳게 믿고 있었고요. 죽고 나면 신이 자신을 처벌할 거라는 말을 종종 했죠. 자신의 그런 믿음 때문에 아내가 지옥을 지나고 있지는 않았으면 좋겠어요."

죽음, 두려움, 그리고 종교

임사 체험 이후로 인류의 기발한 상상력에 깜짝깜짝 놀라게 될 때가 있다. 특히 인류가 수천 년 동안 만들어놓은 사후死後 이야기들이 그렇다. 임사 체험 전에는 나도 트리시처럼 죽음을 극단적으로 무서워했다. 암에 걸린 것도 다 내 나쁜 업보 때문이라고 믿었고, 죽은 다음에도 그동안 알게 모르게 지은 죄에 대한 벌을 받게 될 것 같았다. 그래서 죽은 뒤 좋은 업보를 받기 위해 한 일들도 많았다. 하지만 그런 행동들은 아무리 좋아 보인다 해도 사랑이나 공감, 연민에서 나온 행동이 아니라 나쁜 업보를 받을 것에 대한 두려움에서 나온 행동이었다.

임사 체험 동안 나는 육체만 떠나 있었던 것이 아니다. 나는 내 인종, 문화, 성별, 종교까지 다 떠나 있었다! 내 물질적 자아가 마음속에 일생 동안 쌓아왔던 가치와 믿음의 층들을 모두 벗겨낸 상태에 있었던 것이다. 그리고 나는 내 물질적 삶의 정체성을 이루던 모든 것이 내 본래의 무한한 자아와는 아무 상관도 없음에 놀라고 말았다! 내 무한한 자아가 그러한 요소들을 갖고 있지 않다면 그 모든 층들을 벗겨낸 다음 남는 것은 무엇일까? 그 모든 층들을 다 벗겨내도 나의 자아는 작아지지 않았다. 아니, 훨씬 더 큰 무엇이 되어 있었다. 나는 순수한 본질pure essence이었고, 순수한 의식pure consciousness이었고, 순수한 사랑pure love이었다. 그리고 신 자체였다. 이름이 무엇인지는 중요하지 않다. 내가 느낀 그 전체성에 꼭 들어맞는 어휘는 어차피 없으니까 말이다. 다만 나는 나 자신과 내가 살면서 만난, 나에게 상처를 주기도 하고 도움을 주기도 한 모든 사람에게 오직 공감과 연민과 사랑만을 느꼈다. 그리고 나에게 상처를 주었다고 생각했던 사람들조차, 그들도 나도 몰랐지만, 다 나를 위해 그랬음을 알게 되었다.

그렇게 깨닫는 과정을 '인생 평가 과정life review'이라고 부르면 어떨까 싶지만, 그렇게 부르기엔 그 경험이 너무도 황홀했다. 나는 고통도 분노도 느끼지 않았고, 나 자신을 포함해 누구도 심판하지 않았으며, 아무런 죄책감도 느끼지 않았다. 그저 더할 수 없이 사랑받고 있다고, 안전하다고 느꼈다.

이 세상의 내 몸으로 다시 돌아오자, 우리가 얼마나 무조건적인 사랑을 받는 존재인지, 얼마나 순수한 존재인지, 얼마나 놀랍고 강력하고 장엄한 존재인지에 대해 사람들이 거의 말하지 않는다는 사실이 이상했다. 심판 따위는 없다는 걸 왜 우리는 배우지 못했을까? 아니 우리가 무엇보다 관심을 기울일 것은 처벌에 대한 두려움이 아니라 사랑이란 걸 왜 배우지 못했을까? 하지만 누가 우리에게 이런 말을 해줄 수 있을까? 우리는 대부분(사후 세계에 대해 가르치는 사람들조차) 사후 세계가 어떠한지 제대로 알지 못한다. 단지 우리 문화나 종교에서 하는 말들만 알고 있을 뿐이다. 수천 년 전 완전히 다른 문화와 세상의 사람들이 써놓은 교리들 말이다.

사후에 심판받을 거라고 믿으면 지금 여기에서의 삶은 대체로 부정적인 방식으로 흘러갈 수밖에 없다. 그렇게 믿으면 저세상에서 일어날 일을 계속 두려워할 것이고, 사랑과 선善 자체를 위해 사랑하고 착하게 살기보다는 사후에 처벌받을 것이 두려워 사랑하는 척, 착한 척 살아갈 것이다. 두려워서 하는 행동은 사랑해서 하는 행동과는 다르다.

임사 체험 동안 나도 살면서 잘못한 것들을 후회했지만, 그 후회는 온전히 나 스스로 한 것이지 외부의 어떤 존재에 의한 것이 아니었다. 나를 내려다보며 내가 잘못하기를 기다렸다가 내가 잘못하자 이때다 하고 처벌하는, 나와 분리되어 있는 심판자 따위는 없었다. 우리는 자신이 감시받고 심판받으며 그 심판은 우리 밖의 누군가가 한다고 생각하게 만드는 사회에 살고 있다. 그것은 우리가 이원성의 세계에서 살고 있기 때문이다. 하지만 비이원성의 세계에서는 오직 순수한 의식, 순수하고 조건 없는 사랑, 그리고 완전한 수용만이 존재한다. 우리 바깥에는 아무것도 없다. 그곳에서는 모든 것이 연결되어 있고 모든 것이 분명해진다. 그리고 피해자와 가해자 둘 다 같은 의식의 부분임을 깨닫게 된다. '우리와 그들'이 아니라 우리만 있을 뿐이다. 우리는 모두 동전의 양면인 것이다.

이 모든 것을 더 일찍 알았더라면, 심판받고 처벌받을 것이니 사후를 두려워하란 말을 듣지 않았더라면, 그 대신 나 자신과 지구 위 모든 인간 가족에게 공감하고 연민을 갖는 법을 배웠더라면, 그리고 우리가 모두 연결되어 있으며, 그래서 서로 영향을 주고 있다고 배웠더라면 얼마나 좋았을까……

우리는 안내받고 있다

로스앤젤레스 공항에 앉아서 나는 이 모든 것을 론에게 말해주려 애썼다.

"저는 아내 분이 잘 지내고 있다고 확신해요. 정말 잘 지내고 있어요!" 내가 다시 한 번 안심을 시켰다. "그리고 우리가 여기서 이렇게 만난 것도 아내 분이 우리를 이리로 안내했기 때문이라고 생각해요. 저를 당신 앞에 데리고 오는 방식으로 트리시는 자신이 잘 지내고 있고 당신도 다시 평화롭게 살기를 바라고 있음을 말하는 거예요. 당신이 할 일은 그저 자신을 잘 보살피는 것뿐이랍니다. 트리시는 잘 지내고 있어요. 단지 당신을 걱정하고 있지요."

"그렇게 말씀해 주시니 정말 감사합니다. 바로 제가 듣고 싶었던 말이었어요." 크게 안도한 듯한 표정으로 론이 말했다. 론의 모습은 눈에 띄게 달라져 있었고, 우리의 대화를 마음속 깊이 새기고 있었다.

"도움이 되었다니 정말 기뻐요. 그리고 저는 또 아내 분이 당신을 계속해서 지켜봐 줄 거라고 믿어요. 우리가 사랑하는 사람들은 정말로 우리를 늘 지켜보고 있어요. 아까도 말했듯이 트리시는 당신이 하는 말을 들을 수 있어요. 그러니 지금이라도 트리시가 여기 있는 것처럼 생각하고 얘기해 보세요. 트리시가 살아있을 때 미처 말하지 못한 걸 다 말해봐요. 정말 꼭 권하고 싶은 일이에요. 카타르시스 효과가 아주 클 거예요. 원하는 만큼 실컷 얘길 하시는데, 다만 혼자 있을 때 하세요. 안 그러면 사람들이 미쳤나 보다 생각할지도 모르니까요!" 내가 농담삼아 말했다.

"사람들은 어차피 제가 미쳤다고 생각하고 있으니 그건 문제도 아니에요!" 론도 웃으며 말했다.

"그건 저희랑 똑같으시네요." 우리는 함께 웃었다.

"어쨌든 트리시도 당신과 소통하고 싶어 한다고 저는 확신해요." 내가 덧붙였다. "자신이 잘 지내고 있다고 말해주고 싶을 테니까요. 조용할 때 트리시의 존재를 느껴보세요. 그녀가 하고 싶어 하는 말을 들으려고 해보세요."

"사실 저는 벌써부터 아내가 옆에 있다고 느끼고 있었어요." 론이 약간 흥분해서 말했다. "실은 선생님 인터뷰 비디오를 하나 보고 난 다음부터 기분이 좀 나아지기 시작했는데, 그러자 좀 편해졌다고나 할까요, 하여튼 그때부터 트리시가 저를 안내하고 있다는 느낌이 들었어요. 선생님 비디오를 보게 된 것도 트리시가 안내를 했기 때문인 것 같고요. 아내는 선생님이 하는 말을 듣고 나면 제가 나아질 것을 알았던 듯해요."

내 얼굴이 조금 붉어졌다.

"아내 분이 당신을 돕는 데 제가 촉매가 되었다니 이렇게 기쁠 수가요!" 나는 정말 감사하는 마음으로 말했다.

그 순간 마침 산호세로 향하는 비행기에 탑승이 시작됐다는 방송이 나왔다. 대니가 우리 쪽을 보더니 말했다. "방해해서 죄송하지만 이제 가봐야 할 것 같네요."

론은 처음에 본 슬픔에 젖은 모습과는 달리 아주 가벼워진 표정이었다. 비단 내가 한 말들 때문만이 아니라 아내가 여전히 자기 옆에서 자신을 안내한다는 걸 알았기 때문이었다. 그리고 그날 정말로 그녀가 론을 나에게로 데리고 왔을 가능성이 크다. 그래야 자신이 정말 잘 있음을 알릴 수 있었을 테니까!

우리가 자리에서 일어나자 론이 나를 보며 말했다. "어떻게 감사의 마음을 표현해야 할지 모르겠어요!"

"그 마음 이미 크게 받았는걸요." 내가 장난스럽게 웃으며 말했다. "제 다음 책의 한 장章을 장식해 주셨어요!"

"다른 사람들에게 도움이 된다면 제 이야기를 마음껏 쓰셔도 됩니다." 론이 진심으로 말했다.

우리는 서로를 안아주며 작별 인사를 했다. 그때 그의 눈에 다시 눈물이 고이는 것이 보였다. 그 눈물은 마치 아내가 옆에 있음을 알아서 기쁘다고 말하는 듯했다. 대니와 나는 게이트 쪽으로 걷기 시작했고, 게이트 안으로 들어가기 직전 나는 다시 한 번 그에게 손을 흔들어주었다.

얼마나 많은 사람들이 사후의 심판을 두려워하고 있을지 생각하면 나는 마음이 불편해지곤 한다. 심지어 그런 두려움에 답을 찾고 위로를 받으려고 찾아간 기관들에서 그 잘못된 믿음을 더욱 영속시키고 있다! 그런 기관들은 우리를 통제하고 우리가 다른 사람을 해치지 못하게 하려고 두려움을 이용하고 있는 것 같다. 하지만 지금 지구상에서 벌어지고 있는 일들, 점점 더 늘어나는 수감 시설들을 보면 그다지 좋은 전략은 아닌 것 같다.

나는 우리가 사랑 그 자체이며 무조건적으로 사랑받는 존재라는 진실을 아는 것이(그리고 우리가 모두 연결되어 있음을 아는 것이) 서로 간에 진정한 공감과 연민을 나누고 사는 데 도움이 될 거라고 믿는다. 이 진실을 우리 모두 마음에 새긴다면 우리는 자신과 이웃, 나아가 이 지구에게도 훨씬 더 공경하는 마음으로 친절하게 대하게 될 것이다. 그리고 삶뿐만 아니라 죽음조차도 두려움이 아닌 사랑으로 다가가게 될 것이다. 이것이 내가 가장 간절하게 바라는 것이다.

"죽으면 심판받고 죄과를 받을 것이다"라는 말이 거짓이라면 무엇이 진실일까?

진실

- 저쪽 세상에서는 오직 서로에 대한 조건 없는 사랑과 연민만이 존재한다. 이 세상에서 우리가 하거나 하지 않은 일에 대한 심판이나 처벌은 없다.(이원성의 세상에서는 터무니없는 짓으로 여겨지는 자살이나 심지어 살인을 저지른 사람에게도 이는 마찬가지이다.)
- 저쪽 세상에서 우리의 자아는 무한하며 이 물질 세상에서 취하는 정체성의 어떤 면도(예를 들어 인종, 성별, 문화, 종교) 갖지 않는다. 우리는 그런 것들을 갖고 저쪽 세상으로 가지 않으며 그렇게 하고 싶지도 않다!
- 저쪽 세상에서 우리는 고통도 분노도 죄책감도 두려움도 느끼지 않는다. 그곳에는 심판도 없다. 우리는 오직 완전한 이해, 온전한 수용, 무조건적인 사랑, 만유의 신성한 본성과 하나가 될

때의 환희와 엑스터시만을 느낀다.

연습과 요령

- 사랑하는 사람을 잃었다면 그 사람이 저쪽 세상에서 여전히 살아있고 행복하다는 것을 알 수 있는 표지를 보여달라고 요청하고 그 표지를 찾아보라. 그리고 그 사람이 여전히 당신을 사랑하고 있으며 당신을 몹시 걱정하고 있음을 알려주는 표지도 찾아보라. 그런 표지는 그 표지를 보내는 영혼의 수만큼이나 다양한데, 예를 들면 기르던 반려 동물이 이상한 행동을 하고 뜻밖의 표정을 짓는다거나 불이 저절로 켜진다거나 하는 경우도 있다. 구름이 흥미로운 형상으로 그 사람을 떠올리게 하는 경우도 있고, 꿈에 그 사람이 나타날 수도 있다. 마음을 열고 지켜보면 볼수록 그런 표지를 더 쉽게 알아챌 것이다.
- 누구나 매순간 그 순간이 허락하는 한도 내에서 최선을 다해 살아가고 있음을 알고, 자신을 포함한 모든 사람에게 더 깊은 연민을 품도록 노력하자.
- 다른 사람의 어떤 점을 자꾸 평가하려 들면(혹은 어떤 사람이 당신의 어떤 점을 자꾸 평가하려 들면) 그것은 평가받는 사람보다 평가하는 당신에게 어딘가 치유되지 못한 부분이 있기 때문임을 알자. 저쪽 세상에서는 평가할 대상이 없다. 그곳에서 우리는 동전의 양

면으로서 동시에 존재할 뿐이다.

- 아이의 잘못을 꾸짖는 것이 아니라 아이가 잘한 점을 칭찬해 주는 것이 더 효과적인 훈육임을 알자. 왜 그런지 생각해 보고, 그와 똑같은 철학을 모든 사람에게 적용하면 어떨지 생각해 보자.

스스로에게 묻기

- 나에게 잘못한 사람들을 떠올리며 "죽어서 죄과를 받을 것"이라면서 자위하고 있지는 않는가? 그런 착각에서 벗어나, 모두가 하나라는 사실을 받아들이고 싶지는 않는가? 모두가 하나이므로 다른 사람에게 해로운 일이 일어나기를 바라는 것은 실제로 나에게 해로운 일이 일어나기를 바라는 것이 아닐까?
- 자신을 부족한 인간이라 판단할 때 사실 나는 우주의 완벽성에 의심을 품고 있는 것은 아닐까?
- 내가 지금 죽기 직전이라면 이 물질 세상에 남겨질 사랑하는 사람들에게 무슨 말을 해주고 싶은가? 나의 어떤 부분을 그들과 나누고 싶은가? 어떻게 말해야 내 육체가 사라짐을 그들이 그래도 조금은 담담하게 받아들일 수 있을까?

나는 다음과 같을 때 나의 죽음과 사랑하는 사람의 죽음을 두려워하지 않는다고 느낀다.

- 죽음이 끝이 아니며, 나를 두고 떠난 사람들과는 물론 거꾸로 내가 이 세상을 떠났을 때 남겨두고 간 사람들과도 어느 순간 볼 수 있고 심지어 소통도 할 수 있다는 걸 알 때.
- 저쪽 세상으로 간 사람을 위해 진정으로 기뻐할 때.—그 사람이 이제 순수한 기쁨과 평화, 무조건적인 사랑의 상태에 있음을 알기 때문에, 그리고 이 세상에서 서로 관계가 좋았든 나빴든 그 사람도 나에게 똑같은 걸 바라리란 것을 알기 때문에.
- 나와 남들을 판단하고 싶은 욕구 대신 공감과 연민을 느낄 때. 그리고 우리가 모두 연결되어 있으며, 이 물질 세상에서 어떤 말을 하고 어떤 행동을 하든 그것이 곧 신성한 사랑의 표현임을 이해할 때.

여덟 번째 신념

영적인 사람은 에고가 없다

"전 잘 모르겠어요." 제인이 말했다. "영적 가르침들을 보면 대부분 에고가 우리의 영적 성장에 방해가 된다고 하고, 그래서 에고를 극복하거나 초월해야 한다고 말하잖아요? 에고를 받아들이라고 하는 사람은 선생님이 처음이에요! 좀 더 설명해 주시겠어요?"

나는 영국의 한 아름다운 시골 지역에서 수련 캠프를 이끌고 있었고, 제인은 캠프 참석자 중 한 명이었다. 제인은 나의 말을 무시하거나 반대하려는 것이 아니라 그 말이 무슨 뜻인지 정말로 이해하고 싶어 했다.

"정말 좋은 질문이에요. 제가 자주 받는 질문이기도 한데요, 음, 사람들이 말하는 '에고ego'의 의미가 서로 아주 다른 경우가 많아요. 그래서 혼란스러울 수밖에 없지요. 이 문제를 끄집어내 주셔서 정말 기뻐요!" 내가 말했다.

나를 포함해 모두 스물다섯 명이 아늑한 레스토랑의 벽난로 주변에 모여 있었다. 영국 데번 주 남쪽 해안에 위치한 조그만 육계도陸繫島(만조 때는 섬, 간조 때는 육지가 되는 곳—옮긴이), 버그 아일랜드에 있는 작은 호텔 안이었다. 나는 다팅턴 근처에 위치한 슈마허 대학—이곳은 전환 학습transformative learning, 지속 가능한 생활, 전인 교육의 중심지였다—에서 진행된 닷새짜리 캠프를 이끌고 있었는데, 그날 우리는 아침 일찍 대학에서 출발해 버스를 타고 데번 주 해안 마을인 빅버리-온-시Bigbury-on-Sea로 짧은 여행을 떠났다. 그리고 그곳에서 아름다운 모래사장을 산책했는데, 어느 순간부턴가 해안에서 벗어나 버그 아일랜드로 이어지는 둑길을 걷고 있었다. 우리는 버그 아일랜드에서 하이킹을 하면서 한 시간 정도 그곳의 아름다운 자연 경관을 감상했다. 그런데 만조가 되어 뭍으로 이어지는 둑길이 잠겨버려 그곳에 발이 묶이고 말았다.

물이 깊지는 않았지만 얼음처럼 차가웠고, 그 차가운 물을 직접 두 다리로 헤치며 육지로 돌아가고 싶어 하는 사람은 아무도 없었다. 그 대신 우리는 1929년에 지어진, 운치 있는 버그 아일랜드 호텔에서 호텔 사람들이 바닷길 전용 트랙터(발이 묶인 승객들을 위해 물이 조금 차오른 바닷길을 오가는 용도로 고안된, 뒷부분에 사람들이 올라설 수 있는 넓은 상판을 댄 차)를 불러주기를 기다리기로 했다. 호텔 매니저가 오후 여섯시쯤 트랙터가 올 거라고 했으므로 두 시간 정도 기다려야 했다. 매니저가 주방에서 뜨거운 차가 가득 든 엄청나게 큰 주전자와 찻잔들을 들고 나왔다. 우리는 벽난로 주변으로 가능한 한 서로 가까이 모였다. 그렇게 그곳에서 편하게 차를 마시는 동안 제인이 그 질문을 한 것이다. 트랙터가 오기 전까지 두 시간 정도 논의하기에 안성맞춤인 주제였다.

에고를 어떻게 볼 것인가

"그러니까 제인, 당신 질문에 좀 더 정확하게 대답하려면 당신이 에고를 어떻게 생각하는지부터 알아야 할 것 같아요. 아니면 여기 계신 다른 분들이 말씀해 주셔도 좋고요." 다른 사람들도 관심을 갖기 바라면서 내가 말했다. "특히 '에고가 우리의 영적 성장을 방해한다'고 하셨는데 정확하게 어떤 뜻으로 그런 말씀을 하셨는지 알고 싶어요."

"지난 몇 년 동안 영성에 관심을 갖고 공부했는데 다들 에고를 극복하거나 초월해야 목표에 도달할 수 있다고 하더라고요." 제인이 이야기를 시작했다. "저는 에고를, 사랑을 두려워하고 다른 사람들보다 낫다고 느껴야만 하는, 우리의 일부라고 이해했어요. 그 일부가 크면 클수록, 즉 에고가 크면 클수록 자부심도 그만큼 커지고, 그만큼 자신의 잘못을 인정하기가 쉽지 않게 될 뿐더러,

또 다른 사람이 그런 점을 지적하면 방어적이 되죠. 다시 말해 에고는 무슨 일이든 잘못된 건 다 다른 사람이 잘못한 거라고 말하죠. 자기는 절대 잘못할 리가 없다고 하고요. 반대로 에고를 극복하면 타인을 더 배려하게 되고 공감 능력도 좋아지고 연민의 마음도 커지고요."

그때 캐시가 말했다. "저는 늘 에고를 조심하라는 말을 들었어요. 그러지 않으면 '자기만 생각하게 될 거'라고요. 에고가 크다는 것은 자기만 잘났다고 생각하는 것이고 그건 나쁜 것이라고 말예요."

"두 분 말씀 고맙습니다." 내가 말했다. "저도 예전에 꼭 두 분처럼 생각했습니다! 하지만 임사 체험 후 에고에 대해 전혀 다르게 이해하게 되었어요. 저쪽 세상에 있을 때 저는 이 몸속에 있는 제 자아의 모든 부분, 즉 저의 감정, 정신, 에고까지, 이 모든 부분이 이 세상에서 생존하고 번영하는 데 꼭 필요한 것이란 걸 알게 되었어요. 에고가 있기 때문에 우리는 자신의 정체성을 갖고 개체성을 느낄 수 있어요. 에고가 있기에 우리는 각자 자신이 누구인줄 알 수 있고, 자신만의 독특함을 표현할 수 있죠. 에고가 불필요하다면 애초에 에고를 갖고 태어나지도 않았을 거예요.

우리가 모두 하나이고 연결되어 있다 해도 이 물질 세상에서는 너와 나를 구분해 주는 에고 없이는 절대 제대로 살아갈 수 없습니다. 우리는 에고가 있어야 이런저런 구분들을 할 수 있어요. 그건 마치 초록색과 파란색, 바닐라와 초콜릿을 구분하게 되는 것과 꼭 같아요. 사실 그렇게 구분하는 능력이 없다면, 다시 말해 비교하고 대조하는 능력이 없다면 우리는 이 세상에서 아무것도 할 수 없습니다."

"하지만 에고와 자신을 지나치게 동일시하면 과장된 자아 이미지를 갖게 되지 않을까요?" 브렌다가 물었다. 나는 씩 웃었다. 너무도 많은 사람이 바로 그렇게 생각하기 때문에 더 이상 꼼짝도 할 수 없게 되는 것이다. 임사 체험 전까지는 나도 그렇게 생각했었다. 그러니까 내 이야기를 들려주면 그들의 생각도 180도 바뀔 것 같았다.

에고는 우리의 절친

"만약 그런 말들이 다 사실이 아니고, 그렇게 믿는 것이 오히려 우리가 누구인지 알 수 없게 만들고 스스로를 사랑할 수 없게 한다면요?" 내가 반문했다. "자신이 괜찮은 사람이라고 생각하는 것이 왜 나쁜가요? 이것은 다른 사람이 괜찮은 사람이라고 생각하는 것과 마찬가지로 나쁘지 않습니다. 사실 이 둘은 서로 상보적이에요. 자존감이 낮으면 다른 사람과 관계하기가 오히려 더 힘들어집니다!"

"자기를 사랑하는 것이 왜 그렇게 힘든지 알 것 같아요." 갑자기 샐리가 말했다. "자신을 사랑하는 것이 이기적인 행위라고 믿기 때문이죠. 그리고 또 이기적인 것은 부정적인 것이라고 믿기 때문이고! 이기적이라는 소리를 들을까봐 나 자신을 사랑하지 못하는 겁니다!"

"네, 맞아요!" 내가 기뻐하며 말했다. 핵심에 다가가고 있었다!

"에고가 사실은 적이 아니라면요? 사실은 에고를 피해야 하고 억압해야 하는 범죄자라고 믿는 그 믿음이 적이라면요? 에고를 어떠한 수를 써서라도 부인해야 한다고 믿다 보면, 제 경험상 그 반대의 결과가 일어날 수밖에 없습니다. 저는 결국 제 에고에 집착하고 있더군요. 끊임없이 에고를 부인하고 억누르고 견제하고 제지하고 점검하면서 에고에 초점을 맞춘 결과였죠. 그 결과 저는 늘 무엇에든 자제하기 바빴고 진정한 나 자신을 표현할 수 없었죠.

하지만 저 자신을 사랑하고 제 에고를 받아들이고 에고가 이 물질 세상에서 사는 데 꼭 필요한 측면임을 깨닫자, 에고 너머의 저 자신을 보고 저의 무한한 자아를 알아차리기가 훨씬 더 쉬워졌어요. 에고를 포함하는 동시에 초월하는 그 자아self 말이에요. 자기를 사랑할수록 자기 과장, 자랑, 허풍 따위를 동원해 에고를 부풀릴 필요가 없어집니다. 그리고 진정으로 자기를 사랑하면 에고를 방어하거나 보호할 필요도 점점 느끼지 않게 되고요. 다른 사람에게 나에 대한 사랑을 행동으로 증명해 달라고 할 필요도 없어지고, 내 에고의 비위를 맞추거나 흐뭇하게 해달라고 할 필요도 없어지는 겁니다. 제 경험으로 드리는 말씀입니다. 저 자신을 사랑하면 할수록 저 자신이 에고만이 아니구나 하는 생각이 더 커졌어요. 저는 에고보다 훨씬 더 큰 무엇이죠. 그리고 저는 에고와 함께 존재하기도 하고 에고 없이 존재하기도 하고요."

헨리가 물었다. "에고가 있기 때문에 다른 사람들과 구분되는 개별적인 나 자신을 알 수 있다고 하셨죠? 우리는 모두가 하나라는 사실을 알아차릴 필요도 있지만 동시에 우리를 철저히 분리시키는 에고도 갖고 태어나나 봅니다. 저는 이것이 모순처럼 느껴지고 이 둘을 조화시키기가 어렵네요. 왜 이렇게 복잡해야 하죠? 그냥 하나이든가, 분리되어 있든가 둘 중에 하나만 하면 안 되나요? 왜 이 둘 사이를 위태롭게 왔다 갔다 해야 하는 거죠?"

우리는 하나이자…… 다수이다

"이 물질 세상에 사는 한 그 둘 사이를 왔다 갔다 하는 경우는 거의 없죠." 내가 말했다. "'존재하는 모든 것all-that-is'과 하나로 연결되었다고 늘 느끼고 사는 사람은 거의 없을 테니까요. 기본적으로 우리는 자신을 외따로 떨어져 있는 분리된 존재로 봅니다. 하지만 저쪽 세상에 갔을 때 저는 이른바 '비이원성'의 상태에 있었어요. 그곳에는 분리가 없었다는 뜻이에요. 오직 하나뿐이었어요. 그곳에서 우리는 모두 순수한 사랑이고, 순수한 의식이며, 본질적으로 모두 같았어요. 그 상태에서 저는 모든 것, 모든 사람과 완전히 일체가 되어 있었죠. 완벽한 공감 상태였어요. 어디서 제가 끝나고 어디서 다른 존재들이 시작되는지 알 수 없었죠.

하지만 동시에 저는 독특한 존재로서의 저 자신도 분명히 의식하고 있었어요. 그리고 제 아버지랑 저의 가장 친한 친구, 그 밖의 다른 존재들도 저와 구별되는 존재들로 자연스럽게 인식했고요. 역설적으로 들리겠지만 그 세상에서는 전혀 역설적이지 않았어요. 모든 것이 이음새 하나 없이 서로 녹아들어 있었죠. 예를 들자면 가시광선 스펙트럼에서 빨간색을 보는 것과 비슷해요. 이 스펙트럼에는 무한수의 색들이 하나의 띠 위에서 물 흐르듯 흘러가고 있죠. 거기서 우리는 빨간색이 주황색도 노란색도 아닌 걸 볼 수는 있지만, 정확히 어디에서 빨간색이 끝나고 어디에서 주황색이나 노란색이 시작되는지는 알 수 없죠. 색들을 정확히 분리하기란 불가능합니다. 그곳에서도 그랬어요. 저는 다른 존재들과 마찬가지로 나만의 독특함을 지니고 있었고 저게 나라는 걸 알아볼 수도 있었지만 우리 사이에 분리는 없었어요.

육체 안으로 들어올 때 우리는 의식consciousness과 함께 에고를 갖게 됩니다. 이원싱의 상태가 되는 거죠. 하지만 비이원성 상태의 우리는 순수한 의식만 갖습니다. 말하자면 그곳에는 오직 하나만 존재합니다. 그리고 그 상태에서는 개별적인 경험으로 존재하는 개인적 행복 같은 건 인식할 수 없습니다. 왜냐하면 그 상태에서는 고통이 다른 감정들이나 경험들과 분리되어 존재하지 않기 때문입니다. 그 상태에서는 구별된 감정으로서의 기쁨도 인식할 수 없습니다. 왜냐하면 하나의 독특한 현상으로 경험되는 괴로움 같은 건 없기 때문입니다. 그 비물질적인 세계에서 우리가 경험하는 것은 존재하는 삼라만상의 모든 감정들과 경험들이 합쳐진 것, 즉 조건 없는 사랑입니다. 하나임oneness의 상태, 그 보편의 상태에서 방출되는 것은 조건 없는 사랑뿐입니다.

하지만 여기 이 물질 세상에 있는 우리는 기쁨을 느껴요. 왜냐하면 기쁨이 없는 상태를 알기 때문이죠. 고통도 느낍니다. 역시 고통이 없는 상태를 알기 때문이에요. 여기에는 대조가 가능한 기준이 있습니다.

비이원성의 상태에는 그런 기준이 없습니다. 반대점이 없어요. 하나임과 조건 없는 사랑이 있을 뿐이고 자아 바깥에 아무것도 없습니다. 모든 것이 절대적으로 존재합니다.(Everything just is.) 저는 우리가 분리의 현실을 경험하기 위해 이 세상에 오기로 '선택'한다는 느낌을 받았습니다. 그리고 분리의 현실을 느끼고 이런 느낌들을 경험하는 데 절대적으로 필요한 것이 에고입니다. 에고가 없다면 우리는 비이원성의 상태, 하나임의 상태, 순수 의식의 상태로 돌아갈 것입니다."

"무슨 말씀인지 알 것 같아요." 멜리사가 불쑥 말했다. "훌륭한 연극이나 영화를 보면 주인공이 있고 그 주인공의 적이 있잖아요. 둘 중에 하나만 있으면 관객은 어느 쪽의 캐릭터도 분명히 알 수 없을 거예요. 미워할 대상이 없는데 주인공의 적으로 나온 캐릭터가 적인지 아닌지 어떻게 알 수 있겠어요? 그 반대도 마찬가지이고요. 그 둘이 각기 이 세상에서의 개성과 참된 본성을 온전히 끌어내려면 서로가 꼭 있어야 하는 거죠."

그때까지 조용하던 린다가 입을 열었다. "저는 아직도 잘 모르겠어요! 제 남편은 에고가 정말 강하거든요. 가끔 그래서 제가 돌아버릴 지경이에요! 남편 말에 따르면 자기는 늘 옳아요! 사람들에게 어떤 게 제일 좋은지 자기는 다 알고 있대요. 그래서 잘못이 드러나도 절대 사과하는 법이 없죠! 자기가 아니라 다른 사람이 잘못한 거니까요! 남편이 그렇게 '자기 에고를 끌어안고' 사는 모습을 보고 있노라면 복장이 터져요!" 흥분해서 말하는 린다를 보며 몇몇 사람이 공감한다는 듯 웃었다.

"어쩜, 꼭 제 남편 이야기 같은데요!" 샐리가 맞장구를 쳤다. 그러자 또 다들 웃었다.

"린다, 그리고 샐리, 그렇다면 남편에게 에고에 대해 얘기하고 싶을 때 두 분은 어떻게 하시나요?" 내가 말했다.

"그게 문제에요." 린다가 격분한 듯 말했다. "남편은 자신이 에고가 얼마나 강한 사람인지 모르고, 말을 해도 도무지 인정하려 들지 않아요! 본인은 모른다니까요. 무조건 주변 사람들이 참아야 해요!"

"그렇군요. 저도 역시 자기 에고를 볼 수 있는 사람은 아직 한 명도 만나본 적이 없어요." 내가 말했다.

샐리가 물었다. "어떻게 해야 할까요? 에고가 저 큰 집채만 한 사람들에게는 어떻게 해야 하죠? 그런 사람들한테 '에고를 받아들여라'는 말은 절대 못할 것 같아요! 그럼 정말 구제불능이 될 것 같거든요. 지금도 이미 에고가 충분히 세잖아요!" 사람들이 너나할 것 없이 본인이 아는 에고가 강한 사람들 이야기를 나누기 시작했고, 레스토랑 안은 또다시 웃음바다가 되었다.

에고와 알아차림

"좋습니다. 이제 우리 약간의 상상력을 발휘해 봅시다." 나는 비유를 들어서 에고의 역할을 설명해 보고자 했다. "저랑 함께 이렇게 상상해 봐요. 우리가 모두 태어날 때 그 조그만 손에 리모컨을 하나씩 갖고 태어난다고 말이에요. 그리고 리모컨에는 다이얼이 두 개만 달려 있어요. 옛날 라디오에서 돌려서 볼륨을 높이는 그런 다이얼처럼 생겼어요. 그리고 다이얼 둘레에는 0부터 10까지 숫자가 씌어 있고요. 하지만 이 다이얼들은 볼륨 다이얼이 아니에요. 하나에는 '알아차림awareness'이라고 씌어 있고, 다른 하나에는 '에고'라고 씌어 있습니다. 우리가 갓 태어났을 때는 이 두 다이얼이 모두 10에 맞춰져 있었어요. 적어도 처음에는 인생을 최대한으로 살아보겠다는 의지를 갖고 왔던 거죠. 그때 우리는 건강한 에고를 갖고 있었고 알아차림 능력도 훌륭했습니다.

알아차림 수준이 최대한으로 설정되어 있었다는 것은 우리가 이 우주와 이 우주 속의 모든 존재들과 연결되어 있다는 걸 잘 알아차리고 있다는 뜻입니다. 또한 우리가 이 물질 세계 안으로 끌려와 지구적 삶을 시작하게 된 이유는 물론, 우리 안의 깊은 곳에 물질 세계에 대한 그런 갈망이 있다는 사실까지도 알고 태어났습니다. 그리고 이곳에 와서 적어도 첫 몇 해 동안은 비물질적 세계에 있는, 우리가 사랑하는 존재들을 느낄 수 있습니다. 그들이 우리의 가슴 안에서 속삭이며 안내하는 소리도 들을 수 있어요. 우리가 누구이며 어디서 왔는지 잊지 말라고 간청하는 소리까지도 말이에요.

하지만 곧 바깥세상에서 들려오는 소음들이 그 내면의 속삭임을 덮어버립니다. 보통은 선의를(때로는 악의를) 가진 주변 사람들 때문이지요. 그리고 곧 우리는 주변 사람들로부터 이른바 '진짜 세상'에서 살아남고 성공하는 법들을 배우고 두려움을 흡수하기 시작합니다. 그들은 성공하고 싶다면 자기 외의 사람들이나 세상에 공감도 하지 말고 연결도 하지 말라고 말합니다. 그리고 저쪽 세상은 물론이고 우리가 그 세상에 연결되어 있다는 느낌까지도 한갓 환상으로 치부해 버립니다. 그렇게 이 물질 세상에서 살아가는 방법들을 배우다 보면 알아차림 능력은 조금씩 줄어들게 됩니다. 다시 말해 알아차림 다이얼을 점점 줄이게 되는 겁니다.

그런데 알아차림 다이얼이 점점 낮춰지는 동안에도 우리의 에고 다이얼은 여전히 최대한으로 맞춰져 있습니다. 이제 에고의 수준은 지나치게 높은 데 반해 타인에 대한 알아차림의 수준은 지나치게 낮아 보입니다. 이때 우리는 이기적이라는 소리를 듣기 시작합니다. 여러분이 말씀하신 그분들처럼요."

나는 장난스럽게 윙크를 보내며 말했다.

"그러니까 사실은 그들의 에고가 더 크거나 그들이 더 이기적인 건 아니에요. 에고 다이얼은 그대로인데 의식적 알아차림의 다이얼이 낮춰졌기 때문에 상대적으로 에고가 더 커 보이는 것입니다. 흔히 있는 일이죠. 알아차림의 다이얼이 낮춰지면 우주와 '하나임'을 더 이상 느낄 수 없게 됩니다. 물론 사람들에게도 더 이상 공감하지 못하고요. 그리고 에고가 바로 자신이라고 믿게 되지요.

저도 이기적으로 행동해서는 안 된다는 말을 늘 듣고 자랐어요. 다 선의로 해준 말이었지요. 특히 제가 속한 문화에서는 여자는 더욱이나 에고를 억압하고 통제해야 한다고 가르친답니다. 저만의 개성을 표현하면 안 되었죠. 결혼할 남자보다 더 똑똑해서도 안 되고, 더 성공해서도 안 되고, 더 인기가 많아서도 안 되고. 그렇게 똑똑하고 성공하고 인기가 많으면 결혼하기 힘들 거라고

들 했죠. 또 늦게까지 결혼하지 않은 여성은 손가락질을 받고요. 그렇게 말하는 주변 사람들의 비위를 맞추고 그들과 어울리기 위해서, 그리고 나쁜 평가를 받는 게 두렵기도 했기 때문에, 저는 저의 에고 다이얼을 거의 0으로 낮추고 살았답니다.

그 결과 저의 다이얼은 둘 다 정말로 낮게 맞춰졌는데, 태어날 때부터 갖고 온 것을 조금도 활용하지 못한 셈이죠. 저 자신을 제대로 드러내지도 못하고, 제가 이 세상에 와서 펼쳐보고 싶은 모습을 펼치지도 못하고요. 그 대신 저는 누가 와서 짓밟아도 가만히 있는 현관문의 매트 같은 역할을 자처했어요. 남들이 저를 그렇게 취급하도록 둔 거지요. 이기적이라는 소리를 듣고 나쁜 평가를 받는 것이 너무도 두려웠기 때문에 늘 저는 자신을 가장 마지막에 생각했어요. 자신을 늘 낮추며 살았지요. 그래야 상대가 높아질 수 있으니까요. 그렇게 오랫동안 진정한 자아를 억압하며 살았더니 암에 걸린 거죠."

먼저 너 자신을 알아라

내가 계속 말했다. "그래서 저는 알아차림 다이얼과 마찬가지로 에고 다이얼을 낮추는 것도 해롭다고 믿고 있어요. 진정한 자신을 억압하면 암에 걸리게 된다는 그런 말이 아닙니다. 그건 전혀 그렇지 않아요. 하지만 에고가 있기에 우리는 자신이 누군지 알 수 있고 왜 여기에 있는지 알 수 있습니다. 나보다 나 자신을 더 잘 아는 사람은 없죠. 내 존재의 가장 깊은 곳, 우리가 누구이며 왜 여기에 있는지 알고 자신을 최고로 표현하려면 무엇이 필요한지 알 수 있는 그곳으로 들어갈 수 있는 사람은 나뿐입니다. 이 사실을 알면, 사람들의 바람에 부응하느라 자아를 잃어버릴 때 우리가 만들어내는 수많은 드라마와 트라우마를 크게 줄일 수 있습니다.

그런데 우리 사회는 우리가 누군지 묻고 탐구하는 것을 말리고 있어요. 학교에 들어가면 자기 탐구에 천착하는 건 시간 낭비이고 사치라는 소리를 듣게 됩니다. 이기적이라는 것이 그 이유죠. 그 결과 자아를 더 깊이 알고자 하는 욕구는 나쁜 평판을 받을까 두려워 곧 사라져버려요. 그래서 에고의 다이얼을 계속 낮추게 되고, 그런 식으로 우리가 이곳에 와서 이루고자 한 꿈을 계속 억압하다 보면 삶의 균형은 점점 더 깨지고 맙니다."

"좋은 말씀 감사합니다. 에고와 알아차림이 왜 둘 다 필요한지 이제 알겠어요. 그리고 삶을 온전히 경험하기 위해서는 그 둘의 볼륨을 최대한으로 올려야 한다는 것도요!" 조용히 듣고 있던 헨리가 말했다. 그는 진심으로 기뻐하는 것 같았고, 나도 설명을 제대로 한 것 같아 기뻤다.

내가 말을 이었다. "저는 자신을 알아차리는 것이 우리가 자신을 위해서 할 수 있는 가장 중요한 일이라고 믿고 있어요…… 그리고 다른 사람을 위해서도요! 자신을 안다는 것은 무엇이 자신을 행복하게 하고 불행하게 하는지 안다는 뜻이에요. 또 어떤 길이 진정한 사랑과 안녕으로 향하는 길인지 알고 그 길을 선택할 줄 안다는 뜻이기도 하고요. 그동안 배운 것보다 우리가 훨씬 더 크고 힘 있고 장엄한 존재임을 안다는 뜻이기도 합니다. 자신을 온전히 알고 또 사랑할 때 그 사랑과 알아차림을 다른 사람에게도 전달할 수 있어요. 두려움 가득하고 무언가 결핍되어 있고 기능도 못하는 자아가 아니라 온전히 깨어 있고 충분히 보살핌받고 최고 볼륨에 맞춰져 있으며 기쁨으로 가득한 자아를 지니고 사는 것이 우리 자신을 위해서 또 다른 모든 사람들을 위해서 우리가 할 수 있는 최선입니다."

어느 순간부터인가 사람들이 다 숨을 죽이며 듣고 있었다. 내가 말을 멈추자 바늘이 떨어지면 그 소리마저 들릴 것처럼 조용했다. 모든 사람이 이 대화에 집중하고 있는 듯했다. 들리는 소리라고는 벽난로에서 나무 타는 소리뿐이었다.

"요즘은 무력감을 느끼는 사람들이 많은 것 같습니다. 자신이 보잘것없는 존재라고 믿고 매사에 두려워하죠. 텔레비전 뉴스를 보면 그래 보입니다! 그렇게들 믿기 때문에 세상에 나가서도 그런 모습을 내보일 수밖에 없죠. 두 다이얼이 최대 볼륨에 맞춰져 있는 자신의 본래 모습을 알아볼 기회조차 갖지 못하고 살아가는 사람들이 대부분이니까요.

그렇다면 린다, 에고가 큰 사람들을 어떻게 대할 것인가 하는 문제로 다시 돌아가 봅시다. 굉장히 이기적으로 비치는 사람이 있다면 그 사람은 단지 알아차림 다이얼의 볼륨을 높이기만 하면 되겠죠. 그래야 에고 다이얼과 균형을 맞출 것이고, 다른 사람들과 다시 연결되었다고 느낄 수 있겠지요. '이기적이다'라고 비난하기 전에 그들로 하여금 자신과 남들을 더 잘 알아차릴 수 있게 도와주는 겁니다."

"맞는 말씀이세요. 하지만 어떻게요?" 린다가 물었다.

"먼저 남편 분께 어떤 일을 할 때 행복한지 묻는 것으로 시작하면 어떨까요? 아니면 관심사를 묻는 것도 좋아요. 무슨 일이든 할 수 있다면 어떤 일을 하고 싶은지도 물어보세요. 가고 싶은 곳은 어디 없을까요? 아직 이루지 못한 꿈은요? 그리고 무엇이 두려운지도 물어보세요. 갑자기 이런 질문들을 하기가 영 어색하다면 먼저 매주 한 번 정도 저녁에 두 분이 같이 외출하는 시간을 갖고 싶다고 말해보는 건 어떨까요? 그런 다음 하룻저녁 날을 잡아 휴대폰 끄고 대화에만 집중하면서 친밀감을 느껴보는 겁니다. 그리고 분위기가 무르익었다 싶으면 질문을 해보는 거예요.

남편 분의 좋은 점이나 사랑스러운 점을 말해주면서 시작하면 더 좋겠죠. 그러고 나서 당신의 꿈이나 바라는 것이 뭔지도 말해주세요. 당신이 재밌게 생각하는 것들, 즐기는 것들, 당신을 행복하게 하는 것들도 말해주고요. 그럼 남편 분이 더 마음을 열고 자기 생각이나 감정을 말하기 시작할 거예요.

그 사람 인생에서 큰일이 있었다면(예를 들어 부모님이 최근에 돌아가셨다든지) 그 이야기를 자연스럽게 꺼내면서 요즘 감정 상태가 어떤지 물어보세요. 예를 들면 이렇게요. '어머니가 예전처럼 가까이 계셨으면 좋겠어. 가끔 생각이 나. 당신은 어때? 당신도 그렇겠죠?' 이렇게요.

상대방의 에고 볼륨은 한껏 올라가 있는데 알아차림 볼륨은 거의 꺼져 있는 상태라면, 대화를 꼭 부드럽고 편안하게 해나가야 해요. 인내심을 갖고 계속 노력한다면 분명 잘하실 수 있을 거예요. 노력해 볼 만한 가치가 있습니다. 제 말을 믿으세요!"

"정말 도움이 되겠어요!" 린다가 기뻐하며 말했다. "가능할 것도 같아요! 집에 돌아가서 꼭 해볼게요. 뭔가 기대가 되는데요!"

어린이와 청소년이라면

"아이들의 경우는 어떨까요? 아이들에게도 같은 방식을 적용하면 될까요? 저는 십대 아이가 둘 있는데 둘 다 어찌나 이기적으로 구는지, 자기밖에 몰라요! 이 아이들에게도 같은 방법으로 알아차리게끔 해보면 될까요?" 이번에는 숀드라가 물었다.

"아이들의 경우는 더 쉽답니다. 아직 어리니까 아무래도 자신의 본래 모습에 더 가깝지요." 내가 설명하기 시작했다. "아이들이 자신의 알아차림 다이얼을 높이도록 돕는 건 사실 아주 재미있어요. 아주 어린 아이들의 경우, 상상 속의 친구나 돌아가신 할머니가 찾아왔다는 말을 하거든 그저 상상으로 치부해 버리지 마세요. 아이들은 암시 감응력이 아주 높아서 그런 일이 사실이 아니라 상상이라는 말을 들으면 그대로 믿게 됩니다. 그리고 그렇게 믿기 때문에 실제로 그런 일이 더 이상 일어나지 않게 되죠. 무엇이 사실이고 아닌지는 우리도 잘 모르지 않습니까? 정말 돌아가신 할머니가 오신 걸 수도 있죠. 아이들은 정말로 사랑하는 사람이 하는 말이나 안내를 느낄 수 있거든요.

십대 아이들에게는 프로젝트나 게임을 권해보세요. 예를 들어 아이와 함께 마트에 물건을 사러 갔는데 휠체어에 어떤 분이 앉아 있는 걸 보았다고 해요. 그때 아이에게 매일처럼 휠체어를 타고 살아야 한다면 어떨 것 같은지 한번 물어보세요. 물론 그분이 없는 곳에서 물어야겠지요. 저런 상태에서 차를 타고, 시장을 보고, 샤워를 하고, 목욕을 하려면 어떨지 물어보는 겁니다. 그 주제로 글을 써보라고 하면서 더 깊은 대화를 유도하는 것도 좋고요. 하루만이라도 실제로 휠체어 생활을 해보라고 하면 더 좋겠죠! 아이가 기발한 상상력으로 휠체어 생활자들에게 더 나은 세상을 만들어가는 모습을 지켜봐 주세요. 실현 가능성이 없는 엉뚱한 소리를 해도 괜찮아요. 중요한 건 타인에 대한 알아차림 다이얼을 높이도록 돕는 거니까요.

또 길거리에서 노숙자를 보았다면 아이에게 배고픈데 돈도 없고 집도 없고 비바람이 불어도 갈 데가 없다면 어떻겠느냐고 물어보세요. 노숙자가 되면 어떤 기분이 들지, 어떤 일을 하고 어떻게 살아남을 것인지 글로 써보라고 하면 좋겠지요. 하루나 이틀 정도 단식을 하면서 배고픔이 어떤 건지 체험해 보자고 할 수도 있겠죠.

이런 식의 대화는 이외에도 얼마든지 가능해요. 예를 들어 학교에서 남들과 다르다는 이유로 따돌림을 당하거나 괴롭힘을 당하는 아이들은 기분이 어떨 것 같으냐고 물어볼 수도 있겠죠. 아이가 조금씩 주변 사람들에게 관심을 보이면 알아채고 지켜봐 주세요. 그럼 아이는 공감 능력을 잘 계발할 것이고, 약자를 위해 가장 먼저 일어서는, 정말로 세심하고 지각 있는 사람으로 자랄 겁니다!"

"정말 멋진 방법이에요! 학교에서 왜 이런 점들을 교육 과정에 포함시키지 않는지 모르겠어요. 지금은 경쟁심만 부추기고 소수자들에 대한 두려움만 조장하고 있어요." 숀드라가 말했다.

내가 덧붙였다. "아이들을 훈육할 때는 아주 조심하셔야 해요. 저는 아이들에게 '다른 사람을 좀 더 배려해야지. 왜 다른 사람 생각은 하나도 하지 않니? 너무 이기적이구나' 같은 말은 절대 하지 않습니다. 아이들은 그런 소리 듣는 걸 아주 싫어할 뿐더러 오히려 더 엇나가기만 하죠. 이런 말은 사실 제가 자랄 때 제 머릿속에 주입된 것들이기도 해요. 스스로 이기적이라고 믿었기 때문에 제 안에서 아름답게 빛나던 불꽃이 점점 사그라들었고, 언제부턴가는 세상에서 빛을 내기가 두렵기까지 했어요. 우리 아이들이 그렇게 자라기를 바라는 사람은 아무도 없겠죠!"

그러자 한동안 가만히 듣고만 있던 제인이 말했다. "에고에 대해서 이렇게 상세히 설명해 주시니 정말 고마워요. 사람들은 영적인 지도자라면 에고를 초월했음에 틀림없을 거라고 기대하고, 그렇지 않은 것 같으면 자격이 없다고 판단해 버리죠. 자신의 에고가 고개를 쳐들 때마다 자책하는 건 말할 것도 없고요. 하지만 이제 저는 물질 세상에서 에고 없이 살기란 불가능할 뿐만 아니라 실제로는 강하고 건강한 에고가 꼭 필요하다는 것도 알겠어요. 이 세상에서 사는 한은 생존을 위해서 그리고 태어나면서 경험하고자 한 많은 것들—이 세상을 구성하고 있는 온갖 대조되는 성질들—을 최대한 경험하기 위해서도 에고가 필요한 거군요. 정말 다 맞는 말씀이에요."

"네, 그래요." 내가 대답했다. "에고는 반드시 억압 혹은 통제해야 한다는 믿음이 영적 · 종교적 공동체에 너무도 만연해 있어서 영적 지도자들은 실제로 그런 사람들의 기대를 실망시킬까봐 무척 두려워해요. 자신이 에고를 갖고 있다는 걸 사람들에게 들킬까봐 두려운 거죠. 하지만 에고가 없는 사람은 없습니다. 그리고 이 세상에서 살아가는 데 에고가 없어서는 안 될 중요한 것임을 깨달을 때 비로소 더 편하게 숨을 쉴 수도 있고 진정한 우리 자신이 되는 것도 허락할 수 있습니다. 뭔가 자신이 아닌 대단한 것이라도 된 양 가장할 필요 없이요. 재미있는 것은 일단 에고를 받아들이고 껴안고 그것의 목적을 이해하고 나면 에고가 더 이상 커지지 않는다는 것입니다! 우리는 더 솔직해질 뿐더러, 더 이상은 에고를 먹여 살릴 필요도, 억압할 필요도, 부인할 필요도 못 느끼죠. 그보다는 오히려 모두에게 바람직한 방식으로 에고를 즐기게 됩니다.

원래 모습대로 신이 되자

"계속 진정한 우리 자신이 누구인지 알아야 한다고 하시는데 그게 정확히 무슨 뜻인가요? 우리는 진정으로 어떤 존재입니까?" 제임스가 물었다. 제임스는 20대 중반의 청년으로 그룹에서 제일 나이가 어렸다.

내가 대답했다. "우리는 사실 생각보다 굉장히 간단한 존재입니다. 아이들이 어렸을 때부터 이런 사실을 듣고 자라면 정말 좋을 텐데요. 그리고 저도 진정한 자신을 숨겨라, 경쟁해라 하는 말 대신 이런 사실을 듣고 자랐으면 얼마나 좋았을까 종종 생각하곤 합니다. 우리는 다름 아니라 신성이 지금 이 몸으로 현현한 존재입니다. 이것만 알면 돼요…… 우리의 이 두 눈에 신이 깃들어 있습니다.

경쟁하라는 말은, 이 세상은 모두에게 풍성하게 돌아가지 않으니 남들보다 더 좋은 성적을 얻고 더 좋은 대학에 가 더 좋은 직업을 얻으라는, 사실인즉슨 우리가 분리되어 있다는 말입니다. 성공하기 위해서 나는 당신보다 더 나아야 합니다. 당신을 두려워해야 하고, 당신의 성공을 내 성공에 대한 위협으로 간주해야 합니다. 이런 자세를 극단적으로 취하는 사람들도 있습니다. 그런 사람들은 실패할까 두려워 경쟁자의 발을 걸어 넘어뜨리죠. 알아차림 다이얼이 0에 가까워지고 에고 다이얼이 최대 볼륨을 자랑할 때 그런 결과가 나와요. 이런 상황에서는 다른 사람들의 감정이나 결핍 따위는 안중에도 없게 되죠. 자신이 원하는 것, 두려워하는 것만 생각하게 됩니다.

반대로 알아차림 다이얼을 최대 볼륨으로 유지하라는 말을 계속 듣는다면 어떨까요? 그리고 경쟁보다는 협력을 배운다면 어떨까요? 그럼 세상이 어떻게 될까요? 그런 일이 일어나면 우리는 지금보다 훨씬 더 자비로워질 것이고, 지구는 물론 지구 위의 거주자들도 더 많이 사랑하고 존중하게 될 것입니다."

다들 머리를 끄덕이며 동의를 표시했다. 깊은 공감대가 형성되었음이 분명했다. 나는 잠시 침묵했다. 왜냐하면 그 다음에 내가 하고자 하는 이야기에 사람들이 주목해 주었으면 하는 바람이 있었기 때문이다. 나는 내게 무척 큰 도움이 되었던 이야기를 하나 하고 싶었다.

"제가 진정한 저 자신, 즉 이 몸과 이 성격과 이 에고를 갖고 이 문화에 태어나 이 인생을 살아온 신을 기억해 내자 주변 사람들이 변하더니 제가 마음속으로 느끼는 것들에 반응을 해오기 시작했어요. 그러자 제 상황이 변했고, 그 상황에 대한 제 반응이 변했어요. 저는 우리는 한 사람 한 사람 모두가 다 믿을 수 없이 강력한 존재이고 절대 그 힘을 빼앗길 수 없다고 믿어요. 오직 우리의 믿음과 습관만이 내면에 존재하는 그 신성하고 보편적인 힘을 보지 못하게 합니다. 우리는 인식하지 못하지만, 매순간 그 신성으로 숨 쉬고 그 신성으로 살아가고 있습니다. 기존 종교들이 믿는 신을 말하는 것이 아니에요. 이는 무교에 무신론자인 사람에게도 해당되는 이야기입니다. 믿고 있는 신이 없다면, 신성 대신 자기 자아의 최고 모습을 떠올리는 데 도움이 될 만한 무언가로 대체하셔도 상관없습니다."

다시 한 번 침묵이 찾아왔다. 모두가 내 말이 아주 중요한 진실—우리가 허락만 한다면 모든 것을 바꿀 수도 있는 그런 진실—임을 깨닫고 진심으로 받아들이고 있다는 게 느껴졌다.

"나의 신성, 나만의 그 신을 잊어버린 것이 제가 암에 걸린 이유 중 하나였어요. 저는 제 자신이 이 우주의 모든 존재가 다 그렇듯 이 삶 속으로 현현한 신이란 사실을 잊어버렸어요. 그 결과 저는 제가 생각하는 행복과 안녕으로 향한 길들을 선택할 수 없었죠. 알아차림 다이얼을 그렇게 낮게 설정해 놓은 상태에서는 그런 길들이 절대 보이지 않죠.

하지만 임사 체험을 하는 동안 제가 할 일은 오직 저 자신으로 살고 저의 신성한 진실을 따라 사는 것임을 기억해 냈어요. 그리고 제가 이 세상에 나타난 신이고 단지 저 자신으로 살기만 해도 그것이 저의 진실을 몸소 보여주는 것이란 사실을 제 존재의 모든 세포를 통해 알 수밖에 없었죠. 저는 신성이 이 세상에 나타나는 수많은 방식 중에 하나였어요. 그렇다는 사실을 매일 백 번씩 상기해도 부족하답니다. 여러분과 저는 이 몸을 통해 이 시간과 장소, 바로 지금 바로 여기에서 표현되는 수없이 많은 신들입니다. 이보다 더 중요한 알아차림은 없습니다."

에고는 삶에 꼭 필요한 것

"정말 멋진 말씀입니다! 하지만 알아차림 다이얼을 최대한 높이는 것이 그렇게 좋은 것이라면요, 그러니까 그렇게 하면 우리가 누구이고 어디서 왔으며 여기에 왜 왔는지 기억할 수 있다면요, 그렇다면 우리의 에고 다이얼을 최대한 낮춰도 상관없지 않을까요? 그렇다고 나쁠 게 뭐가 있을까요? 제 생각에는 더 나은 사람이 될 것 같은데요?" 데보라가 물었다.

"높은 알아차림과 낮은 에고를 가진 사람이 분명 더 나은 사람으로 보이기는 하지요. 최소한 다른 사람들에게 미치는 영향을 보면 말이에요." 내가 설명했다. "하지만 그런 방식으로는 이 세상에서 살아남을 수 없다고 생각해요. 에고는 인간 생존 메커니즘의 일부니까요. 알아차림이 최대가 되고 에고는 없다면 그런 상태는 제가 임사 체험에서 경험했던 상태와 같습니다. 저쪽 세상에서 육체 없이 있는 동안에는 저만의 정체성, 저만의 감정 등을 다른 것들로부터 구분하기가 어려웠습니다. 저는 다른 모든 존재들의 감정도 저의 감정만큼이나 강하게 느꼈지요. 상처받은 사람의 고통만이 아니라 자기의 고통과 결핍 때문에 상처를 줄 수밖에 없었던 사람의 고통도 똑같이 느꼈어요.

그러므로 그 상태에서 저는 '좋고' '나쁜' 것을 구분할 수 없었습니다. 그곳에는 '좋은 것'도 '나쁜 것'도 없었으니까요. 저는 세상의 모든 창조물에 대한 공감과 연민을 느꼈고, 모든 사람에게 조건 없는 사랑만을 느꼈습니다. 저에게 상처를 준 사람들에게도 마찬가지였어요. 몰라서 혹은 스스로 괴로워서 그렇게 했다는 걸 이해했기 때문이지요.

하지만 이 세상에 살면서 그런 상태에 머무르기는 매우 어렵습니다. 이 세상에서는 매일 매시간 다른 사람들과 함께 살아야 하니까요. 이 세상에서 저쪽 세상의 상태에 머무른다면 우리는 모든 것에 매우 취약해질 수밖에 없습니다. 에고 가득한 사람들의 표적이 되기 십상이죠. 그들을 무조건적으로 사랑하고 늘 그들의 고통을 느끼기 때문입니다. 일개 인간으로서 이 세상에서 생존하려면 이 세상에 적합한 메커니즘이 필요해요. 그 메커니즘을 잃어버리면 다른 사람들의 요구와 고통과 감정 속에서 완전히 길을 잃게 될 겁니다. 놀랍게도 이 물질 세상에는 그런 메커니즘이 있습니다. 바로 에고라는 메커니즘 말이에요!"

몇몇 사람이 씩 웃었고, 몇몇 사람은 깊이 공감한다는 듯 고개를 끄덕였다.

"어쩌면 다른 사람들도 모두 자신의 에고 다이얼을 낮추고 의식적인 알아차림 속에서 산다면, 우리도 그렇게 살기가 훨씬 수월할 텐데요." 제임스가 불쑥 말했다.

"그게 수많은 아쉬람과 공동체에서 추구하는 목적이겠죠. 에고를 버리고 모두가 순수한 의식으로 함께 사는 것 말이에요. 하지만 그렇다면 왜 굳이 이 세상에 태어나야 할까요? 에고가 그렇게도 중요한 이 세상에 오지 말고 그냥 그 비이원성의 상태에 머무르면 되지 않을까요?" 숀드라가 의견을 말했다.

그러자 캐시가 자신의 의견을 덧붙였다. "공동체나 아쉬람은 의식적인 삶이라는 좋은 개념에서 시작은 하지만 그 의도가 잘 지켜지는 것 같지는 않아요. 제 생각에 인간은 인간적일 수밖에 없는 것 같아요. 인간은 어디를 가나 자신의 에고를 갖고 다니죠. 저도 아쉬람에서 살아봤고 대부분 좋은 경험을 했지만, 그곳에서 살면 살수록 사람들의 에고가 터져 나오는 모습을 더 자주 보게 되더군요. 그곳에서도 사람들이 바깥세상만큼이나 서로 경쟁적이었어요. 수행조차 경쟁적으로 하는 거죠. 다들 구루에게 자기가 다른 제자들보다 더 영적임을 증명하고 싶어 했죠! 구루의 관심을 끌려고 경쟁하고, 모두 구루의 애완동물이 되려고 했어요. 구루에게 필요한 것들을 제자들이 조달해 주곤 했는데, 한번은 구루가 정확히 자신이 요구했던 것이 아니라며 제자들을 꾸짖고 화를 내기까지 하더라고요!"

"에고를 부인하면 에고는 언제 어디서든 어떻게든 튀어나오게 되어 있습니다." 내가 말했다. "반대로 에고를 받아들이고 그 존재를 인정하면, 즉 에고가 우리가 이 세상에 온 이유 중 하나임을 인정하면, 에고는 더 이상 그렇게 이상하게 폭발해서 우리를 놀라게 하지 않을 겁니다! 저는 솔직히 말해 이 세상에서는 에고 없이 살 수 없다고 생각해요. 그래서 에고 없이 순수한 알아차림 속에서만 살고자 하는 사람들이 결국에는 출가해 은둔자처럼 살게 되지 않나 싶습니다."

"두 사람이 같이 사는데 한 사람은 에고 다이얼은 최고에, 알아차림 다이얼은 최저에 설정되어 있고, 다른 한 사람은 그 반대라면, 과연 어떤 일이 벌어질까요? 한번 생각해 볼 문제네요." 제임스가 말했다.

"와우! 에고가 최대에 이른 쪽이 두 사람 관계에서 모든 권력을 휘두를 테고, 반대쪽은 매일 발을 동동 구르며 시키는 일을 처리

하겠군요!" 캐시가 말했다.

"에고가 없다면 자신의 필요에 응할 수가 없습니다. 그럼 학대의 대상이 될 수밖에 없지요. 이것이 바로 에고를 갖고 자아를 사랑하는 것이 그렇게 중요한 이유입니다!" 내가 덧붙였다.

때를 맞추기라도 한 듯 그때 마침 호텔 매니저가 나타나, 트랙터 운전수가 왔으므로 육지로 돌아갈 수 있다는 소식을 전해주었다. 매니저는 우리가 '구조된 것'에 기뻐할 줄 알았는데, 우리는 모두 "정말? 벌써?"라고 소리치고 말았다. 하지만 시계는 저녁 여섯시를 가리키고 있었다. 벌써 두 시간이 지난 것이다! 우리는 마지막으로 차를 한 모금 더 마시고 소지품들을 챙긴 뒤 호텔을 나와 우리의 바닷길 전용 마차가 기다리고 있는 해변으로 갔다.

한 명씩 트랙터 옆에 세운 사다리를 딛고 차 뒤쪽 상판으로 올라갔다. 트랙터가 통통 소리를 내며 육지로 향하는 동안 우리는 모두 드넓은 바다를 감상했다. 해안에 도달하자 모두 한 명씩 차에서 뛰어내려 모래사장과 울퉁불퉁한 계단을 지나 우리를 기다리고 있던 버스를 타고 대학으로 돌아왔다. 버스 안에서도 우리는 모두 약간씩 흥분한 상태였다. 섬에 발이 묶인 덕분에 우리에게 뜻밖의 선물이 주어진 듯했다. 덕분에 전혀 예정에 없던, 아주 즉각적이고 멋진 토론을 할 수 있었던 것이다!

이제 여기 이 물질 세상에서 살려면 왜 에고가 필요한지, 그리고 알아차림—우리가 모두 연결되어 있고 전체의 일부라는 알아차림—과 에고의 균형을 유지하는 법까지 탐구했으니, 앞으로 남은 캠프 기간에 모두들 그 앎에 깊이를 더하게 될 것 같았다. 우리가 이 세상에 온 것이 자신을 사랑하는 법을 배우고 즐겁게 살고 싶었기 때문임을 받아들일 때 이 물질 공간에서의 경험은 얼마나 더 풍성해지는가? 나는 또 한 번 놀라지 않을 수 없었다.

"영적이라면 에고를 초월해야 한다"는 말이 거짓이라면 무엇이 진실일까?

진실

- 에고는 우리의 적이 아니고 초월해야 하는 것도 아니다. 에고는 이 물질 세상에서 살아가는 데 꼭 필요하다.
- 우리는 이 세상을 구성하고 있는 온갖 다채롭고 대조적인 성질들을 통해 분리와 이원성을 경험하고 싶어서 이곳으로 왔다. 에고 없이 이런 경험은 불가능하다.
- 우리는 건강한 에고와 건강한 알아차림 둘 다를 갖고 태어났다.
- 자기를 사랑하는 것은 이기적이지 않다. 오히려 최고의 건강과 행복에 꼭 필요한 것이다.
- 자신을 사랑하고 에고를 포용할수록 에고를 초월해 영원한 자아를 알아차리기가 더 쉬워진다.

연습과 요령

- 당신의 생각과 감정을 살피고 당신이 사는 방식과 사람들과 교류하는 방식을 살펴라. 일단은 알아차림 다이얼과 에고 다이얼의 현재 위치부터 확인하자.
- 사랑하는 사람의 에고 다이얼과 알아차림 다이얼이 불균형을 이루고 있다면, 자연스러운 분위기에서 그로 하여금 자신의 꿈이나 열망, 두려움에 대해 털어놓게 해보자. 그의 알아차림 다이얼을 높이는 데 도움이 될 것이다.
- 당신이 당신만의 신성을 알아차릴 때 사람들이 어떻게 반응해 오는지 수첩에 그때그때 적어두자. 반대로 신성과의 연결이 끊어질 때 사람들이 어떻게 반응해 오는지도 적어두자. 그리고 그 둘을 비교해 보자.
- 불안, 두려움, 나아가 분노를 느낄 때면 자신 안에 있는 신의 힘 God-force을 없앨 사람이 아무도 없음을 기억하자. 그리고 그 신의 힘을 강화하고 진정한 신성에 가 닿으려면, 두려움이나 다른 부정적인 감정을 갖는 대신 자신을 사랑하고 보살피는 것이 훨씬 낫다는 것을 기억하자.

스스로에게 묻기

- 나쁘게 평가받을까봐 두려워 진정한 나 자신을 표현하고 싶은

욕구를 억압하고 있지는 않는가? 자신을 맨 마지막에 생각하지는 않는가?

- 주변 사람들과의 연결을 예민하게 알아차린다면 어떨까? 그리고 다른 사람들과 경쟁하는 대신 협력한다면 어떨까?
- 사람들의 판단에 위축되어 나만의 알아차림 다이얼을 낮추지는 않았는가? 자신해서 진짜 나보다 훨씬 못한 나로 행동하지는 않았는가?
- 나는 어떤 믿음들을 갖고 있기에 내가 이 물질 세상에 나타난 수많은 신의 현현 가운데 하나임을 자꾸만 잊어버리는가? 나의 본성을 온전히 받아들이지 못하게 방해하는 믿음과 습관을 어떻게 하면 없앨 수 있을까?

나는 다음과 같을 때 내 에고 다이얼과 알아차림 다이얼이 최고 상태에 있고, 그래서 내가 균형을 이루고 있음을 안다.

- 다른 사람들의 고통에 깊은 공감과 연민을 느끼면서도 그들의 고통에 짓눌리지 않을 때.
- 에고가 나의 독특함을 드러내주고 내가 누구인지 알게 해주며 내가 왜 이 세상에 오기로 선택했는지 알려준다고 생각하고 에고에 감사할 때.
- 에고를 초월하지 못했다며 영적 지도자들을 비판하지 않을 때.

- 사람들로부터 상처를 받아도 그들이 모르고 그런 것이려니 하고 생각하거나, 힘들어서 그런 것이려니 하고 이해할 때.
- 두려움과 결핍으로 망가진 내 모습을 다른 사람들에게 투사하지 않을 때, 내 본연의 온전하고 행복한 자아가 될 때, 그리고 그것이 나만이 아니라 내가 만나는 모든 사람들에게도 힘을 주는 일이라는 것을 알 때.

아홉 번째 신념

여자는 남자에 비해 열등하다

"'새미라라고 합니다." 크고 검은 눈에 아름다운 갈색 피부를 가진 한 여인이 히잡(이슬람 여성들이 전통적으로 머리와 목을 가리는 데 쓰는 스카프 종류 혹은 그런 전통을 이르는 말—옮긴이)을 쓰고 내 앞에 서 있었다. 나는 캘리포니아 패서디나에서 열린 헤이 하우스Hay House 출판사 주최 행사에서 막 강연을 끝내고 독자들을 위해 책에 사인을 해주고 있었다. 그녀가 그날 맨 마지막 독자였다.

"아, 네. 예쁜 이름이네요!" 내가 말했다.

"고맙습니다." 그녀가 웃으며 말하더니 이어 내가 잘못 쓰지 않게 철자를 정확히 불러주었다.

"선생님 책, 정말 좋았습니다. 꼭 제 이야기 같았어요. 특히 문화적으로 많이 힘드셨다는 부분에서요." 내가 그녀의 이름에 덧붙여 짤막한 인사말을 적는 사이 그녀가 말했다.

"어려운 문제죠! 이제 더 이상 그런 문제에 시달리지 않아도 되어서 얼마나 다행인지 몰라요!" 내가 말했다.

"정말 좋으시겠어요. 괜찮으시다면 잠시 이야기를 나눌 수 있을까요? 몇 분만이라도 말씀을 나눌 수 있을까 해서 일부러 맨 끝에서 기다렸어요. 제가 차나 커피 한 잔 대접해도 괜찮을까요?" 그녀가 말했다.

나는 웃고 있는 그녀의 얼굴을 올려다보았다. 윤곽이 아주 뚜렷한 얼굴이었다. 예쁜 실크 히잡을 어깨까지 부드럽게 늘어뜨렸고, 발목까지 내려오는 짙은 색 꽃무늬 원피스를 입고 있었다. 나는 그 초대를 받아들였다. 왠지 몹시 흥미로운 대화가 오갈 것 같았다. 나는 고개를 돌려 뒤에 서 있던 제니퍼를 올려다보았다. 제니퍼는 헤이 하우스 직원으로, 강연이 있을 때마다 내가 편안히 일할 수 있도록 이것저것 도와주고 있었다.

"젠, 이제부터는 제가 알아서 할게요. 애 많이 쓰셨어요!"

"정말 괜찮으시겠어요? 작가 전용 라운지로 가실 거면 모셔다 드릴까요?" 제니퍼가 물었다.

"아니에요. 저는 이 멋진 여자 분과 차를 한 잔 할까 해요." 나는 새미라를 가리키며 말했다. 그 다음 고맙다는 의미에서 젠을 한 번 안아주었다.

"저기 대회장 로비에 카페가 하나 있더군요. 아까 거기서 점심을 먹었는데 조용하니 괜찮았어요." 새미라가 말했다.

"사람들이 다들 다음 강연을 들으러 강당으로 몰려갔으니 지금은 더 조용하겠네요." 내가 말했다.

우리는 카페로 가서 앉은 뒤 차를 주문했다. 그러자마자 새미라가 첫 번째 질문을 던졌다.

"저쪽 세상에 대해 말씀하실 때마다 그곳에서는 문화, 성별, 종교 등등을 떠나 있었다고 하시잖아요. 정말 그랬나요?" 그녀가 작정한 듯 물었다. "그러니까 우리는 죽으면 정말로 성별도 문화도 종교도 없는 그런 존재가 되는 건가요?" 확신이 필요한 듯 새미라가 절박하게 물어왔다.

천국에는 성별이 없다

내가 대답했다. "그럼요, 물론이죠! 저쪽 세상에서는 육체가 없습니다. 성별은 육체가 있어야 구분 가능한 것이지요. 이 세상에서는 후손을 낳는 것이 당연한 일로 받아들여지기 때문에 성은 인간 생물학의 일부가 될 수밖에 없죠. 인간에게는 생식 기관이 있어야 합니다. 하지만 몸이 없는 상태가 되면 생식 기관도 당연히 사라지겠죠! 몸의 생물학 자체가 필요 없어집니다. 거기서 우리는 순수한 영spirit이고 빛의 존재들입니다. 다시 말해 순수 본질이요 순수 의식일 뿐입니다."

"저도 정말이지 그렇게 믿어요. 그런데 문제는 제가 철저하게 남성 중심적인 문화에서 살고 있다는 거예요. 이 문화에서 우리 여성들은 보이지 않는 존재 취급을 받습니다. 아무리 똑똑하고 지식이 많아도 마찬가지예요. 모든 문제에서 남자의 말을 들어야 합니다. 단지 그들이 남자이기 때문에요. 그들의 지위, 경험, 교육의 정도가 낮더라도 말이죠." 새미라가 자신의 고충을 토로하며 말을 이었다.

"우리 문화에서 여자가 가치 있는 존재가 되기 위해서는 먼저 굴종하고 자신을 희미한 존재로 만들어야 해요! 드러나지 않을수록, 더 보잘것없는 존재가 될수록, 제 남자가 돋보일 수 있고, 그래야 비로소 제 가치가 드러나니까요! 저는 선생님이 말씀하시는, 우리가 이 세상에 와서 하고 싶어 하는 일, 그 정반대의 일을 해야 합니다. 이 문화에서는 가치를 인정받고 싶으면 선생님이 암에 걸리기 전에 하셨던 그런 일들을 하라고 합니다. 그런 여성이어야 이 문화에서는 긍정적으로 받아들여져요.

얼마 전에도 딸아이 문제로 남편과 심하게 다투었어요. 딸아이가 학교에서 문제가 좀 있거든요. 아이는 학교에 적응하려고 애쓰는데, 남편은, 일 때문에 이민을 결심하고 온 가족을 이곳으로 데리고 온 건 정작 자신이면서 아이가 이 땅의 이질적인 문화를 받아들이는 꼴은 또 못 보겠대요! 아이가 이러지도 저러지도 못하고 힘들어하는 모습을 보면 마음이 무척 아파요. 아들도 있는데 남편이 아들에게는 뭐든 괜찮다고 하니까 아들은 문제가 없어요. 아들은 이곳 문화를 맘껏 누리고, 친구들도 사귀고, 그 친구들이 하는 일을 다 해요. 남편은 아들한테는 무척 관대하죠.

그런데 딸아이 문제라면 조금도 양보하지 않아요. 어떻게 해야 할지 모르겠더라고요. 그래서 우리 사회에서 존경받는 분이 계신데, 저희가 자주 조언을 구하기도 하고요, 그분을 찾아갔죠. 그분은 미국에서 오래 사셨고 이곳에서 아이들을 키웠으니까 이 문제를 잘 이해하실 거라 생각했어요. 남편에게 더 이상 어떻게 말해야 할지 몰라서 그분이 뭔가 도움을 줄지도 모른다고 생각했죠. 그런데 기껏 얻은 조언이 뭔 줄 아세요? '남편 말을 들어야 한다. 왜냐하면 결국 남편이 가장이기 때문이다. 가장의 바람을 거스르는 것은 옳지 않고, 딸에게 아버지 말을 거스르게 하는 것도 옳지 않다. 딸아이를 잘 설득해야 한다. 딸아이도 우리 문화를 배워야 하지 않겠는가? 우리는 고국을 떠나 살고 있으므로 학교에서 우리 문화를 배울 수 없다. 그러니까 엄마인 당신이 가르쳐야 한다. 딸아이도 언젠가는 결혼할 테고 결혼하면 남편의 말을 들어야 한다. 그러니 지금부터 배우는 것이 좋다. 그렇지 않으면 적기에 결혼하기도 힘들 것이고, 그러면 본인도 힘들고 엄마인 당신도 힘들 것이다! 옛법을 모르는 처자는 좋은 남편감을 구하기 힘들다' 등등. 이런 말을 듣고 제가 얼마나 절망했겠어요?"

"네, 얼마나 절망스러웠을지 알고도 남습니다!" 내가 말했다. 어릴 때 학교에서 어떻게든 어울려 보려고 애쓰면서 내가 느꼈던 온갖 문화적인 문제들이 떠올랐다. 나도 그때 내가 속한 문화가 주는 구속이 없다면 얼마나 좋을까 생각했었다. 그리고 나도 똑같은 경고를 받았다. 문화적 규범들을 너무 많이 어기면 남편감을 구하기가 매우 어려울 거라는 그 경고 말이다!

새미라가 계속 말했다. "선생님 책도 읽었고 비슷한 경험을 한 다른 분들 말도 많이 들었어요. 그러니까 저는 이제 진실이 뭔지 알 것 같아요. 제 눈을 가렸던 강력한 장막이 드디어 벗겨졌어요. 특히 선생님이 들려주신 이야기가 정말 가슴에 와 닿았어요. 왜냐하면 저도 선생님이 과거에 고민하셨던 그 문화적인 문제와 똑같은 걸 갖고 있거든요. 그래서 선생님이 하시는 말씀이 정말 맞다는 것을 잘 알아요.

그런데 그렇게 명확하게 알고 나니까, 이제는 다시 예전처럼 순응하며 살기가 더 힘들어졌어요. 일상으로 벌어지는 지독한 남녀차별 행태를 보고 있기가 이제는 너무 힘들어요. 이제 저는 우리 문화에서 여성들이 어떻게 침묵해 왔고, 그래서 어떻게 제압당했는지 잘 알고, 우리가 침묵하는 가운데 큰 목소리를 가진 사람들이 어떻게 권력을 쥐게 되었는지도 잘 알아요.

저는 변했어요. 드디어 세상에 눈을 뜬 거죠. 이제 우리 여자들이 이렇게 살기를 신이 원하지 않는다는 것을 알아요. 우리는 신 앞에 모두 평등합니다. 모든 목소리가 똑같이 중요해요. 그동안은 더 크고 더 공격적인 남자들의 목소리가 여자들에 대한 잘못된 인식들을 만들어왔죠. 그런데 왜 저만 이렇게 생각하는 것 같죠? 어떨 때는 이 모든 것을 몰랐을 때가 더 좋았다는 생각까지 들어요."

남녀의 역할 구분은 단지 문화적인 것

새미라의 말은 거침이 없고 말투에서는 힘이 느껴졌다. 나는 그녀가 처한 상황이 안타깝기 그지없었다. 나로서는 깊이 공감할 수밖에 없는 문제였다. 이 만남의 타이밍도 개인적으로 참 흥미로웠다. 나는 당시에 마침 남녀 간의 격차와 그 격차가 우리 사회에 미치는 영향에 대해 흥미를 갖고 생각하던 중이었다.

2016년 미국 대통령 선거전 방송을 쭉 지켜보았는데, 그러다가 이번 선거 전까지 이 세상에서 가장 진보적이고 자유롭다는 미국 땅에서조차 여성이 유력한 대통령 후보로 지명된 적이 단 한 번도 없었다는 사실을 알고 깜짝 놀라고 말았다. 게다가 최근에 후보자들(공화당 대통령 후보 경선에 나선 후보자들)이 토론하는 모습을 보았는데 거기 나온 열 명이 모두 남자였다.(2급 토론회로 밀려난 한 여성 후보가 이 본토론에 참여하기에 충분한 표를 받았음에도 그랬다.) 후보들은 낙태의 정당성 같은 민감한 문제들을 토론했다. 나아가 강간을 당해 임신했을 경우에 낙태가 정당하냐 아니냐를 두고 또 토론했다. 그 후보들 대다수가 강간을 당해 임신했을 경우라도 낙태는 안 된다고 선언했을 때는 적잖이 충격을 받았다!

하지만 더 충격적이었던 것은 거기서 그들이 내리는 결정이 여성의 몸과 인생에 직접적이고도 큰 영향력을 발휘하는 것인데도 그 결정에 대해 여성들이 어떻게 생각하는지는 전혀 고려되고 있지 않다는 것이었다.

아시아에서 나고 자랐기 때문에 나에게는 남성 지배적인 문화가 특히 더 많이 주입되었다고 할 수 있다. 하지만 이 토론회를 시청하는 동안 나는 그것이 단지 내 문화만의 문제가 아님을 깨달았다. 세상 어디서나 크게 보면 상황은 거의 다르지 않았다. 단지 좀 더 드러나고 말고의 차이가 있을 뿐이었다.

아무도 나에게 그렇게 말하진 않았지만, 아주 어릴 때부터 나는 중요한 위치는 항상 남성이 차지하고 여성은 어떤 방식으로든 남성을 보조하는 사람이라고 생각했다. 남성 위주의 사회가 정상처럼 느껴질 정도였다. 이런 신화가, 다른 많은 신화들과 함께, 나의 정서에 깊은 영향을 끼쳤다. 그도 그럴 것이 실제 생활에서나 텔레비전에서나 그렇게 사는 것이 다 맞는 것처럼 보였기 때문이다. 기업, 정부, 정치, 군대 등등에서 높은 지위에 있는 사람들은 항상 남자였다. 여자들이 등장하는 경우는 하급 사무 보조원, 타자원, 비서 같은 조연들뿐이었다.

의사는 보통 남자들이었고, 그들을 돕는 간호사들이 여자였다. 내가 다닌 유치원과 초등학교에서는 여선생뿐이었지만 중고등

학교와 대학에 들어가자 대부분 남자 선생들이었다. 어느 분야에서든 그렇다.

"새미라, 제 책을 읽으셨다니까 아실 겁니다. 저도 중매결혼이 정상인 문화에서 자랐고, 좋은 아내가 되기 위한 교육을 받느라 어린 시절을 다 보냈다는 것 말이에요." 차를 한 모금 천천히 마신 후 내가 말했다.

"네, 잘 알아요. 하지만 선생님이 자란 환경보다 제가 자란 환경이 훨씬 더 엄격했다고 생각해요." 그녀가 말했다. "선생님은 결혼 직전에 도망을 갔지만 그래도 부모님이 받아주셨죠. 그게 얼마나 대단한 거예요? 그리고 그런 선생님의 과거는 물론이고 선생님의 생각까지 다 이해하고 지지해 주는 멋진 남편분도 만나셨고요. 임사 체험 후에도 여전히 선생님을 사랑하시잖아요! 제가 처한 상황은 비슷한 듯하지만 매우 다르답니다. 저희 아버지는 문화와 전통을 매우 엄격하게 고수하고 그에 대한 자부심도 대단하시죠. 저희는 아버지의 말이라면 절대 거스를 수 없어요. 어떤 경우에도요!

부모님은 저를 매우 사랑하지만 문화에 따른 남녀의 역할은 엄격히 구분하셨죠. 아버지는 일을 하러 나가셨고, 어머니는 집안일을 하고 우리를 키우셨어요. 가정에 중요한 일은 항상 아버지가 최종적으로 결정하셨죠. 때로는 정말 아니다 싶을 때 어머니가 자신의 생각을 피력하긴 했지만 그러기 위해서 정말 온갖 창조적인 방법을 다 동원해야 했지요. 창조성과 타이밍이 아주 중요했어요. 그렇게 아버지를 설득하는 데 성공하면 꼭 무슨 전쟁에서 승리한 것 같았어요. 하지만 아버지는 그런 후에도 언제든 최후의 거부권을 행사할 수 있었고, 우린 그걸 당연하게 생각했죠. 상호 신뢰와 평등이 아닌 전통적인 남녀의 역할에만 충실한 부부 관계였어요."

문화가 진리는 아니다

"그러니까 제발 말씀해 주세요. 임사 체험에서 막 돌아오셨을 때 어땠는지요? 진실을 깨달았지만 다시 돌아와 이 세상에서 살아야 했을 때 어떠셨어요?" 새미라가 격한 감정을 섞어 말했다.

"오! 새미라, 물론 절대 쉽지 않았죠!" 내가 대답했다. "혼수 상태에서 깨어나고 암도 낫자 지붕 위에라도 올라가 내가 배운 것들을 소리치고 싶었어요! 드디어 베일 너머를 보고 내가 정말 누구인지 알게 되었으니까요! 대단한 발견이었고, 무엇보다 저의 깨달음이 사람은 누구나 평등하다는 것을 깨치는 데 도움이 될 것 같았어요. 마침내 진실을 보았고, 다른 사람들도 제가 발견한 것을 알고 싶어 할 거라고 생각했죠.

하지만 곧 알았죠. 세상이 아직 진실을 받아들일 준비가 되어 있지 않다는 것을요. 제가 하는 말들이 우리 문화 규범에 너무도 많이 위배되었거든요. 그리고 전통적인 종교를 믿는 사람들에게는 위협으로 비춰질 수도 있겠다는 것도요. 지붕 위에 올라가 소리칠 수가 없었죠. 깨달은 것을 말해야 한다고 생각했음에도 말이에요. 제가 이 세상에 돌아온 것이 그 때문이라는 걸 잘 알고 있었으니까요. 그래서 저는 조용히 사는 대신 인터넷 카페 같은 곳에 제 생각을 올렸어요. 익명으로 올리는 거라 어느 정도 안전하다고 판단한 거죠.

그런데 우주는 제가 좀 더 대범하게 제 생각을 알려야 한다고 확신했던 듯합니다. 저는 정말로 지붕 위에서 소리치게 된 겁니다! 저세상에서 돌아가신 제 아버지와 친구가 '돌아가 두려움 없이 네 삶을 살아라'라고 했는데, 그 말이 의미하는 것도 바로 그것이었어요. 제 이야기가 인터넷에서 정신없이 퍼져나가고, 웨인 다이어로부터 책을 쓰라는 권유를 받은 뒤에야 그걸 안 거죠. 마치 우주가 제 이야기를 제 안에서 끄집어내 주는 것 같았어요. 그래서 저는 두려움 없이 제 이야기를 퍼뜨릴 수 있었죠. 그 결과 이 자리에 있게 된 거고요. 저는 이제 제 의견과 관점을 자유롭게 말할 수 있어요."

"그래도 다시 돌아온 직후에는 기분이 매우 이상했을 것 같아요. 어려서부터 믿어온 모든 것이 사실이 아니란 걸 보게 된 거잖아요. 아주 무서웠을 것 같아요." 새미라가 말했다.

"무섭다기보다는 외로웠어요!" 내가 말했다. "저쪽 세상에서 저는 제가 자라면서 어떻게 그 모든 믿음들을 갖게 되었는지 아주 분명히 볼 수 있었어요. 아무도 의문을 제기한 적 없이, 세대와 세대를 거쳐 전해 내려온 전통이나 미신, 잘못된 정보들에 바탕한 그런 믿음들 말이에요. 저는 그런 신화들이 우리가 믿음을 줄 때에만 힘을 발휘한다는 것도 이해했어요. 그것들은 우리가 믿어 주기 때문에 진실이 되죠. 우리는 건강하지 못한 신화들을 많이 믿고 있고요." 나는 찻잔에 차를 조금 더 부었다. 새미라는 매우 집중해서 듣고 있었다.

내가 계속 말했다. "자신에게서 한 걸음 뒤로 물러나서 보이지 않는 믿음들을 본다는 건 거의 불가능한 일이에요. 그건 마치 거울 없이 우리 눈을 보려는 것이라고나 할까, 손가락 끝으로 자기 손가락을 건드리려는 것이라고나 할까? 저도 이 육체(이 땅에서의 저의 모습)를 떠나보고서야 비로소 알게 된 거죠. 나를 작고 약하고 보잘것없게 느끼게 만들었던 내 인생의 모든 것들이 하나도 사실이 아니었다는 걸 말이에요!"

"아주 이해하기 쉽게 설명해 주시니 정말 감사해요." 새미라가 약간 안도한 표정으로 말했다. "잘 알겠어요. 그런데 한 가지 더 궁금한 게 있어요. 열등하고 약한 존재로 취급당할 걸 알면서 우리는 왜 여성으로 태어나기로 한 걸까요?"

"이런 사람으로 이런 가정에서 이런 남편과 함께 이런 아이들을 갖기로 한 데는 다 이유가 있답니다." 내가 말했다. "저는 그렇게 느껴요. 저는 남자든, 여자든, 심지어 트랜스젠더이든, 동성 연애자든, 이성 연애자든 그렇게 된 데는 다 이유가 있다고 믿어요. 그리고 진정한 자신이 누군지 안 채로 우리가 태어났으며, 그 진실을 타인들과 나누려고 이 땅에 왔다고 믿고 있어요. 하지만 대부분은 자신이 속한 문화에 어울리려고 애쓰느라 정신이 없어 조금씩 그런 진실들을 잊어가죠. 또 주변 사람들을 실망시키는 게 싫어서 자신의 빛을 희미하게 하기도 하고요."

음과 양

내가 덧붙였다. "물론 저쪽 세상에서는 여성이 남성보다 약하지 않아요. 육체가 없으면 모두 평등해지고 모두 똑같이 강력해집니다. 중국 철학에서 여성과 남성의 에너지를 상징하는 음陰과 양陽이 서로 맞물려 있는 그림을 떠올려보세요. 음과 양은 함께 완벽한 원을 만듭니다. 원을 완성하기 위해서 둘은 서로가 필요해요. 저쪽 세상이 꼭 그랬어요. 성별만이 아니라 모든 것이 다요. 대조적인 가치들이 모두 모여서 완벽한 전체를 만들었어요.

저는 우리가 이 땅에서 경험하고 싶은 것이 무엇이냐에 따라 각기 여성, 남성, 혹은 트랜스젠더를 선택해서 태어난다고 믿어요. 여성을 선택했다면 일반적으로 음의 에너지를 더 많이 갖게 되겠죠. 그럼 타인과 자신의 감정, 자연에 좀 더 화합하며 살아가게 됩니다. 음의 에너지가 많을 때 우리는 공감 능력이 좋고 뭐든 보살피고 양육하고 싶어 해요. 반면 남자로 태어나기를 선택했다면 일반적으로 양의 에너지를 더 많이 갖게 됩니다. 그럼 바깥세상에 더 집중할 것이고, 육체적으로 더 크고 강인하고 빠르게 되겠죠. 바로 보호자 역할을 맡은 사람들의 특성이죠. 자신의 성향과 맞지 않는 성으로 태어났다고 해도 보통은 그런 일반적인 특성들을 따라가게 되죠. 문화를 선택하듯 성별을 선택해서 태어나더라도—자신의 진정한 모습과 '맞지' 않는 성을 선택할 수도 있어요—궁극적으로는 우리의 에너지가 진정한 자신과 어울리게 되어 있습니다. 그러니까 에너지가 현재 우리의 몸과 항상 잘 어울려야 하는 것은 아니에요.

음양은 상보적이지 대립적인 것이 아닙니다. 이 둘의 상호 작용으로 전체가 부분보다 더 커지는 역동적인 시스템이 만들어지죠. 모든 것이 음양의 측면을 갖고 있습니다. 예를 들어 그늘은 빛이 없이 존재할 수 없죠. 마찬가지로 종種을 퍼뜨리려면 남자 여자 둘 다 필요하고 이 둘 중 하나만 없어도 인간은 존재하지 못해요. 남자 여자 중 한쪽만 없어져도 한 세대 안에 인류가 멸종할 겁니다!"

"남자들은 왜 그런 점을 보지 못하죠?" 새미라가 흥분해서 물었다.

"사실 저는 이런 게 다 남자들만의 문제라고는 보지 않아요."

내가 대답했다. "이런 상황이 벌어지고 지속되는 데 우리 모두가 기여하고 있다고 생각해요. 예를 들어 어릴 때 제가 전통에 위배되는 어떤 일을 하면(튀는 옷을 입거나 밤늦게까지 돌아다니거나) 남자들만 저한테 뭐라고 한 게 아니었죠. 여자들도 손가락질을 했어요! 아들 가진 엄마들이 저희 엄마에게, 딸이 그렇게 밤늦게 돌아다니고 남자애들 만나고 다니면 몸이 더럽혀질 게 분명하다며 자기네 아들하고는 결혼할 수 없을 거라고 창피를 줬죠!"

나는 새미라의 얼굴에 대고 집게손가락을 흔들어대면서, 부끄러운 행동이라며 나무라던 그들을 흉내 냈다. 우리는 서로를 바라보며 폭소를 터뜨렸다. 그런 망신주기로 인한 사회적 압박이 정확히 어떤 것인지 우리 둘 다 너무 잘 알고 있었기 때문이다.

"최근 인도도 보면 매일 강간 사건이 보도되고 있어요." 나는 다시 진지한 목소리로 말했다. "사실 보도된 것들보다 더 많은 사건이 매일 벌어지고 있지만, 가족에게 수치라며 오히려 희생자를 비난하는 문화라 대부분이 보도조차 안 되죠. 남자들뿐만 아니라 여자들도 왜 그렇게 야한 옷을 입었냐, 왜 그렇게 밤늦게까지 돌아다녔냐면서 희생자를 비난해요.

강간은 어떤 경우에도 정당화될 수 없어요. 그러니 같은 여자는 말할 것도 없고 누구든 강간의 희생자를 비난하면 저는 무척 슬퍼집니다. 우리 여자들이 앞장서서 희생자들을 방어해 줘야 합니다. 그리고 아들들에게 육체적으로 약한 쪽을 존중하고 보호해

줘야 한다고 가르치고, 여자를 강간하고 학대하는 것은 물론이고 그런 짓을 하는 사람을 용인하는 것도 끔찍한 범죄임을 가르쳐야 합니다!"

"그렇죠! 저희 문화에서는 아들에게 여성을 존중하고 보호하라고 가르치기보다는 딸을 통제하려고 하죠. 왜 그러는지 모르겠어요!" 새미라가 말했다.

"수세기 동안 그래왔기 때문이겠죠." 내가 말했다. "분명히 말씀드리는데 저는 지금 우리가 직면한 이 문제에 대해 어느 한쪽을 비난하고 싶지는 않아요! 절대로요! 단지 그런 극악무도한 행위들은 도저히 용납할 수 없으며, 문명 사회에서 육체적 약자를 무력으로 학대하는 짓은 정말 끔찍한 짓이란 얘기를 하는 거랍니다. 저는 잘잘못을 따지고 싶지는 않아요. 그래봐야 해결되는 것은 아무것도 없으니까요. 이 사회와 문화의 구성원 모두 그런 행위들이 자행되도록 놔둔 데 대한 책임을 져야 합니다. 그것이 가만히 앉아서 사태가 바뀌기를 바라는 것보다 훨씬 더 힘 있게 사태를 해결하는 자세일 것입니다.

우리 사회가 부딪쳐 있는 문제 가운데 하나가 자유롭게 활동하고자 하는 여성들이 따를 만한 본보기가 별로 없다는 거예요. 오늘날에도 여자는 여전히 남자의 그림자처럼 묘사되고 있고, 적극적이고 진보적인 여성들은 마치 남자들 세상에 들어가 싸워야 한다고 느낄 수밖에 없는데, 이것은 정말로 불행한 일이에요. 자신의 품위와 자유를 지키기 위해 노력하는 것뿐인데, 그러다 보면 여성성은 온데간데없고 성공하기 위해 점점 더 남자처럼 되어가고 있는 자신을 발견하게 되죠. 다른 여성들은 그런 여성들을 멀리서 보고 감탄하지만 스스로 그렇게 살기는 두려워하고요. 여성들은 대개 남성들의 방식으로 경쟁할 용기를 내지 못합니다. 왜냐하면 그렇게 하면 '대가 세다' '공격적이다' '기가 세다' 등의 평가를 받게 되니까요. 그러면 배우자로서 매력이 떨어질 것 같은데, 그런 일을 환영할 여자는 별로 없죠."

부드러운 것이 강하다

"아프기 전 마지막 직장에서 저도 열심히 일해서 승진을 해나갔는데 그러다 유리 천장에 부딪혔죠." 나는 당시를 회상하며 말했다. "더 이상 올라갈 수 없겠구나 싶었어요. 상사들이 모두 남자더군요. 정말 열심히 일을 했고 고객들과의 관계도 더할 수 없이 좋았지만, 상사들이 저를 더 높은 자리에 앉혀줄 것 같지는 않았어요. 영업 목표도 잘 달성하고 일도 정말 잘했는데 승진은 매번 다른 남자들 차지가 됐죠! 그러더니 제 직속 상사가 마침내 그러더군요. 더 이상 승진하지는 못할 거라고.

저는 그 이유를 물었고, 상사는 대놓고 제가 여자라서 그렇다고 했어요. 더욱이 제가 결혼해서 남편도 있으니 일에 집중하기 힘들 텐데 거기에 만약 아이라도 생기면 어쩔 거냐고도 하더군요. 제가 더 이상 승진하지 못할 거라고만 한 게 아니라, 가정 일로 회사 일을 소홀히 하는 '전형적인 여자들'처럼 행동하면 업무를 제한하기라도 할 것처럼 말을 한 거예요!

한동안 저는 그 상사에게 제가 남자들 못지않게 일을 잘한다는 걸 입증하려고 정말이지 죽도록 노력했어요. 남성 지배적인 환경에서 '전형적인 여자'처럼 보이지 않으려고 스트레스 가득한 일을 밤낮으로 열심히 했죠. 하지만 그 사람은 제가 일을 잘하는 것도 마땅치 않게 여겼어요. 제가 상급 관리팀의 '남자들 틈'에 끼는 게 보고 싶지 않았던 거죠. 도저히 달성하기 어려운 수치를 목표치로 설정한다든지 하는 식으로 몇 번이나 골탕을 먹이더니, 사장에게는 제가 잘못해서 목표 달성을 못한 것처럼 보고했죠.

그런 처우에 항의하면 제가 지나치게 예민하다고 하고, 계속 승진하고 싶으면 더 열심히 해야 할 거라고 하고요! 처음에는 정말 제가 예민한 건가 하고 자책도 했어요. 심약하다는 이유로 저의 업무를 축소시킬까봐 두려워 저의 여성성은 모두 억압하고 남자처럼 행동했죠. 하지만 어느 정도 시간이 지나자 스트레스를 감당하지 못하고 결국 사표를 쓰고 말았어요! 당시엔 그 상사에게 대단히 화가 났었죠. 그 사람 때문에 회사를 그만뒀다고 생각했으니까요.

임사 체험 후에야 저는 제가 전형적인 여자이며 그 점을 자랑스럽게 생각해야 한다는 걸 깨달았어요! '여자다운' 것이 잘못인가요? 잘못이 아니라 저의 대단한 강점이죠! 이 세상에서 성공하는 데 남자처럼 될 필요는 없어야죠. 여성적인 특성에도 불구하고가 아니라 그 특성 때문에 성공한다고 해야 맞는 거죠!"

새미라는 내 말에 격하게 동조했다. "우리 여성들이 밖으로 나가 지도자가 되어야 해요. 남자들의 방식으로가 아니라 우리 여성만의 방식으로요. 우리는 우리만의 사업을 하고 우리만의 회사를 설립할 필요가 있어요. 그곳에는 여성과 남성의 에너지가 조화롭게 공존하겠죠. 그리고 우리의 민감함을 약점이 아니라 강점으로 봐야 해요. 공감하고 사랑하고 연민을 품을 줄 아는 능력을 '남자들 세상'에서 경쟁하느라 숨길 것이 아니라 오히려 드러내야 합니다."

"바로 그거예요!" 내가 외쳤다. "남녀 할 것 없이 많은 사람이 착각하고 있고, 바로 그 착각 때문에 이처럼 균형이 깨진 세상이 되었다고 해도 과언이 아니에요. 바로 여성성이 남성성보다 나약하다고 하는 신화 말이에요. 그래서 우리는 직업적으로 성공하려면 여성성을 죽여야 한다고 생각하죠. 하지만 실제로 여성성은 전혀 나약하지 않고 충분히 존중받을 가치가 있어요. 건강한 전체 그림을 그리려면 남성성 여성성 둘 다 필요합니다! 가장 건강한 사회를 만들려면 인종이나 사회경제적 지위와 관계없이, 그리고 남자든 여자든 트랜스젠더든 동성애자든 이성애자든 상관없이 모든 사람이 자유롭게 활동할 수 있는 방식이 무엇인지 찾아봐야 할 거예요.

사족이지만, 제가 직장을 그만두고 그 상사는 큰 곤란을 겪어야 했어요. 제가 고객 관리를 도맡아서 했었거든요. 그 회사는 여성 패션 액세서리 도매상이었는데, 제 고객들인 가게 사장들은 제가 아시아 여성들의 스타일을 잘 아는 것 같다며 제가 추천한 물건이라면 뭐든 믿고 구매해 주었지요. 그 사장들과의 관계가 꽤 굳건했어요. 그런데 제가 그만두자 그 상사가 가게 사장들을 상대해야 되잖아요? 그런데 어떤 물건들을 추천해 줘야 할지 전혀 모른 거죠. 가게 사장들이야 그 상사를 개인적으로 아는 것도 아니고, 그 회사 물건만 살 필요도 없는 거고요. 거기에다 저를 사직시킨 걸 못마땅하게 생각하기도 했죠. 그래서 다들 다른 도매상으로 옮겨간 거예요. 제 업무를 축소시키겠다고 협박하던 그 상사는 제 고객들이 그 회사 상품이 아니라 저를 믿고 같이 일하고 있다는 사실을 몰랐던 거죠. 결국 회사는 큰 손실을 봤고 그 사람은 해고됐어요. 그 사람이 맡고 있던 총판은 다른 회사에 팔려버렸고요."

새미라는 내 이야기의 결말이 재미있다는 듯 씩 웃더니 다시 진지한 표정이 되었다.

"선생님이 비록 여자지만 회사에 큰 가치가 있는 사람이란 걸 그 상사분이 늦게라도 깨달았을 거라고 생각하니까 한결 기분이 낫네요.” 그녀가 말했다. “그런 일은 세상 곳곳에서 지금도 벌어지고 있어요. 단지 여자이기 때문에 누군가 그런 식으로 제지를 당한다면 그건 그 여성만이 아니라 다른 모든 사람, 사회 전반에도 좋지 않을 텐데 말입니다!”

“네, 그래요. 그래도 제 생각에는 더디기는 하지만 조금씩은 진보하는 쪽으로 바뀌고 있는 것 같아요.” 내가 말했다. “이 사회가 만들어온 불균형을 바로잡고자 한다면, 남자 여자 모두 이 진보를 계속 허락해야 할 거예요. 말씀하셨듯이 그래야 우리 모두에게 좋을 테니까요.”

“전적으로 동의해요, 아니타 선생님!” 새미라가 활짝 웃으며 말했다. “이런 이야기를 나누고 나니 희망이 보여요. 비록 제 문제는 해결되지 않았지만요!”

“네네, 저도 방금 막 그 생각을 했어요. 우리는 방금 세상의 문제를 해결했는데, 당신이 처한 개인적인 문제에는 손도 못 댔네요!” 내가 말했다. 그러고는 둘 다 아주 즐거운 듯이 큰 웃음을 터트렸다.

“하지만 선생님은 이제 목소리를 내고 계세요.” 새미라가 아주 중요한 말을 하는 듯 눈을 크게 뜨고 말했다. “이제 선생님께는 의견을 표명하고 목소리를 높일 수 있는 자리와 무대가 주어졌어요. 그 자리와 무대를 이용하세요! 방금 우리가 이야기한 것들도 다 말씀하셔야 해요!”

"네, 그럴 거예요!" 내가 대답했다.

"이제 정말 잘 이해했어요! 남자든 여자든 어느 한쪽을 비난할 문제가 아니라는 말씀 말이에요." 새미라가 말했다. "그보다는 우리 다 함께 각자의 자리에서 우리가 만들어낸 세상에 책임을 져야 하는 거죠. 우리 자신과 우리 아이들을 위해 더 나은 세상을 원한다면요. 제 남편은 변하지 않을 것 같지만, 아니 우리와는 다르게 생각하겠지만, 이런 해로운 신화를 다음 세대에까지 넘겨주는 일만큼은 어떻게든 막아야겠지요. 아! 제가 이 신화를 잘 간파해야 하는 이유가 바로 그것이겠네요. 최소한 제 가족에서만큼은 이 신화를 저희 대에서 끝내야 하니까요. 제 아이들에게 진실을 가르쳐야 할 사람은 저니까요."

"바로 그거예요!" 내가 흥분해서 외쳤다. "나쁜 일 당한 딸들을 나무라고 통제하려 들기보다 아들들에게 여자를 존중하고 소중히 대하라고 가르치는 것이 이 신화를 타파하는 한 방법입니다. 그리고 새미라, 누가 알아요? 남편분도 언젠가는 아이들에게서 뭔가를 배우게 될지도 모르잖아요. 충분히 그럴 수 있어요. 아시죠? 절대로 늦은 때란 없어요!"

"그런 일이 생기면 정말 좋겠어요." 새미라가 희망찬 목소리로 말했다.

"참, 그건 그렇고 우리가 오늘 나눈 대화를 제 다음 책에 써도 괜찮을까요?" 내가 물었다.

"네, 그럼요! 아니, 꼭 써서 사람들에게 알리셔야 해요!" 새미라가 대답했다. 시계를 보니, 이런! 꽤 많은 시간이 흘러 있었다.

"새미라, 저 빨리 가봐야겠어요. 안 그러면 호텔로 가는 차를 놓치게 생겼어요!" 내가 말했다.

"선생님, 정말 즐거웠어요!" 새미라가 자리에서 일어서면서 말했다. "정말 유익한 대화였고 감사해요!"

"저도 정말 즐거웠답니다. 그리고 제 다음 책의 한 장을 책임져 주셨잖아요. 제가 더 감사하죠!" 그렇게 말하며 나는 그녀를 꼭 껴안고 작별을 고했다.

새미라는 건물의 중앙 출입구 쪽으로 향하고, 나는 무대 뒤쪽에 있던 작가 전용 라운지 쪽으로 걸어갔다. 나는 그날 우리가 나눴던 대화를 오랫동안 생각할 것이다. 그리고 새미라와 나는, 분리되었지만 또 연결되어 있기도 한 이 우리의 여정을 다하는 동안 서로를 자주 생각하게 될 것이다.

"여자는 남자에 비해 열등하다"라는 말이 거짓이라면 진실은 무엇일까?

진실

- 우월하거나 열등한 성은 없다. 남성과 여성은 각기 자기만의 특성을 갖고 있으며, 둘 다 완전하고 균형 잡힌 전체를 만드는 데 꼭 필요하고 중요하다. 그 전체는 남성과 여성의 합보다 클 뿐 아니라 우리가 이해할 수 있는 어떤 것보다도 더 장엄하다.
- 영의 세계에서는 육체가 없으므로 성별도 존재하지 않는다. 우리는 동등하고 모두 똑같이 강력하다.
- 이 생에서 무엇을 경험하고 싶으냐에 따라 우리는 여자로 태어날지 남자로 태어날지(혹은 트랜스젠더로 태어날지) 선택한다.
- 우리는 태어날 때—자신의 성과 자신의 성적 지향을 포함해—자신이 진정으로 누구인지 알고 있다. 그리고 그 진실을 다른 사람과 나누고 싶은 욕구를 가지고 태어난다. 그러나 자라면서 그

진실을 잊어버리고 사회에 길들여진다. 그리고 자신의 이미지를 '수정edit하고'(점점 자신의 빛을 잃어가고) 사회가 받아들이고 원하는 사람이 된다.

연습과 요령

- 서약을 하자.—자녀가 있건 없건 이 땅의 아이들에게 자신감을 심어주겠다!(누군가 아이들에게 겁을 주려고 하면 그러지 말라고 당당히 말하겠다!) 남자 아이들에게 여자를 존중해야 한다고 가르치겠다!(여자 아이에게도 마찬가지!) 그리고 스스로 행동으로 모범을 보이겠다!
- 이렇게 서약을 하고 한 걸음씩 그 서약을 실천해 가는지 살펴보자. 그 한 걸음 한 걸음이 처음에는 사소해 보일지 모르지만, 우리는 현 사회 체제의 수동적인 관찰자나 희생자가 아니라 적극적이고 힘 있게 해결책을 찾아가는 매우 중요한 사람들이다.
- 당신이 여성이라면 당신의 강력한 여성적 특성들을 나열해 보자.(예를 들어 높은 감수성, 직관성, 공감 능력, 연민, 양육 능력 등등) 그리고 그런 점들이 어떻게 이 사회에 빛으로 작용할 것이며 어떻게 가치 있는 기여가 되게 할지 생각해 보라. 당신이 남성이라면 당신과 가까운 여성들이 갖고 있는 강력한 여성적 특성들을 나열해 보라. 그리고 그 특성들이 당신을 비롯한 다른 사람들에게 어떤 선물로 작용할지 생각해 보라.

스스로에게 묻기

- 나에 대한 것이든 남에 대한 것이든 어떤 남녀차별이나 폭력 혹은 그와 비슷한 행위도 절대 용인하지 않는다면 어떨까? 이런 문제의 해결에 내가 어떻게 기여할 수 있을까?
- 나도 여성이 열등하다는 이 사회의 관점을 무의식적 · 자동적으로 믿고 있지는 않는가?
- 나서고 싶지 않아서 혹은 다른 사람이 불쾌하게 생각할 것 같아서 내가 가진 좋은 점들을 숨기지는 않는가? 그 좋은 점들을 자랑스럽게 생각하고 늘 주저 없이 남들에게 보여준다면 내 인생은 어떻게 달라질까?

나는 다음과 같을 때 내가 여자임과(혹은 남자임과) 상관없이 고귀한 존재라고 느낀다.

- 나의 생물학적인 성sex, 나의 사회적인 성gender 혹은 성적 지향에 대해 사람들이 뭐라고 나쁜 말을 해도 자신이 보잘것없고 나약하고 초라하게 보이지 않을 때.
- 어떤 성별 혹은 성적 지향이 더 낫거나 우수하다고 주장하는 사회적 구조를 더 이상 용인하지 않고, 나아가 이 사회의 문제에 나부터 책임지고자 할 때.
- 이 세상의 불균형에 대해 다른 사람을 비난하지 않고 나도 그런

세상을 창조한 데 일조했음을 인정하고 책임지고자 할 때. 비난하기보다 균형을 다시 찾는 일에 집중하며, 내가 그렇게 하면 다른 사람들도 용기를 낼 수 있을 거라고 생각할 때.

열 번째 신념

늘 긍정적으로 생각해야 한다

"3개월 전에 제 어린 아들이 저세상으로 떠났어요. 저는 아들이 왜 그렇게 빨리 제 품을 떠나야 했는지 이유를 모르겠어요! 하나뿐인 아들이었어요. 남편도 없는 제게 아이는 제 인생의 전부였고 제가 살아야 할 이유였어요!" 한 젊은 여자가 마이크를 잡고 떨리는 목소리로 말했다. 눈에는 눈물이 그렁그렁했다. "아들을 다시는 볼 수 없다는 생각에 미쳐버릴 것 같아요! 왜 이런 일이 벌어졌는지 납득이 가지 않아요. 앞으로 어떻게 살아야 할지 모르겠어요!"

호주 강연 여행중 브리스번 근처의 강연에서 있었던 일이다. 강연이 거의 끝나갈 즈음이면 보통 질문을 받는데, 일반적인 경우라면 내가 제일 좋아하는 시간이다. 하지만 이때는 한 젊은 엄마가 주체하기 힘든 슬픔에 싸인 채 눈물을 줄줄 흘리면서 내 대답을 기다리고 있었다. 나는 할 말을 잃고 말았다. 어떤 말도 소용이 없을 것 같았다.

저세상을 직접 가본 경험이 있는 나로서는 당연히 그녀의 아들이 지금 잘 있다는 걸 알지만, 그렇다는 사실을 확인시켜 주는 것만으로는 부족할 것 같았고, 심지어 부적절할 것 같았다. 젊은 엄마의 말이 내 심장에 아프게 와서 박혔고 나는 아무 말도 할 수 없었다. 그 순간 내가 느낄 수 있는 것은 오직 그녀의 고통과 상실감뿐이었다. 그녀의 고통이 고스란히 느껴졌다.

그 순간, 시간이 멈춘 것 같았다. 그 순간에는 내가 무대 위에서 수백 명 청중을 앞에 두고 서 있다는 사실도 생각나지 않았다. 하지만 모두 내가 따뜻한 위로와 사랑의 말로 그녀를 달래주기를 바라고 있었다. 과연 내가 어떤 지혜의 말로 슬픔에 빠진 젊은 엄마에게 그 비극적인 상황을 이해시키고 아이를 더 이상 볼 수 없다는 사실을 받아들이게 할지 사람들이 궁금해 한다는 게 느껴졌다. 그 가운데 사랑하는 사람을 잃은 적이 있는 사람들은 나의 대답으로 자신들의 고통도 해소할 수 있으면 좋겠다고 생각했을 것 같다. 무엇보다도 그 많은 눈들은 내가 죽음 뒤에도 삶이 계속됨을 다시 한 번 확언해 주기를 간절하게 바라고 있었다. 나는 그곳에 가봤으니까.

나는 그들이 나에게서 듣고 싶어 하는 말을 상상해 본다. "아드님은 죽지 않았어요! 다만 다른 형태로 변했을 뿐이에요. 그리고 여전히 당신과 함께 있어요. 단지 비이원성의 상태에 있을 뿐이에요." 아니면 이런 말을 기대했을 수도 있다. "우리는 절대 죽지 않아요. 죽음은 착각입니다. 아드님은 지금 자유롭고 행복해요! 아드님은 당신이 그걸 알고 당신도 자기처럼 행복하기를 바라고 있어요!"

그렇게 말했다면 어쩌면 박수가 터졌을지도 모른다. 하지만 그 모든 말이 사실임을 경험상 잘 알고 있음에도 불구하고, 그 여인의 뺨으로 쉼 없이 흐르는 눈물을 보고 있자니 그런 말들이 하나도 떠오르지 않았다. 어떤 말도 모두 공허하고 진부하게 느껴졌다. 나는 '옳은 말'을 한답시고 잘난 체하고 싶지 않았다. 저쪽 세상이 얼마나 아름답고 사랑스러운지 경험했지만 여기에서 인간의 모습으로 사는 한 나는 여전히 고통을 느낀다. 상처도 받고 슬픔도 느낀다. 그러므로 그 자리에서 젊은 엄마에게 그처럼 참기 힘들 정도로 고통스러운 상황에 이렇게 대처해라, 저렇게 생각해라 하고 말하는 것은 위선처럼 느껴졌다.

나는 이 여성이 하나뿐인 아들의 생전 모습을 그리워하는구나 하는 생각이 들었다. 아들이 웃는 모습, 목소리, 피부의 감촉, 부드러운 머리카락, 웃음소리, 냄새, 습관 들을 다시 보고 싶은 것이다. 아마도 그녀는 아들의 소지품을 차마 버리지 못했을 것이고, 어쩌면 아들의 옷가지에 얼굴을 묻고 마지막 남은 아들의 온기로, 구멍이 나 찬바람이 숭숭 부는 가슴을 조금이라도 데워보려

할 것이다. 그동안 사랑하는 이를 잃은 사람들을 수도 없이 만나봤기에 나는 그 심정을 잘 알고 있었다. 그들은 모두 내가 그 고통을 조금이라도 줄여주길 바랐다.

나는 청중도 강연도 잊어버리고 무대를 내려갔다. 그리고 가까이 오라고 손짓을 하면서 그 가련한 여인에게로 다가갔다. 그녀와 마주서서 나는 그녀를 꼭 껴안았다. 그 순간에는 그녀가 결코 혼자가 아님을 내 온몸으로 보여주는 것 외에는 아무것도 할 수 없었다.

"제 마음도 너무 아픕니다." 그녀를 안은 채로 내가 말했다. "제 아들이 죽은 것처럼요." 그녀가 내 어깨에 머리를 묻고 울었고, 내 눈에도 눈물이 차올랐다. 그녀는 자식의 죽음을 온 영혼으로 슬퍼하고 있었다.

젊은 엄마가 그렇게 괴로워하는 것은 다시는 아들을 이 땅에서 볼 수 없어서이기도 했지만, 자신이 앞으로 어떻게 살아야 할지 모르겠기 때문이기도 했다. 장대한 계획에서 보면 설령 그녀가 자식을 잃은 고통을 못 이겨 죽게 된다 하더라도, 죽은 뒤 아들을 다시 만나게 될 것이고, 그렇게 되면 모든 것이 다시 좋아지리란 걸 나는 알고 있었다. 하지만 그 순간에는 내 속의 매우 인간적인 부분이 그녀가 슬퍼서 죽는 일은 없게 해달라고 빌었다. 그러자 나는 무력해졌다. 암 투병을 하면서, 그리고 저세상에 갔다 오면서 내가 얻은 모든 지혜에도 불구하고, 그 순간 그 자리에서는 내가 한 경험에 대해서 아무 말도 할 수 없었다. 어떤 것도 그녀의 슬픔을 진정으로 덜어주지 못할 것 같았다. 내가 할 수 있는 일이라고는 그녀를 꼭 안아주고 실컷 울게 하는 것뿐이었다. 그리고 나는 말해주고 싶었다. 그녀의 뜨거운 눈물이 아들에 대한 사랑과 헌신의 결정체라고 말이다. 그것만은 꼭 알게 해주고 싶었다. 그래야 괴로워하는 일이라도 안심하고 실컷 할 수 있을 테니까.

1분인지 10분인지 모를 시간이 흘러갔고, 우리는 서로를 껴안던 팔을 풀고 눈을 마주쳤다. 나는 말이 필요 없다고 느꼈기 때문에 천천히 몸을 돌려 무대 위로 돌아왔다. 그러나 감정을 추스르기가 쉽지 않았다. 어찌어찌 강연은 마쳤지만 그날 내내 힘들었고, 행사가 끝나자 비로소 다행이다 싶었다.

책 사인 시간을 마지막으로 대니와 나는 호텔로 향할 수 있었다. 남편이 걱정스럽다는 듯 괜찮으냐고 물었다. "많이 힘들어 보여요. 아들을 잃었다는 젊은 엄마 때문이지요?"

"네, 하지만 괜찮을 거예요. 조금 피곤하지만 내일 아침이면 괜찮아질 거예요." 내가 말했다.

마음이 아픈 데는 이유가 있다

호텔로 돌아오자 나는 얼른 신발을 벗고 물을 끓여 차를 우렸다. 그런 뒤 편안한 팔걸이의자에 앉아 이메일을 확인하려고 노트북을 켰다. 몇 분 전 내 웹사이트를 통해 받은 메시지를 내 업무를 보조해 주는 사람이 나에게 전송해 놓은 것이 보였다. 아주 긴 메시지였는데 그날 내 강연을 들은 쇼나라는 여성이 보내온 피드백이었다.

쇼나는 아들을 잃고 슬퍼하던 젊은 엄마가 자기 아들에 대해 물었을 때, 내가 그녀 아들이 잘 있다고, 저쪽 세상에서 계속 잘 살아가고 있다고 말해주었어야 하지 않느냐고 했다. 나라면 그녀 아들이 죽지 않았다는 걸 분명히 알 것이고, 따라서 그 여성에게 아들이 행복하다는 것, 삶은 환상이라는 것, 아들이 행복하므로 그녀도 행복해야 마땅하다는 것 등등의 이야기를 들려줬어야 하지 않느냐고도 했다. 쇼나는 그 외에도 내가 책과 강연을 통해서 늘 말해왔던 진실들을 길게 언급했다. 그리고 내가 전에도 많이 얘기했고 임사 체험을 통해 진실임을 알고 있는 그 모든 것들을 다시 한 번 이야기할 수 있는 좋은 기회였는데 왜 아무 말도 하지 않았는지 알고 싶어 했다!

쇼나는 내가 임사 체험으로 알게 된 것을 열렬히 가르쳐주지 않은 것에도 실망하고, 진짜 현실에 부딪쳤을 때 내가 스스로 진실이라고 믿는 것에 의지하기보다 고통의 망상에 빠져버린 것에도 실망했다고 썼다. 내 역할은, 쇼나에 따르면, 사람들을 고무시키고 희망을 주는 것인데, 그 본분을 잃고 망상에 빠져 있는 사람들의 수준으로 몰락한 것이었다.

그 메시지를 읽다 보니 얼굴이 화끈거렸다. 쇼나에게 화가 났기 때문은 아니었다. 그날 다른 청중들도 다 쇼나처럼 실망했을 거라는 생각이 들었고, 그러자 나 자신에게 화가 났던 것이다. 그들은 내가 더 큰 그림에 대한 자신들의 믿음을 더 깊게 해주기를 바랐는데 나는 그러지 못했다. 그들은 내가 자신들의 영혼을 고양시키고 뭔가 긍정적인 힘을 불어넣어 주기를 바랐는데 나는 그러기는커녕 그 반대의 일을 한 것이다.

생각이 현실을 만드는가?

그날 밤 머릿속에서 그날 있었던 일이 거듭 재생되었고, 나는 밤새 뒤척이며 잠을 이루지 못했다. 그러다 그날 내가 청중들을 실망시켰다면 어쩌면 그들은 나를 실제의 나보다 뭔가 더 대단한 사람으로 생각하고 있는 걸지도 모른다는 생각이 들었다. 나는 구루나 신의 화신이 되려 한 적이 한 번도 없었고, 늘 긍정적이어야 한다고 말한 적도 없었다. 실제로 나는 늘 긍정적이어야 한다는 생각 때문에 오히려 진정한 우리 자신이 빛을 발하기 어렵게 된다고 말해왔다. 왜 늘 긍정적이어야 한다고 생각할까? 우리가 본래 충분히 괜찮은 존재가 아니라고 생각하기 때문에 그런 자신을 긍정의 베일로 숨기려는 건 아닐까?

내 세상이 흔들렸고, 나는 자문하기 시작했다. '사람들에게 메시지를 전달하는 일을 그만둔다면 나에게는 무엇이 남을까? 나는 정말 누구인가? 사람들을 실망시키는 나는 누구인가? 나는 아직도 세상에 가치 있는 존재인가?'

누군가를 실망시킬까봐 두려워하는 것은 진정한 자신을 잃어버리는 첩경이다. 진정한 자신을 허락하기보다 다른 사람의 기대에 부응하려고 하기 때문이다. 나는 그날 밤 내가 설령 세상 사람들 전부를 실망시킨다고 해도, 어떻게 하면 나를 제외한 다른 사람들을 기쁘게 할지 고심하던 예전의 나로는 절대 돌아가지 않겠다고 결심했다. 나는 주고 또 주었고 결국은 나 자신 외에는 아무것도 줄 것이 없게 되자 암에 걸렸었다.

나는 그 시절로 돌아가 내 온몸의 림프계가 암세포로 유린당할 것 같을 때 느꼈던 두려움을 그대로 다시 느꼈다. 영성 관련 책들을 많이 읽고 자기 계발 강좌를 섭렵한 사람들이 좋은 의도에서 선언하듯 하던 말들도 떠올랐다. "너의 생각이 너의 현실을 만드는 거야. 그러니까 네 생각이 이 암을 만들어냈음에 틀림없어! 그러니 생각을 잘 들여다봐야 해!"

나는 내 몸을 파괴하는 그 짐승과 싸워 이기고 싶었기 때문에, 먼저 이른바 '끌어당김의 법칙'에 대해 샅샅이 조사했다. 내가 어떻게 암을 끌어당겼는지 알고 싶었다. 그리고 부정적인 생각이 들면 그 싹부터 잘라 내 마음속 깊은 곳에 묻어버렸다. 하지만 그럼에도 불구하고 부정적인 생각들은 계속 떠올랐고, 암세포도 계속 퍼져나갔다.

노력이 부족한 건지도 모른다는 두려움 때문에, 부정적인 생각을 없애는 데 자신을 더욱 몰아붙이고 열심을 부렸다. 잡지 등에서 사진들을 오려내 포스터 보드에 붙이는 식으로 나만의 비전 보드vision board를 만들었고 긍정적인 결과를 거듭 상상했다. 암이나 죽음에 대해 무서운 생각이 들 때마다 그런 생각 때문에 내 병이 더 심해질 거라 믿으며 더 무서워했다. 따라서 억지로라도 그런 생각을 하지 않으려고 했다!

'너는 왜 아직도 부정적인 생각을 하고 있니?' 나는 화가 나서 나 자신에게 따졌다. '부정적인 생각을 통제하고 긍정적이 되어 긍정적인 현실을 만들려고 그렇게 노력했는데 왜 아직도 이 모양인 거지? 왜 암은 계속 퍼져나가고 있는 거지?'

그때 나는 상당한 두려움과 좌절을 느꼈고, 사람들이 나를 생각해서 해주는 이런저런 조언을 들을 때면 기분이 더 나빠졌다. 나는 정말로 내가 '제대로 하지' 못하고 있기 때문에 암이 계속 진행되고 있다고 믿었다. 나는 내 믿음이 강력하지 못하거나 내 생각이 긍정적이지 못하다고, 혹은 그 둘 다라고 확신했다.

인간이기에 하는 경험

그날 밤 침대에 누어서 나는 몇 시간이고 그렇게 뒤척이다가 새벽녘에야 겨우 잠이 들었다. 아침에 일어났을 때도 여전히 피곤했다. 전날 하루 종일 계속된 행사에다 밤에 잠도 제대로 못 잤으니 당연했다. 평소보다 늦게 일어났기에 벌써 샤워를 하고 있던 대니가 내가 일어나는 소리를 듣고, 서둘러야지 안 그러면 비행기를 놓치겠다고 했다.

나는 여전히 개운치 못한 몸과 마음으로 느리고 둔하게 움직였다. 그러다가 문득 아무리 책을 많이 읽고, 아무리 영적으로 깊은 경험을 하고, 아무리 깊이 깨달았다고 해도, 혹은 아무리 많은 사람과 세미나를 열어본 사람이라고 해도, 우리는 인간적인 괴로움을 완전히 피할 수는 없다는 생각이 들었다.

마음을 수련하며 사는 영적인 삶이 가치가 없다는 말이 결코 아니다. 다른 모든 존재들과의 연결을 깨달으면 깨달을수록, 다른 사람(가족, 친구, 공동체, 이 세상의 사람들)을 해치거나 고통스럽게 하거나 지구의 환경에 손상을 입힐 가능성은 그만큼 줄어들 것이다. 하지만 깊은 고통은 깊은 사랑과 동전의 양면처럼 서로 떼래야 뗄 수 없는 관계에 있다. 사랑하는 사람의 죽음에 가슴 아파하는 것은 인간 경험의 핵심이라고 할 수 있다. 내가 저쪽 세상에서 경험한 장엄함을 아무리 열심히 설명한들, 장대한 계획에서 보면 모든 것이 정말로 완벽하다고 아무리 확신을 준들, 우리가 여기 이 삶 속에 있는 동안 느끼는 고통, 수치심, 실망, 두려움, 괴로움 등등의 이 생생한 감정들은 도대체 어떻게 설명할 수 있을까?

고통을 허락하기

죽고 나면 이 모든 망상에서 깨어날 거라고 아무리 확신을 준다 해도, 그런 말이 방금 남편을 잃은 여자, 아이를 잃은 부모의 고통을 꼭 줄여주는 것은 아니다. 쓰나미, 지진, 학교 총기 사고 등으로 가족을 잃으면 사람들은 누구나 괴로워하고 힘들어할 것이다. 가족 중에 중병이나 불치병을 앓는 사람이 있는 경우에도 상실감을 느끼고 괴로워하며 고통스러워할 것이다.

인도에서는 어린 남동생을 한 손에 안고 구걸하는 가난한 여자 아이들의 모습을 흔히 볼 수 있다. 눈을 동그랗게 뜨고 작은 팔을 내미는 아이가 느끼는 배고픔은 진짜 배고픔이다. 그 배고픈 소녀에게 이 삶은 망상이고 크게 보면 모든 것이 완벽하다고, 모든 것이 이원성의 삶을 구성하는 음과 양, 부정성과 긍정성의 한 부분이라고 아무리 설명하고 설득해 봤자, 그 아이의(혹은 어린 남동생의) 배고픔은 사라지지 않을 것이다.

그러므로 큰 상처를 입은 사람들이 나에게 와서 왜 이렇게 고통스러워야 하느냐고 물으면, 나는 마치 두 갈래로 찢어지는 듯한 기분을 느낀다. 나는 더 큰 태피스트리에서 봤을 때 왜 그런 고통이 존재하는지 설명해 주는 것과, 그 순간 그들이 느끼는 고통을 진실로 인정하고 존중하며 어떤 감정을 느껴도 좋다고 아무런 판단 없이 허락하는 것 사이에서 그런 기분이 되는 것이다.

오늘날 인기를 끌고 있는, "긍정적인 자세가 긍정적인 현실을 만든다"는 믿음은, 지금 당장 괴롭고 힘든 일을 겪고 있는 사람들을 더 괴롭고 힘들게 만든다. 이들은 긍정적이 되도록 노력하라고 말하는 사람들의 그런 태도까지 감내해야 한다. 고통과 상실을 겪을 때 힘든 감정을 품게 되는 것은 자연스러운 일인데도, 우리 사회의 많은 사람들이 그런 것을 불편하게 느낀다. 이른바 깨달음을 추구한다고 하면 인간으로서 겪는 진짜 감정들을 품어선 안 된다고 믿는다. 그리고 고통을 느끼면 어떤 점에서든 깨달음이 부족해서 그런 것이라고 생각한다.

희망을 갖고 긍정적이 되는 것은 분명 도움이 되지만, 피할 수 없는 인생의 재난에 맞닥뜨렸을 때, 그런 위기 앞에서도 늘 긍정적인 자세를 유지해야 한다는 믿음은 우리를 더욱 힘들게 할 뿐이다. 그때 우리는 고통을 느끼는 자신을 부끄럽게 여기게 된다. 영성이 부족해 그런 고통이 찾아왔다고 생각하기 때문이다. 고통스러워하는 다른 사람을 볼 때도 그런 고통을 드러낼 여지를 주기보다 진부한 조언을 일삼게 된다. 긍정적인 생각과 자세가 많은 점에서 좋기는 하지만 아무런 도움이 되지 않을 때도 있는 것이다! 긍정적인 생각과 자세가 오히려 상처가 보이지 않게 덮어만 두는 반창고 같은 경우도 있는 것이다.

나는 고통은 정면 돌파하는 것이 최선이라고 배웠다. 그래야 정말 좋은 결과를 얻을 수 있다. 이 말은 먼저 고통이 거기 있음을 인정하고 그것을 받아들여야 한다는 뜻이다. 고통의 존재를 인정하고 그것을 진정으로 느낄 수 있도록 두어야 한다. 우리에게는 그렇게 할 수 있는 힘이 있다.

모든 고통에는 선물이 숨어 있다. 무엇보다도 고통은 우리에게 공감 능력을 주어, 상실과 슬픔, 고통을 겪고 있는 사람들을 더 잘 이해할 수 있게 한다. 고통스러웠던 경험은 실제로 우리를 더 인간적이게 하고, 그때 우리는 오히려 신성에 훨씬 더 가까이 가게 된다.

단지 나 자신이 되기

밤새 뒤척이는 동안 나는 임사 체험 때 배웠던 것들을 기억해 보았다. 첫째, 나는 나의 부정적인 생각들이 암을 부른 것이 아님을 배웠다. 내가 암에 걸린 것은 자기 사랑이 부족했기 때문이었다. 나에게 이것은 대단한 발견이었는데, 내가 고통의 끝까지 가 보지 않았다면 발견하지 못했을 것이다. 물론 내가 고통을 정면 돌파하겠다고 선택한 것은 아니었다. 긍정적인 생각들로 덮어두면서 어떻게든 거부하려고 애를 썼다. 하지만 고통을 더 이상 거부할 수 없게 되었을 때 선물이 나에게 왔다.

암에 걸리기 전 나는 늘 긍정적으로 살려고 노력했다. 사랑받고 싶었으므로 언제나 얼굴에 미소를 지으며 살았다. 부정적인 생각이 들 때면 재빨리 억눌러버렸고, 내가 두려워하고 있음을 사람들이 절대 보지 못하게 했다.

그랬으니 늘 그렇게 긍정적으로 살아온 내가 암에 걸렸다는 사실이 믿어지지 않았다! 어쨌든 내 생각이 암을 만들었음이 틀림없다고 믿었다. 그러자 내 생각이 두려워졌다. 그러자 또 내 생각을 두려워하는 나 자신이 두려워졌다. 나는 두려움의 끝없는 악순환 속으로 빠져들었다!

하지만 임사 체험을 하는 동안, 중요한 것은 긍정적으로 사는 것이 아니라 나 자신으로 사는 것임을 깨달았다. 나는 나의 부정적인 생각들을 제거할 필요가 없었다. 나는 다만 다른 사람이 원하는 내가 아니라 있는 그대로의 나 자신을 사랑하기만 하면 되었던 것이다! 그 사실을 알았더라면 절대 내 생각을 두려워하지 않았을 것이다. 부정적인 내 생각도 나의 일부임을 알았을 테니까 말이다. 내 부정적인 감정을 부인하고 그러한 부정성이 나쁘다고 믿었던 탓에 상황은 더 나빠지기만 했다.

내 가슴이 시키는 일

그러므로 그 이메일을 읽고 난 후 몸과 마음이 무거웠던 그날 아침, 나는 다시 한 번 다른 사람이 원하는 나로 살려고 하는 상태로 끌려 들어와 있었던 셈이다. 그때 대니가 빨리 호텔을 나서야 한다고 말했다. 나는 옷을 갈아입고 남은 가방 하나를 마저 쌌다. 그리고 곧 우리는 호텔 로비로 내려갔는데, 누군가가 로비 반대쪽에서 나를 부르는 소리가 들렸다. 돌아보니 금발 머리의 한 여성이 웃으며 내 쪽으로 걸어오고 있었다. 그녀는 아리아나라고 자신을 소개한 뒤 이렇게 말했다. "어제 선생님 강연을 들었어요. 정말 좋았고, 많은 걸 배웠습니다!"

"아, 고마워요." 기쁜 마음보다도 안도하는 마음이 더 크게 들었다.

"그런데 질문 하나 드려도 괜찮을까요?" 그녀가 말했다.

"괜찮고말고요. 무슨 질문인가요?" 내가 말했다.

"저는 선생님이 하시는 일과 비슷한 일을 하고 싶어요." 아리아나가 말을 시작했다. "워크숍도 열고 강연도 해서 사람들을 기운 나게 하는 일을 하고 싶어요. 혹시 이런 저에게 조언해 주실 말씀은 없을까요?"

나는 그런 질문은 거의 생각해 본 적이 없기 때문에 그냥 제일 먼저 떠오르는 생각을 말해주었다. 내게 제일 먼저 드는 생각이 정확하게 질문자가 듣고 싶어 하는 말인 경우가 많고, 그때도 예외는 아니었다.

"사람들을 기운 나게 하겠다고 생각하지 마세요." 내가 말했다. "단지 당신 가슴이 시키는 대로 하세요. 반대로 당신 자신을 기운 나게 하는 건 뭐든 다 해보세요. 그리고 그렇게 해서 배운 것을 나누세요. 초점은 청중이 아니라 당신 자신이어야 해요. 당신 스스로 기운 내서 열정적으로 사는 한, 당신은 그저 가슴에서 나오는 진실만 말하면 됩니다. 그게 다랍니다!"

"그러니까 다른 사람들을 기운 나게 하기 위해 노력할 필요가 없는 건가요?" 아리아나가 물었다. "저 자신만 돌보면 되고, 제가 믿는 일, 제가 열정을 느끼는 일을 찾고, 거기서 배운 것을 진심을 다해 나누기만 하면 되는 건가요?"

"네." 내가 대답했다. "다른 사람들을 기운 나게 하려고 애쓰는 순간, 혹은 다른 사람들이 듣고자 하는 말을 하려고 애쓰거나 그들이 바라는 사람이 되려고 애쓰는 순간, 우리는 자신을 속이게 됩니다. 가슴이 아니라 머리로 살게 되는 거죠. 그러나 가슴으로 살 때, 우리는 메시지가 우리한테서 나오는 것이 아니라 우리를 통해서 나올 수 있도록 허락하게 됩니다. 저는 무엇보다 자신에게 진실하라고 말하고 다녀요. 그러니 제가 청중이 원하는 것을 주려고 하면 저는 제가 가르치는 것을 역행하게 될 거예요. 그것은 완전히 잘못된 것이죠! 그렇죠?"

"네, 정말 그래요! 바쁘실 텐데 고마워요!" 아리아나가 말했다.

그런데 고맙다는 그녀의 말이 거의 들리지 않았다. 그 순간 방금 내가 한 말이 바로 나를 위한 말임을 깨달았기 때문이다! 그것은 내가 들어야 하는 답변들이었다! 순간 몸과 마음이 가벼워졌고 큰 힘을 얻은 것 같았다. 아리아나가 나를 재빨리 껴안으며 작별 인사를 한 것도, 대니가 빨리 가자고 재촉한 것도 거의 알아채지 못했다. 우리는 호텔 밖에서 기다리던 차에 올라타 공항으로 향했다.

그날 아침 느꼈던 압박감과 긴장감이 사라졌다. 나는 더 자유롭고 더 생생해지고 더 편안해진 기분이었다. 그리고 이해했다! 그 이메일에 대해서든 다른 어떤 것이든 걱정할 필요가 없었다! 슬퍼하던 젊은 엄마를 아무 말 없이 그냥 안아만 준 것은 잘한 일이었다. 그것이 내 가슴이 시킨 일이었으니까. 내가 늘 하고자 하는 말이 바로 그것이었다. 우리는 늘 우리 자신으로 살아야 한다!

그날 저녁 집에 도착해서 보니 아들을 잃은 그 아름다운 여인으로부터 이메일이 하나 와 있었다. 그녀는 자신의 감정을 마음껏 발산할 수 있게 해주어서 고마웠다고 했다. 특히 내가 그녀의 슬픔에 대해 이러쿵저러쿵 평가하지도 않고, 진부한 말이나 충고로 자기 고통을 일축해 버리지도 않아서 참 고마웠다고 했다. 내 마음속 깊은 곳으로부터 미소가 지어졌다.

이런 경험들을 하다 보면 자기 계발, 영감, 영성을 다루는 분야에서 작가나 강연자로 활동하는 것이 얼마나 위험할 수 있는지 생각하게 된다. 우리는 사람들 앞에서 '최고의 자신'만 보여줘야 한다고 생각하는 함정에 아주 쉽게 빠질 수 있다. 그리고 '영적으로 정통한' 권위자 대접을 받는다. 하지만 사람들을 기쁘게 하거나 깊은 인상을 주려다가는 진정한 자신을 완전히 잃어버릴 수도 있다.

나는 절대 끌어당김의 법칙이 사실이 아니라고 말하는 것이 아니다. 긍정적인 생각과 자세는 분명 도움이 된다. 하지만 우리의 생각과 자세 못지않게 있는 그대로의 우리 자신도 인생의 여러 사건과 상황을 끌어당긴다. 우리는 진정으로 우리에게 속하는 것이라면 반드시 끌어당기게 되어 있다. 다시 말해 긍정적인 것이든 부정적인 것이든 그 순간 진정으로 필요한 것이라면 어떻게든 다 끌어당기게 되어 있다.

우리 자신을 더 사랑하고 소중하게 여길수록 기쁘게 사는 것이 점점 더 자연스러운 일이 되고, 더 자주 자신이 가치 있는 존재라고 느낄수록 그 느낌들을 더 많이 부르는 삶을 살게 될 것이다. 이때 우리는 자연스럽게 긍정적인 상태에 도달할 것이다. 이것이 억지로 긍정적이 된 상태보다 훨씬 더 건강한 상태이다.

그 상태에 도달하기 위해서는 더 이상 특정 방식으로 생각하거나 느끼려고 애쓰지 말아야 한다. 그리고 실망, 좌절, 고통, 슬픔, 비탄을 포함한 모든 감정들을 있는 그대로 포용해야 한다. 이것들이 우리 인간성의 깊은 속성이기 때문이다.

"늘 긍정적으로 생각해야 한다"는 말이 거짓이라면 무엇이 진실일까?

진실

- 부정적인 생각들은 통제할 수 없다. 아무리 몰아내려고 해도 사라지지 않는다. 기껏해야 잠시 억압할 수 있을 뿐이다.
- 고통, 분노, 슬픔, 좌절, 두려움 같은 감정을 느껴도 괜찮다. 인간이면 누구나 느끼는 자연스러운 감정들이다.
- 이른바 부정적인 감정들을 느낀다고 해서 실패한 것도, 수행이 부족한 것도 아니다.
- 고통을 받아들일 때 그 고통에 숨겨진 선물을 볼 기회가 생긴다.(이 선물과 고통은 동전의 양면 같은 것으로 늘 함께 올 수밖에 없다.)
- 부정적인 생각이 우리를 병들게 하는 것이 아니다. 진정한 자신을 외면하고 방치할 때 몸이 아플 확률이 더 높다.
- 자신을 사랑할 때 긍정적인 사람이 된다. '긍정적이 되려고 애쓰

는 것'은 낙관주의가 아니다. 낙관주의는 깊은 자기 사랑에서 나오고, 그것이 '긍정적이 되려고 애쓰는 것'보다 모든 면에서 훨씬 더 효과적이다.

- 우리의 생각과 태도만이 인생의 여러 일들을 끌어당기는 것은 아니다. 있는 그대로의 우리 자신도 우리가 필요로 하는 사건과 상황을 불러들인다. 그리고 있는 그대로의 자신을 잘 받아들이고 잘 드러낼수록 더 긍정적인 사건과 상황이 발생할 것이다.

연습과 요령

- 부정적인 생각을 한다고 부정적인 사람은 아니다. 부정적인 생각이 나쁜 일을 끌어들이는 것도 아니다. 부정적인 생각을 한다는 것은 당신이 인간임을 보여줄 뿐이다.
- 두려움을 느끼거나 부정적인 생각이 들 때 그 느낌과 싸우지 말고, 그런 생각을 한다고 자신을 심판하지도 말자. 그보다는 그런 감정과 생각을 인정하고 온전히 느껴보자. 그래야 그 감정들을 해소하고 앞으로 나아갈 수 있다.
- 자신을 사랑하는 법과 기쁨을 누리는 법을 배워서 자연스럽게 사랑하고 기쁨을 누리자.(기쁨을 느끼겠다고 애쓴다고 기쁨이 생기는 것은 아니다.)
- 도저히 기쁨을 누리기가 어렵다면 현재 상황을 받아들이는 것

부터 시작하자. 그 다음 현재 상황과 공존하는 법을 찾아보자. 어느 정도 평화를 느낄 것이다. 그러면 감사하는 마음도 생길 것이다. 그렇게 감사할 때 기쁨도 찾아들 것이다. 기쁨은 현재 우리 삶에 감사할 때 자연스럽게 생긴다.

- 고통스러웠던 과거의 경험을 떠올려보고 그 일로 무엇을 얻었는지 생각해 보자. 크게 얻은 것도 좋고 작게 얻은 것도 좋다. 그 선물들에 감사하자.
- 주변 사람들로 하여금 현재 느끼는 감정을, 그것이 무엇이든, 느끼도록 허용해 주라. 현재 그들이 겪고 있는 일에, 이렇다 저렇다 판단하지 말고 연민을 보내자.

스스로에게 묻기

- 나는 진정 내 가슴에서 나온 진실을 말하고 있는가? 사람들과 어울리고 싶은 마음에 그들을 기쁘게 하는 일만 생각하고 살아가고 있지는 않는가?
- 부정적인 감정들을 느껴도 안전하다고 생각하는가? 그렇지 않다면 나 자신을 있는 그대로 표현해도 안전하다고 느끼기 위해서는 어떻게 해야 할까?
- 나는 무엇이 두려워 내 생각과 행동을 심판할까? 그 심판을 그만두면 어떤 기분이 들까?

- 고통 속에 있는 사람을 있는 그대로 존중하면서도(그래야 그 사람도 고통을 억압하지 않고 극복할 수 있다) 이 세상의 이원성에 함몰되거나 두려움에 빠지지 않을 수는 없을까?

나는 다음과 같을 때 내 모든 생각과 감정을 포함한 진정한 나를 온전히 받아들이고 있음을 안다.

- 부정적인 생각이 고개를 들 때마다 외면하지 않고 인정하며 온전히 느껴볼 때.
- 이렇게 저렇게 생각하고 느껴야 한다는 다른 사람들의 말에 휘둘리지 않을 때. 내 모든 감정들을 심판 없이 나의 일부로 받아들이고 사랑할 때.
- 기쁘고 열정적으로 할 수 있는 일들로 진정한 나 자신을 드러낼 수 있을 때.

후기

이 책의 마지막 장을 막 완성했을 때 내 소중한 친구, 웨인 다이어 박사가 돌아가셨다는 충격적인 연락을 받았다.

그날 대니와 나는 새로 이사한 캘리포니아 집에서 가까운 친구 몇몇과 점심을 먹기로 되어 있었다. 그런데 친구 중 한 명인 제니퍼 맥클린이 엄청나게 큰 오렌지색 장미 다발을 들고 나타났다.

"오렌지색하고 뭐 있어?" 제니퍼가 두 팔 가득한 꽃다발을 건네주며 물었다.

"무슨 소리야?" 나는 행복해하며 선물을 받았고, 호기심 가득한 미소를 지으며 물었다. 강렬한 주황색 장미였고 향기로웠다. 더할 수 없이 아름다운 장미였다.

"꽃집에서 너를 위해 빨간 장미를 사려고 했거든." 제니퍼가 흥분해서 말했다. "그런데 머릿속에서 누가 자꾸 그러는 거야. '오렌지색을 사. 오렌지색을 사!' 혹시 저쪽 세상에서 너한테 애타게 오렌지색 장미를 주고 싶어 하는 사람이 있는 거 아냐?"

"흠, 오렌지색은 내가 제일 좋아하는 색이긴 한데…… 누가 너한테 그런 말을 했을까?" 내가 말했다. 그리고 나와 가까운 사람 누군가가 갑자기 세상을 떠나서 나에게 어떤 메시지를 전달하려는 건 아닐까 하는 불안한 기분이 들었다. 하지만 점심 준비를 마저 끝내느라 그런 기분은 곧 잊혀졌다.

점심을 먹으려고 모두가 자리를 잡고 앉자마자 내 휴대폰이 울렸다. 발신자가 마야 라보스였다. 마야는 웨인의 개인 매니저이자 오른팔 같은 존재로, 38년 동안이나 한결같이 그의 곁을 지킨 사람이다. 웨인이 어디를 가든 동행했기에 지난 몇 년 동안 웨인과 강연을 같이 다닌 나도 마야와 허물없는 친구 사이가 되었다.

"마야! 무슨 일 있어요?" 내가 활기찬 목소리로 물었다.

"웨인이 말이에요." 마야는 울먹였고, 순간 나는 다음 말을 직감했다. "웨인이 오늘 아침에 자다가 죽었어요. 떠나버렸어요."

내 속에서 무엇 하나가 쿵하고 떨어지는 것 같았다. 그냥 믿을 수가 없었다. 다른 사람도 아니고 웨인 다이어가 죽다니! 바로 일주일 전에도 오스트리아에서 함께 강연을 했는데…… 그때도 그는 늘 그렇듯 활력이 넘쳤는데……

죽은 누군가가 나에게 왔다 간 것이 아닐까 생각했는데 결국 그 예감이 맞아버렸다. 웨인은 내가 오렌지색을 제일 좋아한다는 걸 누구보다 잘 알고 있었다. 무대 뒤에서 대기하고 있을 때면 웨인은 오렌지색에 대한 나의 애호가 지나치다고 놀려대곤 했다.(내 지갑, 폰 케이스, 가방 모두 오렌지색이다.) 그리고 자신도 오렌지색을 하나 지니고 있었는데 바로 과일 오렌지였다. 웨인은 무대에 설 때면 오렌지 하나를 소품으로 쓰곤 했는데, 비유적으로 이야기를 전달하는 데 유용했기 때문이다. 강단에서 요지가 전달되었다 싶을 때면 그는 오렌지를 청중에게 던져주곤 했다.

사실 그 오렌지에 대한 가르침이 그가 죽기 전 페이스북에 올린 마지막 포스팅이었다. "오렌지를 짜면 오렌지 주스가 나옵니다. 그 주스는 오렌지 안에서 나오는 것이지요. 당신에게도 이와 똑같은 논리가 적용됩니다. 누군가가 당신에게 압박을 가해오면, 다시 말해 듣기 싫은 말이나 비판을 가해오면, 당신 속으로부터 분노와 미움과 원한과 긴장과 우울과 불안이 나올 겁니다. 당신이 사람들에게 주고 또 받고 싶은 것이 사랑과 기쁨이라면 당신 내면을 바꾸세요. 그럼 당신의 삶도 바뀔 겁니다."

웨인이 제니퍼에게 오렌지색 장미를 가져가라고 말한 것은 웨인만의 방식으로 자기가 잘 있음을 나에게 알린 것이었다. 물론 나는 웨인이 이제 그곳에서 멋진 시간을 보내고 있음을 누구보다 잘 알고 있다. 그는 더할 수 없이 기뻐하며 웃고 춤추고 있을 것이다. 자신을 확장하고 초월해야 한다는 생각에서 벗어났을 것이고, 아무런 부담도 고통도 없을 것이며, 오직 온몸을 휘감는 조건 없는 사랑의 압도적인 느낌 속에 있을 것이다. 하지만 그럼에도 불구하고 나는 놀랐고 슬펐다.

웨인은 나를 작가와 강연자로서의 삶으로 초대했고, 그 삶에서 나의 스승이자 멘토였으며 최고의 지지자였다. 그가 인터넷에서 내 이야기를 읽고 헤이 하우스 출판사에 이야기해서 나를 찾아 책을 쓰게 하지 않았더라면, 나는 책을 출판하지도 못했을 것이고, 세상을 두루 돌아다니며 내가 깨달은 것을 전달하지도 못했을 것이다. 또 내 인생이 할리우드 영화로 만들어지는 모습도 볼 수 없었을 것이다!(아니타의 첫 책《그리고 모든 것이 변했다》는 영화로 제작될 예정이다—옮긴이)

한편으로는 한없이 기쁘기도 했다. 헤이 하우스 행사를 같이 하는 동안 웨인과 나는 종종 사후의 삶이나 육체를 떠날 때 벌어지는 확장의 느낌에 대해 이야기하곤 했다. 그런데 이제 웨인 자신이 그것들을 직접 경험하고 있는 것이다.

웨인은 늘 열정적인 스승이었고 그건 지금도 그렇다. 가르치는 것이 그가 이 땅에 온 이유였다. 그리고 그가 육체를 벗어났다고 해서 그 일을 멈출 것 같지는 않다. 오히려 지금은 더 열정적으로 가르치고 있을 것이다. 이제는 한 번에 더 많은 사람을 만날 수 있을 테니까 말이다! 지금 그는 이 물질 세상에서 하고 싶었던 것보다 훨씬 더 크고 장대한 방식으로 가르치고 있을 것이다! 그는 사라진 것이 아니다. 그는 이제 그를 사랑하는 수백만의 사람들과 더 쉽게 만날 수 있고, 어떤 방식으로든 자신이 만났던 모든 사람들에게 이 땅에서와는 다른 창조적인 방식으로 자신을 내보이는 신나는 경험을 하고 있을 것이다. 더 이상 육체에 매여 있지 않으므로 웨인은 이제 여기저기 모든 곳에 있을 수 있다!

우리 모두는 언젠가 이 물질 세계를 떠나 영원한 사후 세계로 들어갈 것이다. 죽음을 두려워하는 사람이 많지만, 힘든 부분은 삶과 죽음의 교차가 아니다. 확실히 말하건대 삶과 죽음 사이의 장막을 통과하는 것에 대해서는 두려워할 것이 하나도 없다. 힘든 부분은 오히려 여기 이 물질 세계에서 사랑과 기쁨과 자유를 만끽하며 확장적인 삶을 살려고 노력하는 것이다.

그러므로 나 자신의 임사 체험과 내 소중한 친구 웨인의 삶과 가르침에 바탕해 내가 지금 꼭 당부하고 싶은 말은 모든 발견, 모든 예술적 탐구가 삶의 우주적 태피스트리에서 중요하다는 것을 알고(왜냐하면 정말로 그러하므로) 창조성을 발휘하며 삶을 살라는 것이다. 당신의 가슴이 하는 말을 잘 듣고 우주가 펼쳐 보여주는 화려한 색상들을 신나게 조합해 당신만의 걸작을 만들어내기 바란다. 그러면 당신이 만들어낸 창조물에 스스로 깜짝 놀라게 될지도 모른다. 아름다운 음악을 듣거나 연주할 때 우리의 목적은 음악을 다 듣거나 연주를 다 끝내는 것이 아니다. 중요한 것은 그 음악의 음표 하나하나가 들려주는 감미롭고 즐거운 여정을 즐기는 것이다. 그리고 웨인이 늘 말했듯이 "내 안의 노래를 한 번도 불러보지 못하고 죽지는 말아야" 한다.

그러므로 제대로 못할까봐 혹은 잘하지 못할까봐 두려워하지 말자. 전혀 그럴 필요가 없다. 삶에서 중요한 것은 무슨 일을 잘하고 못하고도 아니고, 크고 작은 질문들에 답을 찾고 못 찾고도 아니다. 온갖 좋은 책을 읽고 온갖 좋은 강좌를 듣고 대가들과 공부를 하는 것도 아니다. 영적으로 심오한 경험을 하는 것도, 의식의 전환을 이루는 것도, 구루가 되어 많은 제자들을 거느리는 것도 아니다. 그리고 죽었다가 다시 돌아와 그 경험을 말하는 것도 아니다.(나는 죽어봤으니 내 말을 믿기 바란다!)

삶에서 중요한 것은 진정한 자기 자신이 되도록 스스로를 허락해 주는 것뿐이다! 그렇게 간단하다. 그냥 당신 자신으로 사는 것이다. 진정한 당신 자신 말이다! 우리 본연의 모습인 '사랑'으로 살자. 우리의 빛을 최대한 밝게 밝히자. 그리고 그런 과정에서 삶의 이 여정을 누리고 즐기자. 마음껏 즐기자!

웨인은 이제 예술품으로서의 자신의 삶을 완벽히 인지하고 있을 것이다. 그리고 그의 깨달음을 나눠받은 수백만 사람들에 대해서도 모두 완벽히 인지하고 있을 것이다. 웨인, 나의 친구여, 우리의 삶에 와서 이 삶의 여정을 함께하며 당신의 지혜와 아름다움과 웃음을 나눠줘서 고마워요. 그리고 오렌지색 장미도요.

나마스테.

감사의 말

어떤 방식으로든 내 인생 여정에 동참해 준 사람들, 그리고 이 책의 탄생에 직간접으로 도움을 준 사람들에게 감사하는 것이 나에게는 이 책의 어떤 부분 못지않게 중요한 일로 여겨진다.

제일 먼저 내 절친이자 소울 브라더인 리오 크루즈에게 감사하고 싶다. 이 책을 쓰는 과정에서 리오가 나에게 보내준 격려와 지지는 어떤 말로도 다 표현할 수 없다. 아니 말로 표현하는 순간 이미 진부해져 버릴 것이다. 리오 덕분에 나는 내 생각에 목소리를 부여할 수 있었다. 리오는 몇 년 동안 참으로 많은 방식으로 나의 여정에 함께해 주었다. 나의 증언들을 단 한 번도 의심하지 않고 믿어준 리오 덕분에 가끔씩 사람들이 내보이는 의문에도 나는 묵묵히 내 길을 갈 수 있었다.

리오! 당신은 나의 가장 큰 지지자요, 사람들과 공명할 수 있도록 도와준 든든한 후원자입니다. 내 말에 귀를 기울이려 하지 않는 세상의 비위를 맞추려고 고심할 때 나를 지켜준 이도 당신이지요. 고마워요, 나의 친구. 그리고 깊이 사랑합니다.

내 친한 친구, 마야 라보스, 그녀와 나 사이에는 아무런 비밀이 없다. 마야는 내가 강연을 다닐 때마다 편하게 의지할 수 있는, 마치 가족과도 같은 친구이다. 강연만이 아니다. 살면서 겪는 숱한 문제들에 대해서도 언제든 '찾아가' 조언을 구할 수 있는 사람이다. 강연 여행중 좋을 때나 나쁠 때나 늘 내 곁을 지켜주었고, 나와 죽이 잘 맞아서 그녀와 함께라면 힘든 여행도 언제나 즐겁다. 그리고 내 소중한 친구 웨인 다이어 박사의 갑작스런 죽음으로 힘들었던 시기에도 내 든든한 버팀목이 되어주었다.

놀랍기 그지없는 편집자, 케이티 크눈츠에게 감사한다. 케이티는 내가 책을 쓰면서 어려움에 처할 때마다 한 줄기 아름다운 빛이 되어준, 언제나 같이 일하고 싶은 사람이다. 그녀가 없었다면 글쓰기가 결코 순조롭지 못했을 것이다! 케이티는 내 생각을 정확하게 이해하는, 나에게는 천사와도 같은 사람이다.

헤이 하우스의 패티 기프트에게 감사한다. 패티와 함께 하는 작업이 참으로 즐거웠다. 그녀의 지지와 관심을 받을 수 있어서 진심으로 영광이었고 감동이었다. 고마워요, 패티.

외국에서 여러 가지로 낯설어했던 대니와 나를 따뜻한 마음으로 받아준 티나 캐퍼디아와 그녀의 사랑스러운 가족에게 감사한다. 자신들의 삶을 기꺼이 우리와 공유해 주었고 우리가 마치 우리 집에 있는 것처럼 편안히 느끼게 해준, 참 이해심 많고 고마운 분들이다.

내 소중한 친구 제이슨 가너와 그의 사랑스러운 아내 크리스티에게 감사한다. 이 둘은 두 대륙 사이를 오가던 대니와 나에게 따뜻한 집을 내어주었다. 이들의 환대에 감사한다. 크고 작은 주제를 넘나들며 많은 영감을 불러일으킨 우리의 수다 또한 참 즐거웠다. 이들과의 만남은 늘 고대하게 된다!

정말 천사들 같은, 내 완벽하고 멋진 팀원들에게도 진심으로 감사한다. 모든 바퀴가 잘 굴러갈 수 있도록 내 등 뒤에서 밤낮을 가리지 않고 일해주는 사람들이다. 그중 먼저 내 업무 보조자들인 로즈 브룩스와 밀레나 조이 모리스에게 감사한다. 이들의 도움은 놀랍기 그지없다. 그리고 리타 페이퍼, 테드 슬립친스키, 케시 블린, 로레토 토레스, 태미 홀름스 쇼트, 안젤리카 파렐, 산드라 기, 라빈다 바시, 릭 버, 리처드 마신, 샌디 쉬리버에게 감사한다. 이들 모두의 도움이 있었기에 이 책이 세상에 나올 수 있었다. 한 분 한 분에게 감사의 말을 전한다. 더불어 앞으로도 더 많은 일을 함께할 수 있기 바란다.

내 사랑하는 친구 레누 말라니에게 감사한다. 본가를 방문할 때마다 내 친구 레누가 있기에 늘 더 즐겁다. 레누는 언제나 밝고 유쾌한 친구이며 나의 공모자이기도 한데, 바로 유머와 재미와 초콜릿을 통해 '깨달음'에 도달할 수 있음을 함께 증명하고 싶어 한다는 점에서 그렇다. 레누, 사랑해 내 친구.

내 소중한 가족, 아눕 오빠에게 감사한다. 오빠는 내게 태산 같은 존재이다. 오빠의 가족, 모나, 셴, 내 사랑하는 어머니에게도 감사한다. 어머니의 나에 대한 사랑은 언제나 확고하며 무조건적이다. 시아버님이 나에게 보여주는 지지에도 감사드린다. 그분의 지지가 나에게는 큰 힘이 된다.

마지막으로 내 사랑하는 남편, 대니에게 그 누구보다도 감사한다. 대니와 이 시공간에서 이런 존재로 태어나 이번 생을 함께 살아올 수 있어 대단히 즐겁다. 내 삶에서 대니는 큰 축복이고 나는 대니를 영원히 사랑할 것이다. 대니는 내가 하는 모든 일의 이유이고, 대니가 있기에 나는 더욱더 멀리 날아갈 수 있다.

존경하는 웨인 다이어 박사에게 전하는 진심 어린 감사 없이는 이 감사의 글을 마칠 수 없을 것이다. 웨인에게 보내는 감사의 마음은 어떤 말로도 다 표현할 수 없다. 웨인은 자신의 무대를 나에게 나눠주었고, 나를 세상으로 데리고 나와주었다. 웨인이 없었다면 그리고 우리를 만나게 해준 신의 간여가 없었다면, 이 책은 결코 존재하지 못했을 것이고 지금의 나도 없었을 것이다. 나의 등대가 되어주고 이 완벽한 길로 나를 인도해 준 것에 깊은 감사의 마음을 전한다. 그는 나조차 미처 알기 전에 내가 갈 길을 알고 있었다. 웨인은 지금도 내 말을 듣고 있고 다른 세상에서 앞으로도 계속 내 길을 제시해 줄 것이다. 사랑합니다. 나의 친구여.

이 책을 들고 있는 독자 여러분 한 분 한 분에게, 그리고 내 첫 책을 읽고 나에게 연락해 준 모든 분들께 감사의 마음을 전한다. 여러분의 지지와 격려, 넘치는 사랑에 감사합니다. 여러분이 없었다면 지금의 저는 없을 겁니다. 앞으로도 지켜봐 주세요! 벌써 또 다음 책이 나올 것 같은 느낌입니다!

옮긴이의 말

머리끝에서 발끝까지 온몸의 감각 혹은 에너지의 흐름에 차례차례 집중하며 명상을 하다 보면 10분도 채 되지 않아 몸이 가벼워지는 걸 느낀다. 그렇다. 10분이면 된다. 한 시간을 어떻게 앉아 있나 싶지만 10분만 집중하면 그 다음은 그냥 즐거운 시간이 이어질 뿐이다.(명상이 어려워진다는 건 적어도 나에게는 평소에 그 10분도 집중하지 않고 매사에 겉핥기로 살아가고 있다는 뜻이다.)

30분쯤 지나 고질병처럼 오른쪽 다리가 저려오더라도 내 몸이 아닌 양 적절한 거리를 두고 가볍게 바라볼 수 있게 된다. 그리고 거기서 또 좀 더 나아가면 드디어 내 몸이라는 둔중한 물질 덩이리는 알아달라고 호소하기를 포기하고 자취를 감추고 만다. 그리고 그 어떤 투명하고 둥글고 유연한 막 속에서 터질듯 말듯 찬란히 움직이는 한 무더기의 에너지가 그 자리에 들어선다. 동시에 내 의식은 더할 수 없이 생생히 살아나 그 찬란한 움직임을 한껏 음미한다.

이제부터 경이롭고 신비로운 우주의 역학이 실력을 제대로 발휘하기 시작한다. 한 시간 전까지 나의 신경을 거슬리게 했던 현실의 문제들이 생각지도 못한 곳에서 시원한 해결책을 내놓고, 몇 년째 떠오르지도 않던 해묵은 트라우마와 상처들이 세상에서 가장 재미있는 수수께끼처럼 얼굴을 내민다. 혐오스럽던 어떤 사람도, 도무지 이해할 수 없게 돌아가는 세상사도 그럴 수 있겠다 싶고, 고맙고 사랑스럽기까지 하다. 무엇보다 편안하고 평온하다. 누군가 편안하다는 건 마침내 너와 나의 구분이 사라진 거라고 했던가? 너와 나, 저들과 우리, 내 것과 너의 것…… 이런 구분들을 하면서 우리는 얼마나 긴장하는가? 내 몸이라는 물질에 갇혀서 보는 세상은 내 몸 밖 타자의 세상일 뿐이었다. 이때 나는 내 몸을 보호해야 한다. 그리고 그 안에 있는 '나' 자신도. 그것이 무엇이든……

그런데 만약에 우리의 육체라는 물질이 한 시간만이 아니라 영원히 사라진다면 어떨까? 누구나 앞으로 한 번은 경험하게 될 일이지만, 그런 상태를 경험하고 다시 돌아온 사람은 그리 많지 않을 것이다. 이 책의 저자 아니타 무르자니가 바로 그런 사람이다. 아니타는 임사 체험 상태에서 전 우주가 사실 처음부터 완벽했으며 자신이 처음부터 사랑받는 존재였음을 이해했다고 한다. 그리고 그곳에서는 모두가 따로 그리고 동시에 하나로 존재한다고 했다.

내가 느끼는, 나의 에너지를 감싸는 그 투명한 막조차 사라지고 나의 에너지가 마침내 더 크고 더 찬란한 우주의 에너지와 아무런 방해 없이 하나가 되는 상태가 그것일까? 더 이상 한 점의 분리도 외로움도 없는 그런 상태. 그럴 수 있다면 그 느낌은 분명 분리로 가득한 세상의 언어로는 설명할 수 없으리라. 그런 세상으로 가는 것이 죽음이라면 죽음도 결코 나쁘지 않을 듯하다. 아니타도 어려운 것은 삶과 죽음의 장막을 통과하는 것이 아니라 삶에서 사랑과 기쁨을 잃지 않는 것이라고 했다.

절대적인 진리는 그렇다. 우리는 이 자체로 완벽하며, 모두 조건 없이 사랑받는 존재이고, 네가 나이고 내가 너이며, 따라서 네가 아프면 나도 아픈 것이다. 이 절대적인 진리는 무한한 사랑, 삶의 기쁨만을 말한다. 하지만 현실은, 상대적인 진리는 그렇지 않다. 이 세상에서는 도덕을 지키고 어느 정도 관습을 따르고 열심히 일을 하면서 적당히 이기적으로 살아야 한다. 너와 나를 구분해야 하고, 내 것, 내 가족, 내 국가를 지켜야 한다. 그런 의미에서 어쩌면 이 세상에서의 삶이란 절대적이고 상대적인 진리 사이에서 적절한 균형을 찾는 일인 것 같고, 그것이 아니타가 이 책을 쓴 이유 중 하나인 듯하다.

아니타는 임사 체험을 통해 말기암까지 치유하고 새 삶을 시작했지만 그렇다고 해서 그 후의 삶이 편안한 것만은 아니었다고 말한다. 이 세상은 두려움과 분리를 강조하는 믿음과 신화들로 가득하기 때문에 셀 수도 없이 많은 사람이 불안과 외로움에 시달리고 있고, 그 모습을 보는 아니타 역시 이원성이 지배하는 이 세상에 휘둘리며 때때로 불안과 외로움에 시달려야 했다. 하지만 그럴 때마다 다시 저쪽 세상에서의 깨달음을 상기하면서 자유와 기쁨을 되찾을 수 있었다. 이에 아니타는 이 사회가 어릴 때부터 우리에게 주입시켜 온 두려움과 분리의 믿음들을 해체해 우리가 타고난 본래의 빛을 되찾음으로써 그런 불안과 외로움에서 벗어나자고 말한다.

아니타는 그 대표적인 믿음들로 "행한 대로 받는다" "자기를 사랑하는 것은 이기적이다" "진정으로 사랑한다면 다 주어라" "내 안의 무언가가 잘못되었으니 고쳐야 한다" "의료 체계가 내 건강을 책임진다" "그건 단지 우연일 뿐이다" "죽으면 죄과를 받는다" "영적인 사람은 에고가 없다" "여자는 남자에 비해 열등하다" "늘 긍정적으로 생각해야 한다" 등 모두 열 가지를 제시한다. 누군가는 더 이상 받아들이지 않는 믿음일 수도 있다. 하지만 어릴 때부터 들어온 것들은 우리의 무의식에 뿌리 깊이 박혀 있어서 방심할 때면 언제든 불쑥불쑥 고개를 쳐들고 미처 의식하지도 못한 사이에 우리의 삶을 갉아먹는다.

그런 의미에서 이런 믿음들에 더 이상 휘둘리지 않고 자신을 있는 그대로 사랑하게 되기까지는 참으로 치열하고 힘든 노력과 실패의 과정이 필요하다. 죽었다 돌아온 비범한 경험으로 완전히 새로운 삶을 살게 된 저자조차도 이 믿음들에서 완전히 자유롭지 못해 때로는 삶의 두려움을 느낀다고 고백할 정도니 말이다. 그러니 "어려운 것은 삶과 죽음의 장막을 통과하는 것이 아니라 삶에서 사랑과 기쁨을 잃지 않는 것이다"라는 저자의 말에 새삼 공감하지 않을 수 없다.

아니타의 솔직한 고백과 무한한 사랑으로 가득한 이 책이, 나에게 그랬던 것처럼, 거짓 믿음들로부터 자유로워지려는 이 땅의 많은 사람들에게 적잖은 도움이 되리라 믿어 의심치 않는다.

2017년 봄, 추미란

샨티의 뿌리회원이 되어
'몸과 마음과 영혼의 평화를 위한 책'을 만들고 나누는 데
함께해 주신 분들께 깊이 감사드립니다.

개인

이슬, 이원태, 최은숙, 노을이, 김인식, 은비, 여랑, 윤석희, 하성주, 김명중, 산나무, 일부, 박은미, 정진용, 최미희, 최종규, 박태웅, 송숙희, 황안나, 최경실, 유재원, 홍윤경, 서화범, 이주영, 오수익, 문경보, 여희숙, 조성환, 김영란, 풀꽃, 백수영, 황지숙, 박재신, 염진섭, 이현주, 이재길, 이춘복, 장완, 한명숙, 이세훈, 이종기, 현재연, 문소영, 유귀자, 윤홍용, 김종휘, 보리, 문수경, 전장호, 이진, 최애영, 김진회, 백예인, 이강선, 박진규, 이욱현, 최훈동, 이상운, 김진선, 심재한, 안필현, 육성철, 신용우, 곽지희, 전수영, 기숙희, 김명철, 장미경, 정정희, 변승식, 주중식, 이삼기, 홍성관, 이동현, 김혜영, 김진이, 추경희, 해다운, 서곤, 강서진, 이조완, 조영희, 이다겸, 이미경, 김우, 조금자, 김승한, 주승동, 김옥남, 다사, 이영희, 이기주, 오선희, 김아름, 명혜진, 장애리, 신우정, 제갈윤혜, 최정순, 문선희

단체/기업

주/김정문알로에 KIM JEONG MOON ALOE CO., LTD.　환경재단　design Vita　PN풍년
사단법인 한국가족상담협회·한국가족상담센터　생각과느낌 소아청소년 성인 몸 마음 클리닉
경일신경과 | 내과의원　순수피부과　월간 풍경소리　FUERZA

이메일로 이름과 전화번호, 주소를 보내주시면 샨티의 신간과 각종 행사 안내를 이메일로 받아보실 수 있습니다.

전화 : 02-3143-6360　팩스 : 02-6455-6367
이메일 : shantibooks@naver.com